U1068602

轻叩红门

唐启意 著

江苏凤凰文艺出版社
JIANGSU PHOENIX LITERATURE AND ART PUBLISHING, LED

图书在版编目（CIP）数据

轻叩红门 / 唐启意著 . -- 南京 : 江苏凤凰文艺出版社 , 2019.12（2023.5 重印）
ISBN 978-7-5594-3922-2

Ⅰ . ①轻… Ⅱ . ①唐… Ⅲ . ①《红楼梦》研究 Ⅳ . ① I207.411

中国版本图书馆 CIP 数据核字 (2019) 第 151695 号

书　　名	轻叩红门
著　　者	唐启意
责任编辑	白　涵　刘洲原
版式设计	汪文彬　邹小月
出版发行	江苏凤凰文艺出版社
出版社地址	南京市中央路 165 号，邮编：210009
出版社网址	http://www.jswenyi.com
印　　刷	三河市双升印务有限公司
开　　本	710 毫米 × 1000 毫米　1/16
印　　张	19.125
字　　数	270 千字
版　　次	2019 年 12 月第 1 版　2023 年 5 月第 3 次印刷
标准书号	ISBN 978-7-5594-3922-2
定　　价	69.80 元

自成一家说红楼

凡　夫

在我的朋友圈里，真正称得上“红粉”的，当数启意。我的朋友都喜欢《红楼梦》。但我们“读红”，只是作为一种文学欣赏和艺术欣赏，即使有那么一星半点体会，也是支离破碎的。启意不。他“读红”是研究性地读，探索性地读，考证性地读。所以朋友聚在一起“谈红”的时候，最有发言权的就是他。

多年来，启意不仅研读了多个版本的《红楼梦》。还读了很多“红学”研究专著。庚辰本、己卯本、戚序本、蒙府本、列藏本、程甲本、程乙本，他都有收藏。脂砚斋评点本更是他的最爱。他把各种版本的《红楼梦》对照着读，比较着读，读着读着，便读出了自己的心得。与此同时，他大量阅读古今各个“红学”流派的评论，包括晚清王雪香、张新之、沈瓶庵、王国维、蔡元培的点评、题咏和评论，尤其是以蔡元培为代表的“索隐派”的研究专著。对胡适、俞平伯、周汝昌、冯其庸为代表的“考证派”的研究成果，启意也读得津津有味。对新旧红学家的一些观点，启意并不完全赞同，但他特别佩服和赞赏这些红学前辈的治学态度和文化良知。据他说，胡适树起“考证派”的大旗，公开与“索隐派”鼻祖蔡元培叫板时，蔡先生正担任北大校长，胡先生是蔡先生聘任的教授。但“校长”对“教授”

的叫板不仅不生气，反倒热情地为对手提供考证资料——胡适多方寻求《四松堂集》而不得，蔡元培得知后，专门托人借了一套刻本送到胡适家里。俞平伯早年对《红楼梦》评价不高，对高鹗续书的价值也不以为然，后来随着研究的深入，又不断修正了自己的观点。启意对各家“红学”大腕们的研究成果，取既尊重，又不盲从的态度。他认为，因为可资应用的材料已经挖掘殆尽，很多红学家对于同一个问题又是公说公有理，婆说婆有理，谁也说服不了对方。更有不少伪红学家为了哗众取宠，动不动就发布一些荒诞无聊的“研究成果”，而这些“研究成果”除了招来一片嘘声之外，于红学研究并无价值。鉴于上述情况，启意说了自己的看法：“对于与《红楼梦》相关的诸多问题，与其几十年如一日地重复那些车轱辘话，倒不如静下心来品味原著来得实惠。”《轻叩红门》，就是启意静下心来品味原著的重大收获。

小时候在乡下看戏，对前面的文场戏了无兴趣，最喜欢看的是最后的“开打”。父亲评论说：“不会看的看热闹，会看的看门道。”启意“读红”的可贵之处，是读出了其中的门道。启意写《轻叩红门》，至少包涵了两层意思，一层是将自己多年“读红”的体会分享给大家，另一层则是帮助那些初涉《红楼梦》的读者，扫除阅读阻碍，克服畏难情绪，将这部“读不进去”的书“读进去”，并且读出味来。

启意很用心，将《轻叩红门》分为五个小辑：“是非红楼”“人情红楼”“世态红楼”“职场红楼”和“悲情红楼”。意图很明确：他愿意做一名“读红”导游，和读者朋友一起漫游大观园，在曲里拐弯的地方不迷方向，在雾里看花之处看出门道。

第一辑“是非红楼”，启意开宗明义，坦陈了自己的“读红”观，也为读者勾画了一幅“读红”的导游图。有人会问，为什么要“读红”？读《红楼梦》管吃管喝吗？管升官发财吗？作者以自己的切身体会和身边所发生的真实故事，实在而生动地告诉提问者，“读红”虽然管不了这些物质层面的问题，但却可以影响人的精神世界。作者引用了倪萍的姥姥的一段妙语：“念过书的人，不管长得咋样，你仔细看都长得好看。书念得越多，人长得越俊。没念过书的人，眼神是傻的。”大字不识几个的老太太真把读书的妙处说到家了。拿这段话来说“读红”，再恰切不过。接下来，作者以通俗的语言，分别介绍了《红楼梦》的版本演变，续书功过、主要人物、“红学”评论和流派以及自己的“红学”观。读者有了这张大观园的导游图，“读红”之旅，就会少一些迷茫和盲目，做到心中有底，心中有数。

作为一个优秀的“导游”，光提供一张导游图显然是不够的，更重要的是引导人们看出门道。根据自己“静下心来品味原著”的体会，启意精心设计了“人情红楼”“世态红楼”和“职场红楼”三个小辑。这三个小辑是对导游图的细化，也是在新旧红学基础上的另辟蹊径。启意反对死读书、读死书、钻牛角尖式的“读红”方法，主张在精读原著的基础上，联系实际，学以致用。

联系实际，不是联系芝麻绿豆之类的琐事；学以致用，也不是牵强附会地滥用。启意集纳的这三小辑，针对的都是对人生有重大影响的几个方面。“人情红楼”主要讲“读红”对做人的影响；“世态红楼”侧重讲“读红”对处世的影响；“职场红楼”则重点讲“读红”对职场的影响。作者通过对《红楼梦》中一个个人物、一个个事件的精理细析，揭示其在现实生活中给予我们的启迪。这些启迪，有正面的，有反面的；有直接的，有间接的；有眼前的，也有久远的。《红楼梦》是一部人生智慧的百科全书。读懂了《红楼梦》，我们也许就会活得智慧一些，明白一些，开心一些，少做一些傻事、错事和自以为聪明的事。

让我们看看“职场红楼”都写的什么吧：《鸳鸯：把工作做到无可替代》《袭人：做自己的事，让别人去说吧》《平儿：站在上司的角度思考问题》《晴雯：群众基础很重要》《紫鹃：忠诚胜于能力》《麝月：付出总有回报》《小红：做一个有准备的人》《兴儿：管住自己的嘴巴》。别的暂且不说，仅仅看看这些标题，我们就会眼前一亮。新旧红学有这样研究《红楼梦》的吗？新旧红学家有这样写研究文章的吗？启意“读红”，贴近生活，贴近实际。读这样的文章，让人觉得接地气，能解渴。因而我认为，《轻叩红门》最可贵的地方，就在于探独到之理，发独家之言，抒独特之情。其思想价值和审美价值，实不可低估。

文学，即人学。《红楼梦》最让人称道的，是写出了一个个活生生的人。这些人在当今生活中，仍可以找到他们的影子。而且，他们给予当下人们的启迪，是其他文学作品所难以取代的。不过，曹雪芹用的是“细雨润物”的手法，不经意，不留意，很容易被忽略。启意给自己的任务，就是把这些容易被忽略的东西，一一挑出来，放大了给人看。这一来，给人的印象就集中了，强烈了，具有冲击力了。

贾母，跟十二金钗相比，是一个容易被读者和研究者忽略的人物。启意在“人情红楼”一辑，却偏偏把她放在首位。《贾母是最高明的“甩手掌柜”》，这个角度就选得让人喜欢。在荣国府领导层这座金字塔里，贾母无疑是塔尖。但她却敢于放手、放权，放心地让王熙凤去管理具体事务，自己当“甩手掌柜”。当“甩手掌柜”有两种情况：一种是没事业心，没责任感，高高在上，无所用心；另一种则是高屋建瓴，全局在胸，大象无形，举重若轻。贾母自然是后一种。这后一种“甩手掌柜”，绝不是随便就能当的，更不是人人都能当的。贾母为什么能当，而且当得那么称职，那么轻松，那么得心应手？启意对此做了深入分析。一方面，从基本见识，特殊经历，个人魅力等方面看，贾母具备当“甩手掌柜”的资格；另一方面，贾母会做人，会识人，会用人，具备当“甩手掌柜”的能力。资格和能力，是当“甩手掌柜”的两块基石，缺一不可。而支撑这两块基石的还有两块基石，这就是“情”和“理”。有情和理做基石，就构成了做人和当领导的格局。荣国府不乏呼风唤雨的人物，为什么这些人当不了“甩手掌柜”？启意对此一一进行了分析：邢夫人与贾母相比，差在做人；王夫人与贾母相比，差在格局；王熙凤与贾母相比，差在内涵。我相信，读了启意的这篇文章，无论是哪一级领导，哪怕他仅是一家之长，也会从贾母身上学到许多有益的经验；从邢夫人、王夫人、王熙凤那里汲取到值得警醒的教训。

据我了解，在本书中，启意着力最多的是第五辑“悲情红楼”。启意虽然长得魁梧伟岸，但内心却极其柔软，极其细密，对红楼女儿抱有一种悲悯情怀。写这组文章，启意前后用了半年时间，他用“悲”来写黛玉，用“叹”来写宝钗，用“哀”来写凤姐，用“惜”来写探春，用“赞”来写湘云，用“伤”来写妙玉，用“慰”来写袭人，用“悼”来写晴雯，用“夸”来写平儿，用“忧”来写紫鹃。虽然不能说像曹公那样“披阅十载”，字字带泪，但启意所用心血之多，所下功夫之大，也是可以想见的。启意坦言，红楼女儿中他喜欢的是妙玉。因为，“妙玉不仅是情趣高雅的女子，而且是敢于以身饲虎的义士。她心无点尘，纯净似水，无一颗慧心则难以解读她，无一片冰心则难以贴近她，可一旦结缘，她便是一位心灵相通、堪付重托的红颜知己。在我心目中，妙玉就是碧水清荷，空谷幽兰。”因为爱得深，启意最见不得有人说妙玉坏话，因李纨说过“可厌妙玉为人”，启意“就冲那句话”，便不喜欢李纨。因高鹗给妙玉设计了一个不堪的结局，启意便深感高鹗“可恨”。因胡适、王昆仑认为高鹗的设计基本符合曹公原意，启意亦觉胡、王“可怜”。喜欢一个人到如此程度，也是启意的可爱之处。我猜想，倘若妙玉生在当下，或启意生在当时，最起码，妙玉也是他精神上的红颜知己了。这不是笑话。

启意给我的篇幅是3000字，已经超了，打住。

2018年7月20日于澹宁斋

目录

●是非红楼

鉴于《红楼梦》本身的复杂性和特殊性，我主张初读者宜“复杂问题简单化，就事论事读红楼”。所谓“是非红楼”，既不索隐、亦不考证、更不探佚。而对于《红楼梦》一书所涉及的问题，以及红学界的众多论证和观点，少不得也要谈点个人意见。

为什么要读《红楼梦》

这个问题，先后有好几个人问过我。第一回，是一个想写点东西的年轻女子。她拿了几篇东西让我看，看过之后我告诉她，应该多读点书。她说她读书也不少，《知音》《家庭》《时尚周刊》她期期都买，天天都读。我说还该读读名著，至少《红楼梦》要读几遍吧。这女子忽闪着一双大眼睛，一句话把我问愣了："为什么要读《红楼梦》？"

第二回，是一个朋友的女儿问的。朋友的女儿大学毕业后暂未就业，想多一门专长，遂拜师学了二胡。有天到朋友家玩，朋友让女儿给我演奏一曲。小姑娘给我演奏了一曲《枉凝眉》。老实说，演奏得中规中矩，听着也还算悦耳，可我总觉得还少了点什么。我问小姑娘读过《红楼梦》吗？小姑娘很诚实，说没读过。我告诉她，应该读读《红楼梦》。小姑娘也问我："为什么要读《红楼梦》？"

还有不少年轻人问过我同样的问题。我不理解，以现在的家庭环境和读书条件，怎么有这么多人没读过《红楼梦》呢？而作为受过系统高等教育的年轻人，居然不明白为什么要读《红楼梦》，实在令人遗憾。更让我困惑的是，这个问题一两句话还真说不明白。如果自问自答，甚至可能把自己绕进去：

读了《红楼梦》，管吃管喝不？答曰：不管。

读了《红楼梦》，管升官发财不？答曰：不管。

不读《红楼梦》，影响日常生计么？答曰：不会。

不读《红楼梦》，影响生儿育女么？答曰：不会。

既然如此，那还有个啥说头儿？——这不就把自己绕进去了？

古往今来，思想的尴尬、文化的尴尬、艺术的尴尬，就是在类似的设问中发生的。

可我觉得，这个问题确实有点说头儿，而且很有必要说明白。那么，究竟为什么要读《红楼梦》呢？

《红楼梦》自十八世纪问世至今，一直被历代学者公认为中国小说史乃至中国古典文学史上不可超越的巅峰之作。《中国大百科全书》评价说："红楼梦的价值怎么估计都不为过。"《大英百科全书》评价说："《红楼梦》的价值等于一整个的欧洲。"这么说，难免有点以大话压人。说得实在点，十八世纪中叶以前中国的社会伦理、风俗礼仪、服装饮食、音乐美术、园林建筑，在《红楼梦》中几乎无所不包。就反映生活的丰富性来说，它是中国封建社会的百科全书。就其文化因子来说，称它为中华民族的传统文化总汇也不为过。《红楼梦》就是一个大花园，不论从哪一个入口进去，都可领略到不俗的风景。著名作家王蒙说："《红楼梦》似乎已经把汉语汉字汉文学的可能性用尽了，把我们的文化写完了。读不下去《红楼梦》，是读书人的耻辱。"王老先生的这话说得有点重，可能让很多人接受不了。那我就把话说轻点：《红楼梦》是中国传统文化的满汉全席，你可能吃遍了中国的八大菜系，甚至尝遍天下美味，但如果没领略过这桌满汉全席，终究是你人生的一大遗憾。

有这么一个故事很能说明问题：早年间我在一家工厂上班时，与师弟同住一间单身宿舍。师傅给师弟介绍了一个女朋友，没谈到一个月，师弟突然跟那姑娘吹了。宣布告吹是他的单方面行为，可姑娘不干，每天晚上都来找他，害得他东躲西藏不到深夜不敢回屋。我问他为什么不跟人谈了，当时他含糊其辞，我听了半天也没听出个所以然。直到去年，他才跟我说了真话。说起来好笑，他俩没走到一起跟我还有点关系——我在宿舍的书桌上摆了一盆文竹，有天那姑娘问我师弟：这东西放在这儿有啥用？她这一问，把师弟问蒙了，片刻之间又突然醒了。醒过来后，就做出了让那个姑娘至今都没弄清原委的决定。汪曾祺先生说："一个能够欣赏齐白石和柴可夫斯基的青年，不大可能成为打砸抢分子。"套用汪先生的话说，一个读过和读懂了《红楼梦》的姑娘，也不大可能问出如此天真的问题，更不大可能因这类问题让自己的生活与想法背道而驰。

在倪萍女士的《姥姥语录》一书中，姥姥是一个大字不识几个的农村老太太。但老太太随便说句话，就如同醍醐灌顶。老太太说："念过书的人，不管长得咋样，你仔细看都长得好看。书念得越多，人长得越俊。没念过书的人，眼神是傻的。"老太太说的，其实就是气质的作用。气质这东西也怪，看不见也摸不着，但确实感觉得到。与气质高雅的人相处，真的如沐春风。而与言行俗气的人打交道，那滋味就不用多说了。这也许就是我师弟跟那位姑娘谈不下去的根本原因。我以为，在老太太眼里，读过《红楼梦》的人，也必定是很好看的——好看的姑娘，她的人生能不充满诗情画意吗？

读了《红楼梦》，固然不能管吃管喝，不能管人升官发财。不读《红楼梦》，固然也不会影响日常生计和生儿育女，但读与不读，对一个人的生活品质和生命的长度宽度是有影响的。这种影响，无形无迹却又有声有息。即如我那位朋友的女儿，演奏《枉凝眉》时，是否读过《红楼梦》，是否读懂了《红楼梦》，效果肯定不一样。再如著文立说，没读过《红楼梦》，没有文化底蕴，即便你写得花枝招展，也遮不住寒薄之相。有《红楼梦》里的思想和文化做底子，即便写得平白如话，在行家眼里，仍掩不住才情四溢。同是拉二胡的，歌厅乐手使出浑身力气，也只能证明自己掌握了这门技艺；而"二胡皇后"闵惠芬的一曲《江河水》，却能让享誉国际乐坛的指挥大师小泽征尔伏案恸哭。何故？内涵使然。不论哪种艺术形式，外在的技巧固然难学，但最难把握的，是它们的内涵。真正能打动人心的，也是内涵。内涵这东西，学不出来，装不出来。内力到了，便随势赋形，流光溢彩。内力是什么？是文化、是见识、是修养、是由技巧之外的综合知识转化而成的自我积淀，是长期积淀在个人行为中的本能反应和自然流露。读懂了《红楼梦》，无疑会增强自身的内力。

读不读《红楼梦》，当真对做人做事没有影响吗？我的回答是，不仅有，而且影响深远。鲁迅先生认为：一部《红楼梦》，单是命意，就因读者的眼光而有种种：经学家看见《易》，道学家看见淫，才子看见缠绵，革命家看见排满，流言家看见宫闱秘事……先生的话，仍然有点绕。我索性说得直白点，如果你身在官场，读了“贾天祥正照风月鉴”的故事，不可能无动于衷；如果你身在职场，看到袭人、鸳鸯、紫鹃、晴雯等人在贾府的处境，不可能没有感触；如果你是一个管理者，读过“王熙凤协理宁国府”“敏探春兴利除宿弊”的故事，不可能没有想法；如果你是一个政工人员，读过“情切切良宵花解语”“金兰契互剖金兰语”两节里的故事，很可能豁然开朗；如果你是一个家族甚至一个单位的当家人，透过荣国府盛极而衰的经历，很可能有所警醒。即便是一介平民，把书中各类人物的为人处事及其命运之间的联系悟透了，无疑将让你受用终生。

这些设想，固然只是我的主观推理，若有人存心抬杠，我还真拿他没辙。但如果让服装设计师楚艳告诉你，她为 2014 年北京 APCC（亚太经合组织会议）领导人设计服装时的灵感就来自于《红楼梦》，你又当做何感想呢？至于从事文学艺术的人，撇开《红楼梦》的思想性和创作手法不谈，光是作者对于诗、词、曲、赋、歌、赞、诔、偈、匾额、对联、尺牍、酒令、百戏、雕刻、泥塑、医药，以及诗话、文评、画论、琴理等知识的信手拈来并运用自如，就足以令人叹为观止。真要把这些知识弄懂了，谁敢说没有用处？诚然，类似的知识、觉悟，我们从如今众多的“宝典”“通鉴”类读物中也不难获得。但从《红楼梦》这个特定氛围中获得的感悟，进而联系到特定的背景、特定的人物、特定的事件，经一番体味后再消化吸收，其营养价值必定远远高于各类通俗读物。我看如今琳琅满目的心灵鸡汤、警世通言类读物，就如同麦当劳和肯德基，饥肠辘辘时也能聊以果腹，但这类东西吃得再多，也永远吸收不到中国饮食文化的精髓。

一部《红楼梦》，值得我们读一辈子。

《红楼梦》不难读

那年，同事梁晶定了个读书计划，让我给修订和充实一下。我毫不犹豫地给加上了《红楼梦》。年底，我问她读书计划的完成情况。她实话实说：只有《红楼梦》没读。原因是读不下去。梁晶是个很聪明、很勤奋的女子，她读不下去《红楼梦》，让我很难理解。其实，说怪也不怪。前不久某出版社评选出的“死活读不下去的书籍排行榜”上，中国的四大名著全部入围，《红楼梦》甚至位列榜首。看到这个消息，就想探究一下其中的原因。

很多红学家都说，《红楼梦》不好读。原因大致有三个方面：一是思想内涵广博精深；二是笔法艺术独具特色；三是高鹗续书改变了曹雪芹的主题思想和人物命运设计，前后因果榫不对卯，让一般读者真伪难辨。索性搁置不读。专家们说的是实话。一位伟人说：“《红楼梦》不仅要当故事看，而且要当历史看。”我以为，这个历史，不仅是曹雪芹所处年代的历史，而且是整个封建社会的历史。这固然是读《红楼梦》的一个独特视角和更高层次，但这样一来，阅读难度必然加大了。同时，因为《红楼梦》本身的自叙性、自传性特征，作品产生的那个年代宫廷争斗波谲云诡，曹家与宫廷的关系也是盘根错节。偏偏曹雪芹在创作时不仅随处敷设草蛇灰线，还在第一回就借甄士隐和贾雨村二人的姓氏和字号，明明白白地告诉你：真事隐去，假语存焉。这样一来，初读者陷入迷魂阵也就在所难免了。高鹗续书改变了曹雪芹的创作旨意和故事结局，但因为曹雪芹八十回后的文字杳无踪迹，其他续书又多属自说自话，其迷魂程度远远超过了前八十回纵横交错的明线和暗线。这么看来，《红楼梦》真不好读。

红学家们说《红楼梦》不好读，是站在宝塔尖上回望攀爬艰辛的切身感受。我说《红楼梦》不难读，是因为我不主张普通读者像福尔摩斯探案一样读《红楼梦》。因为《红楼梦》从最初创作、传抄流行，到刊印发售，其中的问题太复杂了。从程甲本面世直到当下，都让读者无所适从。根本问题在于曹雪芹的《石头记》原本是写完了的，八十回后的部分多数人认为是传抄时遗失了，另有一部分人却认为是书商程伟元和高鹗奉旨销毁了，又接上了高鹗续写的后四十回。还有一部分人认为，后四十回也是曹雪芹原笔。更有少数人乱中添乱，断言《石头记》的作者根本就不是曹雪芹。持论各方均斩钉截铁言之凿凿，即便是蔡元培、胡适、俞平伯、周汝昌、冯其庸等红学大家，也是各执一词，谁也说服不了谁。更为复杂的是，红学领域还有索隐派、考证派、探佚派等多个分支，他们从清朝历史、曹雪芹家史、人物原型家史，以及诸多野史、传说等角度竭力考证和旁征博引，又于节外生出无数枝芽，使得原本就剪不断理还乱的问题更加纠缠如麻。加之程甲本的影响太大了，其烽火燎原之势远远超出了众多学者的想象，致使传抄本渐渐被湮没，绝大多数读者甚至相信了整个一百二十回就是曹雪芹的原笔。如果初读者一开始就带着这些信息和疑问读《红楼梦》，结果很可能是面对各类纷争而无所适从。

如果说程甲本已经让很多学者怒火中烧的话，程高次年推出的程乙本就是火上浇油。程甲本除变更了书名、改动了少量文字、删除了脂砚斋评语、增加了后四十回之外，前八十回基本上还是曹雪芹的原笔原意。程乙本为弥补程甲本的破绽，不仅改变了曹雪芹的创作旨意，全书文字都做了大量改动。比如在第一回，空空道人在大荒山无稽崖青埂峰下看了大石上的记述之后，曹雪芹非常明确地告诉读者："原来就是无材补天，幻形入世，蒙茫茫大士、渺渺真人携入红尘，历尽离合悲欢、炎凉世态的一段故事。"

而在程乙本上，却被改成了“原来是无材补天，幻形人世，被那蒙茫茫大士、渺渺真人携入红尘，引登彼岸的一块顽石”。这一改动，非同小可。加上后四十回对人物命运和故事结局的改动，已经颠覆了《红楼梦》的主旨思想。无奈这两个版本流传太广，后来的许多坊间刻本又多以它们为底本，红学研究者的声音倒显得十分微弱了。

面对现实处境，许多红学研究者并没有就此投子认输，因为他们有自己的斗争利器：脂砚斋评点本。包括庚辰本、己卯本、戚序本、蒙府本、列藏本等版本在内的多种旧钞本上，脂砚斋批语历历在目，且脂砚斋言之确凿地说明自己看过八十回后的完整文字，并对故事线索和人物命运均给予了明确指向。随着出版业的日渐发达，这些版本的影印本和以它们为底本的汇校评点本不断推出，且矛头直指程甲本和程乙本，各方争论遂烽烟再起。

因了这些情况，《红楼梦》自然不好读。那么，我为什么说它不难读呢？我的观点非常明确：复杂问题简单化，就事论事读红楼。

所谓复杂问题简单化，就是我不主张初读者一开始就读脂评本，不主张一开始就陷入各种纷争，更不主张一开始就围着有些红学家的索隐、考证和探佚成果转圈圈。这是专家学者和对这些问题特别感兴趣的读者做的事。一般读者只需记住，《红楼梦》是一部伟大的文学著作，其主题思想就是以荣国府的日常生活为中心，以宝玉、黛玉、宝钗的爱情婚姻悲剧为主线，以贾、史、王、薛四大家族由鼎盛走向衰败的历史为暗线，展现了封建社会终将走向灭亡的必然趋势。在此基础上，品味作品的深刻内涵，领略作者的非凡才情，感受中国传统文化的独特魅力。至于有无必要读脂评本，有无必要关注红学家的各种观点，有无必要将各种索隐、考证和探佚成果联系起来读，则视初读时的感觉和兴趣变化而定。

所谓就事论事读红楼，就是只从原著文字着眼，不要纠结于既往获悉的各种观点，只一门心思顺着故事发展的路线读。一旦读进去了，便顿觉赏心悦目，精彩纷呈。

我虽然不主张初读者一开始就陷入各种纷争，但选择版本却非常必要。以庚辰本、戚序本、蒙府本、列藏本前八十回为底本的版本均为上选，若非作研究用，最好不选程乙本。如果你有兴趣将这个版本的前八十回文字与前述所列诸本仔细对照，便会明白我的良苦用心。还有，高鹗后四十回文字也有必要读一读，虽然续书背离了曹雪芹的主题思想，虽然张爱玲早就将高鹗续书斥为“附骨之疽”，但作为《红楼梦》众多续书之一，高鹗续书也并非一无是处。

当然，阅读《红楼梦》也不是一点难度都没有，光是第一回，一开始就忽而天上地下，忽而云里雾里，似是而非，亦真亦幻，真能把人绕得晕头转向。很多初读者就是在第一回卡了壳并从此望而却步的。但请你务必记住曹雪芹的提示：“你道此书从何而来？说起根由虽近荒唐，细谙则深有趣味。”切记：必须“细谙”。有思想的书，有味道的书，内中意趣，非细谙断不可领悟。那么，这一回该怎么读呢？以我的体会，一是细读，二是多读几个来回。你看，作者在开篇一交代完写作旨意，马上就转到那块石头上去了，接着就是那一僧一道同石头的际遇，然后又将石头带走了。从时间上看，虽然空空道人在一僧一道刚带走石头后就上场了，但从空间上看，却是“又不知过了几世几劫”之后的事。而空空道人在看那石头的经历时，又带出两个什么茫茫大士、渺渺真人。及至与石头交谈，说的却又是凡间的事。直到交代完这部书的来历，甄士隐出场了，按说该轻松些了吧，却又赶上了甄士隐做梦，前面说的那一僧一道又在他的梦里出现，还牵出了警幻仙子、神瑛侍者和绛珠仙草等角色，然后才慢慢展开故事。在这么短的篇幅里，时空交错如此复杂，写作笔法如此跳跃，涉及角色如此之多，不用心细读、不读几个来回，是难以读懂的。我在读这一大段时，一开始也被绕得晕头转向。再读，专门备了纸笔，列出相关线索，理清相互关系，确定基本脉络，再反复体味，才不再迷路。尽管如此，但你只要耐着性子读到“冷子兴演说荣国府”，基本弄清了人物关系，再根据冷子兴对这些人物的介绍，很有可能就有了往下读的欲望。而到了第三回和第四回，随着林黛玉、薛宝钗先后进京入住荣国府，各色人物相继出场，故事就此渐入佳境，而且从头至尾环环相扣。至此，你可能就进入了欲罢不能的境界。到了第五回，经警幻仙子指迷十二钗，以及众仙女演奏《红楼梦曲》，知道了曹雪芹对书中主要人物的命运安排，由不得你不跟着作者走，不跟着人物走。

到了这个地步，《红楼梦》就有可能伴你一生。

从《石头记》到《红楼梦》

为让更多读者阅读《红楼梦》，我不建议初读者一开始就读脂评本，一开始就陷入各种纷争，一开始就围着诸多索隐、考证、探佚结论转圈圈，并主张复杂问题简单化，就事论事读红楼。但在这本书里，有些问题也有必要说清楚。比如书名问题和版本问题。

前文已有交代：《红楼梦》原名《石头记》，正式定名为《红楼梦》，始于乾隆五十六年程甲本刊印之时。但《红楼梦》一名，并非程伟元、高鹗自创。

甲戌本卷首《凡例》说得明白："是书题名极多，一曰《红楼梦》，是总其全部之名也。又曰《风月宝鉴》，是戒妄动风月之情。又曰《石头记》，是自譬石头所记之事也。此三名皆书中曾已点睛矣……然则此书又名曰《金陵十二钗》……"这个《凡例》，独见于甲戌本。但其他多个版本在第一回石头向空空道人叙述自身来历之后也说得明白："空空道人听如此说，思忖了半晌，将这《石头记》再检阅一遍……方从头至尾抄录回来，问世传奇。因空见色，由色生情，传情入色，自色悟空，遂易名为情僧，改《石头记》为《情僧录》。至吴玉峰题曰《红楼梦》。东鲁孔梅溪则题曰《风月宝鉴》。后因曹雪芹于悼红轩中披阅十载，增删五次，纂成目录，分出章回，则题曰《金陵十二钗》。"甲戌本在曹雪芹自题"满纸荒唐言，一把辛酸泪。都云作者痴，谁解其中味"一绝之后则又交代："至脂砚斋甲戌抄阅再评，仍用《石头记》。”

《红楼梦》诞生以来，坊间抄本用名不一。真正统一书名并使其广为流传的功劳，当属程甲本和程乙本。我看这部著作的名字，《石头记》一名太平，《情僧录》一名太白，《风月宝鉴》一名又过露，《金陵十二钗》一名也过窄。这几个书名，要么少点色彩意象，要么缺乏想象空间，唯《红楼梦》一名，既悦目，又赏心，还引人浮想联翩。尽管我不喜欢程甲本和程乙本，但也必须承认，程伟元、高鹗最终选定《红楼梦》一名，其审美水平也不可低估。著名红学家端木蕻良在谈到曹雪芹为什么特别喜欢《石头记》这个书名时，用老子的几句话做了回答：“贵以贱为本，高以下为基……是故不欲琭琭若玉，（而宁）珞珞若石。”

这话固然很有说服力，但我还是喜欢《红楼梦》这个书名。鉴于个人认识，同时也为读者考虑，本书除个别地方必须用《石头记》一名之外，其余各处均用《红楼梦》。

要说清从《石头记》到《红楼梦》的来历，绕不开一个版本问题。很多红学家不喜欢程甲本，原因在于这个版本续上了高鹗的后四十回。为增加后四十回续书，程伟元和高鹗也是颇费心思。在程甲本上，程伟元和高鹗各有一序，都不太长，不妨全文录之。程伟元序曰：

《红楼梦》小说本名《石头记》，作者相传不一，未知出自何人，惟书内记雪芹曹先生删改数过。好事者每传抄一部，置庙市中，昂其值得数十金，可谓不胫而走者矣。然原目一百廿卷，今所传只八十卷，殊非全本。即间称有全部者，及检阅乃只八十卷，读者颇以为憾。不佞以是书既有百廿卷之目，岂无全璧？爰为竭力搜罗，自藏书家甚至故纸堆中无不留心，数年以来，仅积有廿余卷。一日偶于鼓担上得十余卷，遂重价购之，欣然翻阅，见其前后起伏，尚属接榫，然漶漫不可收拾。乃同友人细加厘剔，截长补短，抄成全部，复为镌版，以公同好，《红楼梦》全书始至是告成矣。

高鹗则序曰：

予闻《红楼梦》脍炙人口者，几廿余年，然无全璧，无定本。向曾从友人借观，窃以染指尝鼎为憾。今年春，友人程子小泉过予，以其所购全书见示，且曰“此仆数年铢积寸累之苦心，将付剞劂，公同好。子闲且惫矣，盍分任之？”予以是书虽稗官野史之流，然尚不谬于名教，欣然拜诺，正以波斯奴见宝为幸，遂襄其役。工既竣，并识端末，以告阅者。

二人一唱一和，谎话倒是编圆了，但也有一个问题：《红楼梦》所影射的那段历史，脂砚斋旁敲侧击点明的许多事件，以及书中宣扬的一系列思想，都是宫里极力回避和不认同的。程甲本虽然增加了后四十回，删去了脂批，但根本问题却没有解决，等于做了件卖力不讨好的事。于是，刚翻过年，程乙本就出来了。根据程甲本与程乙本的间隔时间，有学者推断，宫里对程甲本很不满意。因为，程甲本成书于乾隆辛亥冬至后五日，即乾隆五十六年（1791 年）十二月初四。程乙本成书于壬子花朝后一日，即乾隆五十七年（1792 年）二月十三日，前后间隔仅两个月零几天。以当时的印制条件来说，在这么短的时间就变一个版本，其中必定有故事。更令人诧异的是，程乙本在程甲本基础上，对文字做了非同一般的改动。据现代出版家、翻译家汪原放先生校勘统计，程乙本总共改动（包括增删）了 21506 字，其中前八十回改动 15537 字，后四十回改动 5969 字。对于改动文字和删除脂批，程乙本的《红楼梦引言》是这么解释的：

是书前八十回，藏书家传阅凡三十年矣，今得后四十回合成完璧……因急于公诸同好，故初印时不及细校，间有纰缪。今复聚集各原本详加校阅，改定无讹，惟识者谅之。

书中前八十回本，各家互异，今广集核刊，准情酌理，补遗订讹，其间或有增损数字处，意在便于披阅，非敢争胜前人出。

是书沿传既久，坊间缮本及诸家所藏秘稿繁简歧出，前后错见。即如六十七回，此有彼无，题同文异，燕石莫辨。兹为择其情理较协者，取为定本。

书中后四十回系就历年所得，集腋成裘，更无他本可考。惟按其前后关照者，略为修辑，使其有应接而无矛盾。至其原文，未敢臆改。俟再得善本更为厘定，且不掩其本来面目也。

是书词意新雅，久为名公钜卿赏鉴，但创始刷印，卷帙较多，工力浩繁，故未加评点。其中用笔吞吐，虚实掩映之妙，识者当自得之。

程乙本引言说了这么多，但从《红楼梦》问世以来，众多红学研究者并不买账。更让这些学者怒发冲冠的是，程乙本印行时，既明说了后四十回为“就历年所得，集腋成裘”而成，但在署名时高鹗却成了作者之一，而且不是续书者而是曹雪芹的合作者。加之前后大量改动已经背离了曹雪芹的本意，因而在周汝昌先生等红学研究者的心目中，这个版本不仅臭名昭著，而且遗患无穷。

据我所知，除程本以外，《红楼梦》的版本情况大致如下：

甲戌本：原为胡适所藏，实存十六回。即一至八回、十三至十六回、二十五至二十八回。原版现存美国，国内有影印本。该版本回数虽少，但脂评有 1600 余条，是现存时间最早的脂评本。

己卯本：实存四十一回零两个半回。即一至二十回，三十一至四十回，六十一至七十回（其中第六十四回、六十七回原缺，由清代嘉道时人抄补）。有脂评 717 条。原版现藏国家图书馆。

庚辰本：实存七十八回。底本原缺第六十四和六十七回两回。脂评之多为各版本之最，总计 2000 余条，但前十一回没有评语。原版现存北京大学图书馆，今市面有影印本。

戚序本：实存八十回。全名为“戚蓼生序本”，因其卷首有戚蓼生一序，故名。该版本抄写工整、错讹极少，是脂本系统中面貌最为精良的流传本。早年有石印本，今市面有影印本。

蒙府本：实存八十回，该版本为清蒙古王府抄本，故名。其中第一至第五十六回、第六十三至第八十回属于脂本系统，其他部分均由程本抄配，八十回后接有高鹗续书四十回。原版现藏北京图书馆。

列藏本：实存七十八回，缺第五、六两回。藏于苏联科学院东方研究所列宁格勒分所（现俄罗斯圣彼得堡东方研究所），故名。后经中苏双方商定联合整理印行，并由中华书局影印发行。

至于梦觉本、靖藏本、杨藏本等版本，固不乏各自特点，但因影响较小，遂不赘述。

替程伟元、高鹗说句公道话

我不喜欢程甲本和程乙本，且随着个人研究的继续深入，难免还会对这两个版本特别是高鹗续书提出自己的看法，但凭良心说话：《红楼梦》之所以能广为流传并风靡天下，程伟元和高鹗功不可没。

《红楼梦》成书时间说法不一，但从乾隆二十年到乾隆五十六年程甲本问世之间，一直在坊间传抄流行。当时虽有“开言不谈《红楼梦》，读尽诗书也枉然”之说，但有幸读过这部书的，则多属上流社会和有闲阶层。传播范围真正呈几何级数增长的时期，当是在程甲本和程乙本问世之后。

当时传播速度太慢的主要原因有两个：一是手工传抄，购书成本太高；二是有头无尾，抑制消费欲望。据说还有第三条原因：书中有犯忌内容，卖书、买书和读书都有风险。

程伟元在程甲本序言里说：“好事者每传抄一部，置庙市中，昂其值得数十金。”这数十金是个什么概念？我们从《红楼梦》第三十九回可以略知一二。

那回，因史湘云做东刚请海棠诗社的人吃过螃蟹，刘姥姥给他们算了一笔账：“这样螃蟹，今年就值五分一斤。十斤五钱，五五二两五，三五一十五，再搭上酒菜，一共倒有二十多两银子。阿弥陀佛，这一顿的银子，够我们庄稼人过一年的了！”刘姥姥这话可不是随便说的，因为在第六回她第一次进荣国府时，王熙凤曾给过她二十两银子。以这些银子在她们家所起到的作用为参照，大概不会太离谱。再把刘姥姥的话同程伟元的话对着看，如果要用一家人一年的生活费用买一部书，一般人咋说也得掂量掂量。还有，当时传抄流行的《红楼梦》仅有前八十回，按照一般人的消费心理，花那么多钱买一部有头无尾，而且听说上面还在查禁的书，就算再思之若渴，搁谁都会犹豫。《红楼梦》在当时的传播障碍，由此可见一斑。

但这些问题被程伟元和高鹗解决了：镌版与活字刊印，解决了传抄速度太慢和购书成本过高的问题；续书消除了购书者的心理障碍，带动了前八十回的迅速传播。如果说因为书中原有犯忌内容曾遭到查禁，但因为程伟元和高鹗对相关内容做了些许调整，最终可以公开传播了，这倒也不是坏事。鉴于这些原因，真要权衡利弊的话，我必须实话实说：利大于弊。

据史料记载，程伟元，字小泉，苏州人，做过清代盛京将军晋昌的幕僚。工诗画，其留存于世的作品有遗画三幅和遗文三篇。遗画名称不详，遗文即程甲本《红楼梦序》、程乙本《红楼梦引言》，以及《且住堂诗稿跋》。而不少红学家认为，他就是一个书商。高鹗，字云士，号秋甫。乾隆六十年（1795 年）进士，做过内阁中书、汉军中书、内阁典籍、江南道监察御史、刑部给事中等职，有《月小山房遗稿》《砚香词》等作品传世。从程本的序言、引言上看，二人整理和刊印《红楼梦》，应该是合作伙伴。而据红学家紫军、霍国玲夫妇考证：程伟元和高鹗就是乾隆的御用文人，他们的主要任务，就是对《红楼梦》进行整理、抄录，并镌版印制。据两位学者分析，《石头记》问世之后，曾遭到严厉禁毁。无奈屡禁不绝，乾隆与和珅商议后认为，这部书像“风月宝鉴”那样有正（小说）反（历史）两面，而脂砚斋批语是通过小说探查历史的关键。于是他们决定采取阉割与篡改的办法，即全部删除脂砚斋批语，并将八十回后的故事续补完整，以引导读者只看小说故事，不追究故事背后的历史。

根据两位学者的考证结果，我想表达两个意思：一是如果压根儿就没这回事，整个过程就是程伟元和高鹗自主所为，则证明这两个人不仅有商业头脑，还不乏运作能力。二是如果真有这么回事，那程本《红楼梦》就是毛病再多，我们也不能责怪程伟元和高鹗。因为，站在他俩的角度考虑，既然这个活儿派给他们了，不干就是抗旨，干不好就交不了差。也就是说，这活儿你不想干也得干，而且还必须干得让上面满意。否则，白忙活一场事小，掉脑壳也不是没有可能。若真是这种情况，将心比心，你说咋办？胡适、俞平伯、周汝昌等多位红学大家曾力主“腰斩《红楼梦》”——把高鹗所续的后四十回删去，只保留前八十回。但这一提议却遭到众多红学家反对，不少教育学家和社会学家也指出：这样做的负面作用太大，社会成本太高。最终，还是俞平伯先生的临终遗言为这一争论画了句号。俞先生写道：“胡适、俞平伯是腰斩红楼梦的，有罪。程伟元、高鹗是保全红楼梦的，有功……”俞先生此言一出，红学界很少再有人提这一话题了。当然，近年也有多个版本的八十回脂批本《石头记》出版发行，但多属市场行为，与上述“腰斩”提议并无干系。这是后话。

至于后四十回续书问题，尽管高鹗续书改变了曹雪芹的创作主旨，但我还必须说，跟曹雪芹相比，高鹗固然少了几分才情。但跟他同时代写小说的人比起来，称他为佼佼者也不为过。毕竟，高鹗也是从秀才、举人一步一步考上来的两榜正途出身。进士及第之后，又历任内阁中书、汉军中书、内阁典籍、内阁侍读、江南道监察御史等职，对当时的政治、经济、社会也有自己独特的认知。而就其续书来说，也并非毫无可取之处。最早读《红楼梦》时，还没有续书的概念，读至第八十回，先是香菱被夏金桂折磨，又遭薛蟠毒打，以致病体恹恹。联想其身世，顿生怜惜之情。接着又见迎春回府，说起自己嫁给孙绍祖后的非人遭遇，令人无不动容。及至孙家又要接她回去时，从贾母、王夫人到众姊妹皆柔肠寸断，悲伤不舍。可到了第八十一回，突然莫名其妙地蹦出个《占旺相四美钓游鱼　奉严词两番入家塾》来，氛围突兀、衔接生硬还在其次，最要命的是语言寡淡乏味，人物黯然失色。随后的几十回，是耐着性子读完的。知道后四十回是高鹗续书之后，又用心读过几遍。这时我发现，高鹗续书也有一个渐入佳境的过程。一开始手生，写来无疑生硬，进入状态后，也是越写越好了。

如今看来，高鹗续书还真不是随意而为，很多故事设计、人物命运设计，也是下了功夫的。比如写黛玉之死，周汝昌先生认为黛玉是在寒塘自沉而亡，并为此做了很多设想，以印证七十五回湘云和黛玉联诗时所吟的“寒塘渡鹤影，冷月葬花魂”两句。刘心武先生在其《刘心武续红楼梦》一书中，为黛玉设计了一个“仙遁”的结局，具体过程有很多烘托，结果与周老先生的考证并无二致。在没有见到曹雪芹的原笔之前，我以为高鹗设计的“焚稿断痴情”结局，是符合黛玉这个人物性格的，在写法上也远远高于自沉和“仙遁”。还有那个有名的“调包计”，你可以因此对王熙凤恨之入骨，也可以因此感叹人心难测，但就小说创作手法来说，却不能不承认高鹗的这个设计是成功的。再说他设计的“宝玉中乡魁、荣府延世泽”的结局，虽然与曹公预设的“落了片白茫茫大地真干净”的大悲剧结局背道而驰，却也迎合了很多喜欢大团圆结局的读者的心理，在很大程度上又让这部分读者有了稍许的情感慰藉，这也是一百二十回《红楼梦》得以流传的民意基础。

高鹗续书也有“落了片白茫茫大地真干净”的结局设计。在第一百二十回，贾政送贾母灵柩返程，一日正在船上写家书，抬头忽见船头的雪影里有个人光着头，赤着脚，身上披着一领大红猩猩毡斗篷，向贾政倒身下拜。待看清是宝玉时，宝玉已同那一僧一道飘然而去。贾政上去追赶，行至一山坡上，“只见白茫茫一片旷野，并无一人”。这一设计，很多红学家不认可，但舒芜先生却认为是“绝世妙文”。鲁迅先生在其《〈绛洞花主〉小引》一文中曾专门谈到这个情节，先生说：“……因为世上，不幸人多。惟憎人者，幸灾乐祸，于一生中，得小欢喜，少有罣碍。然而憎人却不过是爱人者的败亡的逃路，与宝玉之终于出家，同一小器。但在作《红楼梦》时的思想，大约也止能如此，即使出于续作，想来未必与作者本意大相悬殊。惟披了大红猩猩毡斗篷来拜他的父亲，却令人觉得诧异。”看来，鲁迅先生对这一设计也是肯定的。

目之所及，自《红楼梦》问世以来，《红楼梦影》《梦续红楼》《红楼遗事》等续书不少于二十种，但真正让读者和红学家认可的实在不多。当刘心武先生宣布要续《红楼梦》时，很多读者都抱了很大的期待。可等他的续书一出来，网上评论又多为“大失所望”。依我看来，他在书中的结构设计、故事设计、人物命运设计等方面，显然是在刻意躲着高鹗走，可也没走曹雪芹预先设定的路线。而在叙事节奏把握方面，让人感觉他不是在写小说，而是在发布自己的探佚成果。更要命的还是他的叙述语言和人物对话，尽管他在序言中先给读者打了“预防针”，真正开读后还是出人意料。比如，在第八十七回荣国府几个人在对黛玉的丫鬟雪雁的安排时，只听凤姐说：“……就是赎，那银子也应付给林家，如今可到哪里找林如海那家去？”听听，凤姐这可是在跟王夫人说话，她竟敢直呼“林如海”，林如海是谁？在第八十八回，王夫人在跟贾政商量宝玉和宝钗的婚姻时说：“实在二宝都老大不小了……”这不是王夫人在跟贾政说话，而是刘先生在跟读者和观众说话。在第八十九回，贾珍在跟贾琏商量如何处置凤姐时说：“你父亲并那邢夫人倒罢了……”在曹雪芹的前八十回，贾珍何曾说过这等混账话？还有贾芸直呼贾宝玉、贾雨村直呼贾政、邢夫人称王熙凤为“凤姐儿”、王熙凤说“袭人家里后来小康了”等，类似让人别扭的地方，几乎俯拾即是。刘心武先生是当代人，要求他作品里的语言跟十八世纪的曹雪芹一样，确实有点苛刻。但他也是著名作家，这么多稍微用点心就可避免的低级错误，在他却是屡错屡犯，而且一犯到底，太不应该。因而我对他这本书的评价只有八个字：精神可嘉，意趣甚微。

说到续书，有个人不能不提。2007 年我在武汉大学进修时，曾于武昌八一路的一个旧书店淘得一本《红楼梦新补》，山西人民出版社 1984

年 12 月出版，作者张之。甫一开读，让我大吃一惊：现在续《红楼梦》的，还有这么高水平的人？全书不但所有故事情节都遵循了脂批所指的伏线设计，故事发展也合情合理。更难得的是语言风格与原著颇为接近，诗词格调也远远高于当代续书。当时搜索作者信息，未果。及至写这本书时，再次多方搜索，才了解个大概：张之，河南安阳人，自幼爱《红楼梦》，并将其安阳老宅命名为慰芹庐。从少得可怜的信息里得知，张先生写《红楼梦新补》，也花了十年时间。难怪呢。

高鹗的才气逊于曹雪芹，这是少有争议的。但我还要说，撇开是否符合曹雪芹创作旨意的问题不谈，仅就《红楼梦》问世以来的续书水平而论，普天下的人都可以批评高鹗，唯有续过《红楼梦》的人没这个资格。因为，我至今还没发现可与高鹗比肩者。在这个问题上，不能昧着良心说话。倘有人硬要认定了“孩子是自己的好”，那我只能跟您说一声：对不住，我没空儿陪您抬杠！

石头、神瑛、贾宝玉和曹雪芹

很多初读者说《红楼梦》不好读，我认为一个很重要的原因，就是打一开头就被石头、神瑛侍者、贾宝玉和曹雪芹的关系绕晕了。曹雪芹原来设计的四者关系固然复杂，但认真看去却一丝不乱：石头是整个故事的见证者和书写者；神瑛侍者是贾宝玉的前身，贾宝玉是神瑛侍者的化身，而曹雪芹只是石头所写故事的“责任编辑”。四者的前因后果是这样的：石头在女娲补天时被遗之未用，长年在大荒山无稽崖青梗峰下自怨自叹。适逢一僧一道打此经过，先听他们说些云山雾海、神仙玄幻之事，后又说到红尘中的荣华富贵，不觉打动凡心，便央求二仙带自己到人间去享受一番。经不住石头的软磨硬缠，二仙便袖了石头走了。他们把石头带到哪里去了呢？我们从甄士隐的梦里知道了去向：据那僧说，因为有一段风流公案正该了结，又因那一干风流冤鬼尚未投胎入世，遂趁此机会将石头夹带其中，使它去经历经历。至于是怎样一段风流公案，那僧也说得明白，就是西方灵河岸上三生石畔的绛珠仙子欲报赤瑕宫神瑛侍者灌溉之德的事。瞅准这个机会，那一僧一道就带着石头，到太虚幻境同警幻仙子办理交割手续去了。按甄士隐梦中所记，他本想跟着二仙去看看如何交割的，可刚一抬脚，忽听得一声霹雳，有若山崩地陷。待定睛一看，只见烈日炎炎，芭蕉冉冉……恰在此时，夹带着石头的神瑛侍者降落凡间——宝玉衔玉而生了。随后就是石头将其下凡以来的所见所闻如实记载，再由空空道人从头至尾抄录回去，又经曹雪芹于悼红轩中披阅十载，增删五次，纂成目录，分出章回，《红楼梦》自此问世，所有故事也就从这里循序展开。

这不很清楚吗，哪儿绕了呢？是的，我这段叙述来源于甲戌本《石头记》，当然不绕。如果你读的是程高本《红楼梦》，就没法儿不绕了。问题出在哪儿呢？按照阅读《红楼梦》的一般常识，上面这几处，既是牵动整部著作的基本纲领，又是通往红楼深处的重要关口，这时亟须解决的问题就是理清角色关系，即石头、神瑛侍者与宝玉之间的关系。甲戌本在这几个地方说的石头是石头，神瑛侍者是神瑛侍者，一僧一道就是要将石头夹带在一帮“风流冤鬼”中让其下凡的。当时宝玉尚未出生，且先不说。而程高本一开始就把石头与神瑛侍者合二为一了，并且石头已经在警幻仙子处当差多时，却还被二仙携来携去的，岂能不绕？关于这段经历，先看甲戌本是怎么说的：

那僧笑道：“此事说来好笑，竟是千古未闻的罕事。只因西方灵河岸上三生石畔，有绛珠草一株，时有赤瑕宫神瑛侍者，日以甘露灌溉，这绛珠草始得久延岁月。后来既受天地精华，复得雨露滋养，遂得脱却草胎木质，得化人形，仅修成个女体……恰近日这神瑛侍者凡心偶炽，乘此昌明太平朝世，意欲下凡造历幻缘……”

再看“程高本”是怎么说的：

那僧道：“此事说来好笑。只因当年这个石头，娲皇未用，自己却也落得逍遥自在，各处去游玩。一日来到警幻仙子处，那仙子知他有些来历，因留他在赤霞宫中，名他为赤霞宫神瑛侍者……今日这石正该下世，我来特地将他仍带到警幻仙子案前，给他挂了号，同这些情鬼下凡，一了此案。”

按说，曹雪芹已经把石头、神瑛侍者、贾宝玉在书里的关系说得很明白了，用不着我再多嘴的。但因为程高本把水搅浑了，加之很多红学家至今还在为这个问题打嘴仗，就禁不住想谈点个人意见。

要说清楚这个问题，有两个关键点必须先理一理：

曹雪芹本来的意思是，石头是石头，神瑛是神瑛，石头是被一僧一道夹带在神瑛、绛珠等一帮“风流冤鬼”里一起下凡投胎的，下凡以后，神瑛和宝玉融为一体，宝玉成了神瑛的化身，但石头还是一个独立的存在。如果用公式表示的话，则应为：石头＋神瑛＝石头＋（神瑛＋宝玉）。

程高本的意思是，石头固然是石头，但石头已被警幻仙子留在赤霞宫，且已被命名为神瑛侍者。后来下凡与宝玉融为一体，所以石头就是宝玉。因而这个公式则为：石头＋神瑛＝宝玉。

程高本原想把问题简单化的，没想到却让自己陷入了矛盾境地。其一，前面刚说过石头“因众石俱得补天，独自己无才，不得入选，遂自怨自愧，日夜悲哀”，接着却说它“落得逍遥自在，各处去游玩”。是它自己想开了？理由何在？其二，石头既然可以“各处去游玩”，并且老早就自己“来到警幻仙子处”，又被警幻仙子留下了，还“名他为赤霞宫神瑛侍者”，又何劳那一僧一道“仍带到警幻仙子案前”给它挂号？他们自相矛盾不打紧，却把读者绕晕了。

著名红学家蔡义江先生对程高本的这种角色关系变更给予了驳斥，他通过细读脂评文本后提出了自己的观点：宝玉是神瑛侍者的化身无疑，而石头在整个故事中就是个“随行记者”，万万不可把被夹带的石头与带着它入世的神瑛混为一谈。周汝昌先生对程高本原本就恨之入骨，对这个版本关于石头、神瑛和宝玉的关系设置更不认可。但周老先生对于三者关系的研究结论却也让很多红学家不以为然。老人家的结论就是两个等式：石头＝贾宝玉；神瑛侍者＝甄宝玉。依我看来，这个结论不是一般的主观牵强，如果读者按照这两个等式来阅读和理解《红楼梦》，必定被绕得更找不到北了。

周老先生当然有自己的理由，他在他的《红楼小讲》一书中表达了这样两个观点：一是石头是同绛珠仙草和神瑛侍者一起下凡的，但因为石头自己本无形象，便乘机袭取了神瑛的身体相貌，所以成了贾（假）宝玉；二是神瑛侍者下凡成了甄宝玉，但因为两个宝玉甄（真）贾（假）难辨，绛珠仙草错将假（贾）宝玉认作真（甄）宝玉，所以绛珠仙草还泪还错了对象。这就绕得太远了。

我也阅读过多个版本的《石头记》，对这个问题也通过细读脂批做过一点研究。就两位老先生的观点来说，我站在蔡老先生一边。我的理由有四条：

第一条很简单，如果说贾宝玉就是石头的化身，那他胸前佩戴的通灵宝玉又是什么？若按周老先生说的通灵宝玉就是证明石头即贾宝玉的标牌，那岂不是说石头从一入世就陷入了“我必须证明我就是我”的尴尬？

第二条也不复杂，曹雪芹交代得明白：神瑛侍者就是贾宝玉的前身。他衔玉投胎来到人间，生活环境变了，也有了一个凡间人名，但他的神仙基因没变，故而他的神采和本质就附着在贾宝玉身上。依这个结论，说王夫人生的是个衔玉的哥儿，合情合理，也无歧义。若依周老先生“石头就是宝玉”的结论，说王夫人生的是个石头，或是个含着石头的石头，这都不像话。

第三条略有点复杂，通过细读文本，我发现石头真像蔡义江先生说的，始终在记录着贾宝玉的一言一行。在第三十六回之前，还时不时地对人对事或大发感慨，或悄然自语。比如在第十五回，因秦钟与智能儿私通一事，宝玉说：“等一会睡下，咱们再慢慢的算账。”因凤姐怕通灵宝玉失落，等宝玉睡下后命人拿来塞在自己枕边。这时石头说：“宝玉不知与秦钟如何算账，未见真切，未曾记得。此系疑案，不敢创纂。”再如第三十六回，在宝玉“自此深悟人生情缘各有分定”一语之后，石头告诉阅书人：“此皆宝玉心中所怀者，也不可十分妄拟。”想想，如果说石头就是宝玉，那他究竟与秦钟如何算账的，他自己能看不真切？石头既为宝玉，它怎么想的直接说出来不就完了，谁敢说它妄拟？

第四条就有点绕了。在所有脂评本《石头记》里，甄宝玉是在第二回贾雨村的叙述中出现的。脂砚斋在“他说，必得两个女儿伴着我读书，我方能认得字，心里也明白。不然我心里糊涂”等数语后批曰：“甄家之宝玉，乃上半部不写者……”直到第五十六回，我们才从前来贾府送礼的四个甄家仆妇嘴里知道了甄宝玉的大致情况。第七十一回，庚辰本在凤姐提到甄家所送的礼物时有一条脂批：“盖真事欲显，假事将尽。”说明作者即将揭开真相了。可直到八十回结束，我们除了在第七十四回、七十五回分别从探春、尤氏嘴里听到甄家被抄以外，仍然未见甄宝玉出场。以本人读小说和写小说的体会，从七十一回开始，就该逐步收尾了，作者在十二钗判词、红楼梦曲、甚至诸多灯谜、酒令、隐语中预示的结局也该逐步呈现了，前八十回都结束了甄宝玉还没出场，说明曹雪芹并未将其安排为一个重要角色。第十八回元春点戏时，脂砚斋在其所点剧目《仙缘》后批曰：“伏甄宝玉送玉。”我个人以为，曹雪芹让甄宝玉送玉，只是书中某个情节的需要，或是书中必得有这个情节（贾宝玉所佩之通灵宝玉在此之前可能丢失过），绝非因为必须另设一个角色而做出的特意安排。根据红学界关于曹雪芹原著只有一百零八回或一百一十回的倾向性观点，要展现《红楼梦》的大悲剧结局，贾府被抄、除秦可卿之外的十二钗命运揭示、贾宝玉经历大变故之后的悬崖撒手等一系列重大事件，都需要在后二十八回或三十回里精心结构和巧妙铺排。而自抄检大观园之后，小说就已经进入收尾阶段。在这种情况下再重新塑造一个角色，再围绕这个角色另辟一条叙事线和展开故事，且后续故事还要与先前的所有情节对榫合缝，先不说时间空间是否允许，单从小说创作手法上说，就是一种“棒槌”做法。曹雪芹才气非凡，断不会如此节外生枝。为什么呢？因为毫无意义。

周老先生之所以说神瑛侍者就是甄宝玉，根本目的就是要组织一条契合他个人研究结论的逻辑链：贾宝玉最爱的人是史湘云而非林黛玉，故《红楼梦》真正的女主角就是史湘云；然则史湘云在嫁给贾宝玉之前必先有一段婚姻，而这段婚姻的另一半只能是甄宝玉；因为甄宝玉是神瑛侍者的化身，也只有他才够得上史湘云判词中所谓“才貌仙郎”的标准；只是史湘云和甄宝玉的这段幸福时光过于短暂，她在遭遇了种种苦难之后最终与宝玉成婚，这才吻合了曹雪芹“因麒麟伏白首双星”的结局安排。老天爷呀，这都绕到哪儿去了？

周汝昌先生是我非常尊敬的一位红学前辈，在整个红学界，如果不带个人成见和学术偏见，都应该承认他在红学研究上的贡献。我本人也从他早期的《红楼梦新证》《梦解红楼》等著作中获益良多。但我对老先生晚年的很多研究结论却不愿苟同。在他去世之前的几个讲座上，我感觉老先生的思维异常活跃，却也异常混乱。他在这个时期的很多研究结论，已经是脱离文本、不顾常识、违背情理、自以为是地想当然了。比如，为了证明史湘云才是《红楼梦》真正女主角的结论，他在解读第五回的《终身误》曲时，既否定了曲中“金玉良缘”之“金”就是指宝钗，也否定了“木石前盟”之“木”就是指黛玉，而是言之确凿地说二者指的都是史湘云。因为史湘云身上确实佩有金麒麟，为“金玉良缘”问题跟他辩论的人还不算太多。可对于他的“木石前盟”之论，闻者就问了：史湘云跟“木”字有什么关系？这倒也难不倒周老先生，老人家说了：史老太君是湘云的姑奶奶，她的原型是苏州织造李煦之妹，故湘云原型也必姓李，“李”者木也，怎么没关系？再者，谁说湘云跟“木”字没关系？你看她姓名里的那个“湘”字，泪中木嘛！因类似主观臆测的研究结论太多了，有红学家直言他的《红楼夺目红》《红楼小讲》等著作实为“满纸荒唐言”。话虽有点过，但也不十分冤枉他。

如今，周老先生已然作古。我说得再多，他也不可能反驳，等于在欺负老人家，遂就此打住。眼下只说我本人对于石头、神瑛侍者、贾宝玉和曹雪芹之间的关系的结论：我认为，在贾宝玉身上，寄托了曹雪芹一生的理想和情感，因而这个人物就是一个聚合了石头之灵、神瑛之魂、曹公之情的艺术形象。贾宝玉身上所表现出的文采风流、呆傻愚顽、关爱体贴、偏僻乖张，都是曹雪芹对人生、人性、人情等问题经过认识、思考、提炼后的真诚流露。除此之外的任何解读，我持尊重态度，但坚持自己的观点。

无材补天又如何

《红楼梦》开篇便交代，空空道人因访道求仙从大荒山无稽崖青梗峰下经过，忽见一块大石，上面字迹分明，编述历历。空空道人从头看去，在了解了其背景之后，又于石头背面发现一偈：

无材可去补苍天，
枉入红尘若许年。
此系身前身后事，
倩谁记去作奇传？

初读者读到这里，可能不会想得太多。但如果你弄清了石头的来历，以及曹雪芹安排它在全书中担任的角色，便会恍然大悟：寥寥数语，原来干系重大。脂砚斋在“枉入红尘若许年”一句旁批曰：“惭愧之言，呜咽如闻。”我在前面曾专门论述过石头、神瑛侍者、贾宝玉和曹雪芹之间的关系，若论三者哪个与曹雪芹贴得更近，我只能这么说：贾宝玉身上有曹雪芹的影子，石头身上背负着曹雪芹的情绪。而待你再知道了曹雪芹的生平遭际，便知道了那块女娲补天所遗之石为何自怨自嗟，日夜悲号惭愧。

曹雪芹《红楼梦》八十回之后的故事，我们无缘见识。贾府因何败落，宝玉因何悬崖撒手，我们也只能从脂批中略知一二。而且经过多年来的索隐、考证和探佚，加上一些“红学专家”的胡乱解读，很多问题都变得似是而非甚至面目全非了。我主张初读者就事论事读红楼，但鉴于《红楼梦》固有的自叙性特征，如果我们能够深入曹雪芹的内心世界，对宝玉这个人物形象、对他心中的诸多困惑、对他身上反映出的各种矛盾，以及他的一系列思想的理解，无疑将会更深一层。

曹雪芹生于康熙五十四年（1715）五月二十八（阴历四月二十六）。其曾祖父曹玺曾做过康熙帝的伴读和御前侍卫，后任江宁织造兼两淮巡盐监察御史。自曹玺开始，其祖父曹寅、父亲曹颙、叔父曹頫等祖孙三代四人先后主政江宁织造达六十年之久。康熙六下江南，其祖父曹寅就在府中接驾四次。曹雪芹自小就在江宁织造府过着锦衣玉食的生活，终日与姊妹丫鬟一起，其温柔缱绻和富贵风流，一时难以尽述。至雍正五年（1727）曹雪芹十三岁时，其叔父曹頫因织造亏空、转移财产、骚扰驿站等罪名被革职入狱，次年正月被抄家查办，曹雪芹便随母迁回北京，一家人在蒜市口老宅以少许地租艰难度日。后为偿还骚扰驿站案所欠银两和维持生计，不得不典房卖地，自此家境一日不如一日。《红楼梦》第十九回，宝玉从宁国府堂会上溜出来，同茗烟一起到了袭人家。袭人母亲和哥哥见宝玉登门，忙另齐齐整整摆上一桌果品来。在“袭人见总无可吃之物”一句旁边，脂砚斋批曰：“补明宝玉自幼何等娇贵。以此一句留与下部后数十回‘寒冬噎酸齑，雪夜围破毡’等处对看……”由此可见破落后的曹家和曹雪芹的生活状态。乾隆十五年（1750）前后，曹雪芹一家在城里已住不下去了，曾先后迁住京郊的峒峪村、北上坡和白家疃。所谓“茅椽蓬牖，瓦灶绳床”，大抵就是指他这个阶段的生活。其间，他也曾经人举荐，做过内务府笔贴式差事，在右翼宗学担任过管理日常事务的小职员，但始终未能改变其家庭窘况。当他听从好友敦诚的劝告、不再“弹食客铗”和“叩富儿门”，一门心思“著书黄叶村”时，“满径蓬蒿草不华，举家食粥酒常赊”就成了他的生活常态。

曹雪芹少年和成年后的生活，判若云泥。从极富极贵到穷困潦倒的重大变故，使曹雪芹对封建社会、封建家庭，以及那个环境下的世态人情有了刻骨铭心的认识，从此开始著书立说。创作《红楼梦》，就是从这个阶段开始的。

对于儿时钟鸣鼎食的日子，以及身边那些出色的女子，曹雪芹无疑是充满留恋的。但在曹雪芹的认识里，那个处于“末世”的天已经破了，怀念过去的时光已然无益，当务之急就是尽快“补天”。从字面上看，“无材可去补苍天”一句，就是曹雪芹对自己虽有心济世，却无材补天的尴尬处境的哀叹。而在我看来，他的很多话应该反过来听。即如那一僧一道对石头的态度，以及《红楼梦》很多地方对宝玉的描写，若不细心揣摩，光是闷着头读死书，是很难领悟到里面的真实思想的。再看《红楼梦》在交代女娲炼石补天时，并未在三万六千五百零一块石头中比较和挑选，而是只用了三万六千五百块，单单剩下一块未用。任谁看来，这不是一大遗恨？因而我认为，令石头悲号惭愧的，不是无材补天，而是无缘补天。曹雪芹在塑造贾宝玉这个人物形象时，虽然极尽鄙薄之辞，诸如通过王夫人之口，说他是“孽根祸胎，混世魔王”；通过贾政之口斥之为“孽障、畜生、无知的蠢物”；通过宝钗之口称他为“无事忙”和“富贵闲人”。更有那阕著名的《西江月》，直把贾宝玉批得一无是处，可透过他对于当时的社会制度、主流思想，以及个人理想等方面的一系列理念又可看出，曹雪芹对他是非常欣赏的。或者说，那些东西本身就是曹雪芹的思想。

我们所认识的贾宝玉，是一个除了《四书》之外，其他关于仕途经济之类的书籍都不放在眼里的人。他最喜欢的，就是《西厢记》《牡丹亭》《长生殿》之类的闲书。读这类书籍，虽然被当时志在功名的人所不屑，但对开阔眼界、增长知识也不能说没有用处。曹雪芹儿时同贾宝玉一样厌恶八股和反感科举，但其祖父曹寅曾奉旨总理扬州书局，管领过《全唐诗》等二十余种精装书的刻印，因而曹家藏书甚丰。康熙年间《江都县志·曹寅传》

称："尝集书十余万卷，手自校雠，刊善本行世。"而据传世的《楝亭书目》记载，曹寅收藏的善本书就达 3287 种之多。曹雪芹在父兄的督促下，自幼博览群书，经常窥视上流社会各色人物的行为举止，学养见识自不待言。因了这些缘故，他对自己思想理念的先进性是非常自信的。当他还沉浸在曹家奢华尊荣的日子里的时候，自然不必也无暇思考"补天"这么沉重的问题。而待他因为家道中落，对社会、对世道、对人生有了深刻感悟，并生出"补天"的想法的时候，却无论如何也没有这种机缘了。甚至连他的种种理念，也为当时的主流价值观所不容。抚今思昔，不由悲从中来，这是再自然不过的事。

在当代作家王跃文的长篇小说《国画》里，作家借书中人物曾俚之口，说过这样一番话："真正的知识分子都是悲剧命运的承担者。他们要提前预言一个时代的真理，就必须承受时代落差造成的悲剧命运。"这一论断，或许可以成为曹雪芹因"无缘补天"而郁愤难平的最好注脚。

同许多无缘"补天"的读书人一样，曹雪芹也怀着浓厚的知识分子情结。他对于封建社会以君权至上为基础的政治制度、司法制度、婚姻制度、教育制度充满了憎恶。虽然再也无缘"补天"，但他却不愿放弃思考的权力，他想通过暴露封建制度的腐朽，揭示这一制度必将消亡的规律，让后人知道在那样一个众人皆醉的社会，仍然有一个清醒和觉悟的人。于是，经"披阅十载，增删五次"，《红楼梦》诞生了。曹雪芹理想的社会状态，就是自由、平等、快乐。而在当时的社会条件下，这一理想无异于水中月和镜中花。无奈之际，他自己营造了一个大观园，他把自己的理想寄托在他所喜欢的贾宝玉和众女子身上，让他们在大观园无忧无虑地享受生活，挥洒性情，并自由自在地做自己想做的事。然而，大观园到底不是"桃花源"，在这里你根本做不到"不知有汉，无论魏晋"，根本不可能摆脱那个阴晴难测的大环境。曹雪芹最伟大的地方，就是他敢于把最美好的东西毁灭给人看。就是这么一个集聚了天下美景、寄托了无限祈盼的大观园，终究躲不过风刀霜剑的摧残，末了也只剩了个落叶萧萧，寒烟漠漠。曹雪芹就是想通过这一结局告诉后人：在一个令人窒息的专制社会里，个人的所有理想都不过是虚幻一梦。

正邪两赋——你我也是同路人

《红楼梦》第二回，贾雨村在郊外酒肆偶遇冷子兴，二人闲谈慢饮，说到贾宝玉，冷子兴在介绍了他自降生以来的种种异事之后，便为他下了断语："将来色鬼无疑了。"未料贾雨村不仅不认同冷子兴的结论，还"罕然厉色"地拦住了他的话。随后，贾雨村借着酒兴为宝玉辩解，并说出一番两百六十多年后人们还时常咂摸的话来：

天地生人，除大仁大恶两种，余者皆无大异。若大仁者，则应运而生；大恶者，应劫而生。运生世治，劫生世危。尧舜禹汤，文武周召，孔孟董韩，周程张朱，皆应运而生者。蚩尤、共工、桀纣、始皇、王莽、曹操、桓温、安禄山、秦桧等，皆应劫而生者。大仁者，修治天下；大恶者，扰乱天下。清明灵秀，天地之正气，仁者之所秉也；残忍乖僻，天地之邪气，恶者之所秉也。今当运隆祚永之朝，太平无为之世，清明灵秀之气所秉者，上至朝廷，下及草野，比比皆是。所余之秀气，漫无所归，遂为甘露、为和风，洽然溉及四海。彼残忍乖僻之邪气，不能荡溢于光天化日之中，遂凝结充塞于深沟大壑之内，偶因风荡，或被云催，略有摇动感发之意，一丝半缕误而泄出者，偶值灵秀之气适过，正不容邪，邪复妒正，两不相下，亦如风水雷电，地中既遇，既不能消，又不能让，必至搏击掀发后始尽。故其气亦必赋人，发泄一尽始散。使男女偶秉此气而生者，上则不能成仁人君子，下则亦不能为大凶大恶。置之于万万人之中，其聪俊灵秀之气，则在万万人之上; 其乖僻邪谬不近人情之态，又在万万人之下。若生于公侯富贵之家，则为情痴情种；若生于诗书清贫之族，则为逸士高人；纵再偶生于薄祚寒门，断不能为走卒健仆，甘遭庸人驱制驾驶，必为奇优名倡。如前代之许由、陶潜、阮籍、嵇康、刘伶、王谢二族、顾虎头、陈后主、唐明皇、宋徽宗、刘庭芝、温飞卿、米南宫、石曼卿、柳耆卿、秦少游，近日之倪云林、唐伯虎、祝枝山，再如李龟年、黄幡绰、敬新磨、卓文君、红拂、薛涛、崔莺、朝云之流，此皆易地则同之人也。

说过上面的话，虽然贾雨村言称“只顾说话，竟多吃了几杯”，但这些话却不是酒话。后世不少学者甚至认为，此正邪两赋论可冠之为贯穿整个《红楼梦》的思想纲领，是理解《红楼梦》的一把总钥匙。这话虽然不尽全面，但说它是曹雪芹思想体系的重要组成部分，则大体不差。从这一论述以及《红楼梦》第三十一回史湘云的“阴阳论”中可以看出，理学宗师朱熹的“天命论”思想对曹雪芹影响至深。朱熹在论述“天命之性、气质之性”时说：“禀气之清者，为圣为贤，如宝珠在清冷水中；禀气之浊者，为愚为不肖，如珠在浊水中。”因此有学者认为，正邪两赋论是以“天理”为核心的唯心主义思想体系。这也不足为怪，曹雪芹生于康熙五十四年（1715 年），其世界观和人生观形成的年代，应该在 18 世纪 30 至 40 年代，马克思的唯物主义理论体系在 19 世纪 40 年代才基本形成。而在此之前，“天命论”就以其完整的理论体系在中国传播了数千年，就连孔子也认为“不知天命无以为君子”。“生死由命，富贵在天”等宿命理论，更是以其深厚的民间基础而根植于古老的中国。曹雪芹纵然才高八斗，也摆脱不了横亘于时空的思想局限。因此我认为，对于正邪两赋论，理论上的问题不必深究。设若必须较真儿，我还敢说，以历代先贤的学识和境界，不论是朱熹总结的清浊二气，还是曹雪芹概括的正邪二气，未必不包含文化、情感、环境等社会学意义上的思想因子。如果这一推论成立，则正邪两赋论在理论上就站得住脚了。对于贾雨村罗列举例的历史人物，我的看法是，除大仁大恶名单中的个别人物略可商榷外，所有正邪两赋之人，不论当时和后世对他们如何评价，单就各自的思想、才情和艺术成就来说，他们都不愧为中华文化长河中的人精。至于有学者将这些人与《红楼梦》人物对应考证并作出结论，我无心附和，也不予置评。

还有一个问题必须澄清，尽管贾雨村在正邪两赋论中只列了大仁、大恶以及正邪两赋等三种类型，而且对正邪两赋一路之人的来路和归宿都做了基本限定，并断定这些人即便偶生于薄祚寒门，也不会成为走卒健仆而甘遭庸人驱制使驭，有人还因此指责曹雪芹的阶级性有问题，但我以为，正邪两赋理论完全可以延伸和拓展。原因之一，贾雨村一开始就说："天地生人，除大仁大恶两种，余者皆无大异。"这里所说的"余者"，自然不光指情痴情种、逸士高人和奇优名倡，大仁大恶者之外的所有劳心者和劳力者，当然都应包含其间。原因之二便是他在结尾处列举了一连串的姓名后，指明"此皆易地则同之人也"。意思就是这些人所处的时代、生活环境及其身份地位虽然不同，但他们禀赋的本质是一样的。既然已经模糊了时代、环境、身份和地位界限，那么即便是栖身于乡间、街市的村夫野老以及引车卖浆者流，也应纳入正邪两赋之列，或者说这些人同样禀赋了正邪二气。这么定位，不仅拓展了正邪两赋论的内涵和外延，或许更符合曹雪芹的人性思想。再者说，文学作品不是学术论文，解读正邪两赋论，宜立足本意而细谙字外深意，不能像理论教条一样要求其逻辑缜密间不容发。如若不然，则所有文学作品都可能经不起推敲。

鉴于文学作品本身所蕴含的象征意义，解读正邪两赋论时，完全可以将贾雨村所说的正邪二气从自然学层面引申至社会学层面。这样一来，现实生活中的你我他，则都是正邪两赋一路之人。既为同路人，能否成为一个对社会、对他人有价值的人，如何成为这样的人，就值得思量了。

托尔斯泰说：“人都有两面性，一个兽性的我和一个人性的我。”《华严经》认为：人皆有二心，即真心和妄心。真心是真静妙乐之心，妄心是乖僻邪魔之性。如果不是存心抬杠，我们就必须承认，每个人的心里都有真的一面和伪的一面，都有善的一面和恶的一面，都有美的一面和丑的一面。古往今来流芳千古的仁人志士，之所以令人景仰，就在于他们经过艰苦的自我修炼，让正的一面在意识深处占了上风，继而格物致知，慎思笃行，直至成功成仁。而那些遗臭万年的恶棍奸佞，之所以令人不齿，无疑是主观上恣意放纵，最终让邪的一面主导了个人行为。再经过量的积累，最终身败名裂是其必然结局。人性相同却结果迥异，内中缘由不可小觑。精神修炼层面的扶正祛邪，也如同农夫经营庄稼，禾苗与稗草相伴而生，勤于除草则禾苗茁壮收获丰硕，疏于护苗则稗草疯长以致田地荒芜。不一样的态度和行为，必然导致不一样的结果。正与邪的此长彼消或此消彼长，均同此理。

贾宝玉：亦正亦邪费思量

贾宝玉这个人，实在不太好说。

不光我不好说，曹雪芹在塑造这个人物时，必定也是颇为纠结的。私下以为，因为这个人物身上本来就有作者的影子，把他写得跟一朵花儿似的，既有悖于他最初的想法，也不免流于浅薄。真把他说得一文不值，一则与事实不符，再说也心有不甘。更主要的是，曹雪芹一开始就不想按既往的套路写《红楼梦》，一开始就不想按现成的模子写人物，一开始就想写一个出乎读者想象和意料的贾宝玉。这样一来，难度就大了。但曹雪芹有办法：先弄个"正邪两赋论"的标准在那搁着，然后就只管按自己的想法写，至于如何评价这个人物，就全凭读者看着办了。

如此这般，看似简单了，可仔细一琢磨，多一半的读者都被曹雪芹带到沟里了。"正邪两赋论"固然可以作为一个基本原则，但这个原则未免过于虚化和抽象，就像官场"老油条"说话，猛然一听，所有的话都"放之四海而皆准"，末了却又让人摸不着头脑，等于什么都没说。而读者要评价的却是一个个活生生的具体人物，评价体系、评价标准与评价对象的实际情况难以准确对应，那还怎么评？面对这种情况，我也很无奈。可既然要品红楼，宝玉这个人是无论如何也绕不开的。说这个人亦正亦邪费思量，却也不是虚与委蛇。我既这么说了，这个人究竟正在哪里，邪在何处，又怎么让人费思量了，必得给读者一个明白话。

孽根与情种：意则参商

《红楼梦》第二回，冷子兴说贾宝玉“抓周”时，任是世上所有稀罕物件一概不取，伸手就抓了脂粉钗环。贾政一怒之下说：“将来酒色之徒耳！”冷子兴在交代了贾宝玉出生以来的种种行状之后，也给他下了定语：“将来色鬼无疑了。”到了第三回，王夫人对林黛玉说：“你三个姐妹倒都极好，以后一处念书认字学针线，或偶一顽笑，都有尽让的。但我不放心的最是一件，我有一个孽根祸胎……”黛玉头回见宝玉之前还在疑惑：这个宝玉，不知是怎生个惫懒人物，懵懂顽童？待宝玉刚一露面，却让她大吃一惊：但见宝玉“面若中秋之月，色如春晓之花。鬓若刀裁，眉如墨画，脸如桃瓣，睛若秋波。虽怒时而若笑，即嗔视而有情”。天哪，这不是一个神仙似的哥哥吗，舅妈为何把他说得那么不堪？黛玉还在犯嘀咕，曹雪芹却又火上浇油，抛出了后人评论宝玉的两阕《西江月》：

无故寻愁觅恨，有时似傻若狂。纵然生得好皮囊，腹内原来草莽。潦倒不通世务，愚顽怕读文章。行为偏僻性乖张，哪管世人诽谤。

富贵不知乐业，贫穷难耐凄凉。可怜辜负好时光，于国于家无望。天下无能第一，古今不肖无双。寄言纨绔与膏粱：莫效此儿行状。

读到这里，人们犯迷糊了：贾政、王夫人望子成龙心切，那么说倒也不难理解。冷子兴跟宝玉无亲无故，那么说也还罢了，可曹雪芹为什么又拿如此刻薄的话来编派他呢？这也不奇怪。曹雪芹写故事，惯于“真事隐”和“假语存”，写人物，又何尝不是褒中有贬和贬中有褒？对于宝玉，曹雪芹几乎从头至尾都在贬他，可明眼人一看，他对宝玉的很多行为分明又是欣赏的。王夫人说宝玉是孽根祸胎，在于他的一些行为不符合当时的礼教规范。而在宝玉看来，那些礼教规范未必都是正确的。不说多了，只说对于女孩的态度，在当时的社会制度下，除过做了主子的女性以外，余者只要是买来的，或是他人赠送的，都不过是供人使唤、任人玩弄的奴婢，都必须严守做奴婢的规矩。可在宝玉心里压根儿就没有这个界限，他觉得女儿是水做的骨肉，不管是何种身份，都应该有自己的自由、快乐和尊严。他不但是这么想的，还天天在女孩堆里混，变着方儿地实践着自己的想法，这可不就是孽根祸胎的做派吗？可冷静想想，宝玉的那些想法难道没有道理吗？如果回答是肯定的，你说曹雪芹对宝玉究竟是褒还是贬？

至于称其为情种，说来更加玄乎。第五回在太虚幻境，警幻仙子对宝玉说："吾所爱汝者，乃天下古今第一淫人也。"闻听此言，宝玉大吃一惊，忙拦住警幻仙子的话："仙姑差矣，我因懒于读书，家父母尚每垂训饬，岂敢再冒'淫'字……"警幻道："非也。淫虽一理，意则有别……如尔则天分中生成一段痴情，吾辈推之为'意淫'。'意淫'二字惟心会而不可口传，可神通而不可语达。"注意，脂砚斋在此处有一则批语："按宝玉一生心性，只不过是'体贴'二字，故曰意淫。"警幻仙子的这番话，还可以同第二回贾雨村的那番话对照着看。那回冷子兴说宝玉将来肯定是个色鬼时，只听贾雨村罕然厉色道："非也！可惜你们不知道这人来历。大约政老前辈也错以淫魔色鬼看待了。若非多读书识事，加以致知格物之功，悟道参玄之力，不能知也。"宝玉喜爱青春靓丽的女子，除自家姐妹之外，他对身边那些出色的女子，无疑也会生出些青春期男儿都会有的朦胧想法，但他对女性是充满尊重的。这一点，我们从第二十八回他看宝钗的红麝串，以及第四十四回他伺候平儿理妆时的心理活动中，都不难看出。身处那般情形，想归想，却没见他有丝毫轻薄举动。故而，鲁迅先生说他对出色女子是"昵而敬之"。只这四个字，就彻底颠覆了贾政和冷子兴对宝玉的定论。

如何看待曹雪芹所说的"情种"呢？似乎还得从"情"字着眼。情这东西，从狭义上说，无非是男女爱情和人伦亲情。从广义上说，则还应包括人伦关系之外的人与人相处过程中所产生的情感。而从引申义上说，则每个人对待宇宙万物的态度，都可能与“情”字发生关联。如果我们以是否呵护爱情、重视亲情、珍惜友情，以及对宇宙万物是否抱有悲悯情怀等四项标准来评价宝玉，你还会怀疑曹雪芹对宝玉的态度吗？

灵慧与乖僻：事出有因

宝玉的聪明灵慧，贾府男儿，无人可比。而他的顽劣乖僻，同样无人能及。他不爱读书，不爱接触名利场的人，这是合府皆知的事实。但对于他的那种非凡天资，早在第五回宁荣二公之灵就曾对警幻仙子说过，称他“聪明灵慧，略可望成”。随后，曹雪芹又不时让他露一鼻子。而在第十七回大观园题对额那次，宝玉的表现不仅颠覆了贾府上下以及读者对他的看法，并从此建立了他“虽不喜读书，偏倒有些歪才情”的普遍印象。在那一回，有两个情况不可忽视：

一是贾政虽然从头至尾都在板着脸呵斥宝玉，但他心里还是高兴的。你看，在一开始进园时，众清客在为一处景点究竟是取名“叠翠”“锦嶂”，还是“小终南”而难以定夺时，宝玉先说了自己的观点：“编新不如述旧，刻古终胜雕今。”随后便根据该景点在园中所处方位以及周围景色，提出了“莫如直书古人‘曲径通幽’这句在上”的建议。在众清客一致称赞宝玉时，贾政笑道：“不当过奖他，他年小之人，不过以一当十用……”接下来在为一小桥取名时，在宝玉否定了贾政的提名而建议改为“沁芳”时，曹雪芹只写了八个字：“贾政拈须点头不语。”可见贾政对宝玉这方面的才情是认可的。这一点，我们也可从第七十八回贾政拿宝玉同贾环、贾兰的比较中得到印证。

二是要留意曹雪芹的那个交代：“原来众客心中早知贾政要试宝玉的功业进益如何，只将些俗套来敷衍”云云。细想情理，固然不能排除其字面意思，但我觉得，曹雪芹更大的可能则是在给那些清客留面子。因为从头至尾看来，他对这些人都是不待见的，所以便不时借宝玉之口来表示对他们的反感。但从曹雪芹的这番交待里，我们也看到了他厚道的一面：毕竟同为读书人，都不容易呀！在这里，我们还窥探到了脂砚斋多次说过的曹雪芹的“狡猾”：我给你们留了面子，却并不妨碍我拿你们的平庸来反衬宝玉的灵慧。听听你们时常在政老爷书房的言谈，满口“子曰诗云”倒是不假，又何曾有过振聋发聩之论？

而从宝玉后来作的《姽婳词》《芙蓉女儿诔》等诗文来看，这时的他已不再靠些小机灵来抒发闲情逸致，而是在真正思考诸如世道人心之类的重大问题了。再看他那洋洋洒洒的《姽婳词》，不说前面腥风血雨的场面描写，仅是结尾四句：“何事文武立朝纲，不及闺中林四娘？我为四娘长太息，歌成余意尚彷徨。”该要羞煞多少满口“忠孝仁义”的须眉浊物？而一篇声泪俱下的《芙蓉女儿诔》，又岂为独悼晴雯吗？抑或仅为声讨那等嫉贤妒能的“鸠鸩”和“薋葹”吗？因而我认为，曹雪芹不惜笔墨渲染宝玉的聪颖，并非单单为塑造人物，更重要的也是在表达一种思想：无缘补天之人，则未必没有超凡之才。不认同这些人的价值，不珍惜这些人的价值，不发挥这些人的价值，甚或不择手段地打压和摧残这些人，不仅是这些人自身的悲哀，也是他们所处的时代的悲哀。

宝玉的顽劣乖僻，每每令贾政、王夫人恨得牙痒。他不爱读书，偏爱由着自己的性子天马行空，也深受世人诟病。这么看，宝玉已不是一般的混账。但我们不要忘了脂砚斋在第一回就交待过的曹雪芹笔法：草蛇灰线、空谷传声、一击两鸣、明修栈道和暗度陈仓等。脂砚斋还一再提醒读者：不要光看表面的东西，或是只凭某一处、某一人的某几句话，就给书中人物下了结论。在古董商冷子兴、傅试家里的嬷嬷、贾琏的小厮兴儿等人嘴里，固然已给宝玉定了型。而在北静王水溶的眼里，他却不光是神采“如宝似玉”，而且“语言清楚，谈吐有致”。脂砚斋在甲戌本回前批曰：“宝玉谒北静王，辞对神色，方露出本来面目……”据此推断，宝玉之所以“行为偏僻性乖张”，是他原本就只想按自己的性情活着。至于“哪管世人诽谤”，是他压根儿就没拿那些闲言碎语当回事。

觉悟与迷茫：其情可恕

宝玉的叛逆行为，贯穿于《红楼梦》的前八十回。他鄙视功名利禄，不愿谈仕途经济，将八股文斥为“饵名钓禄之阶”，并把官场的人骂作“国贼禄蠹”等，让贾政对他失望之极。他不敢跟他老子明着争辩，就只有在背地里消极对抗。对抗的代价，就是时常挨骂，及至第三十三回被新账老账一起算，挨了贾政一顿狠揍。即便如此，也没让他改弦易辙。从第三十七回贾政被点了学政出门，直到第七十一回返都，宝玉的行为按曹雪芹说的，就是“每日在园中任意纵性的逛荡，直把光阴虚度，岁月空添”。倘一定要追溯宝玉叛逆的根源，还得从他的觉悟说起。

脂砚斋所言不虚，曹雪芹用笔真是狡猾之至。他在第一回借那僧人之口，明明说了他所处的那个朝代为“昌明太平朝世”，而到了第五回，却又借探春和凤姐的判词，告诉人们那个朝代实为“末世”。可那判词原存太虚幻境，既为天意，亦属天机，宝玉看过也不能解，竟然就这么混过去了。明眼人看得真切，曹雪芹想说的就是“末世”的事。而贾宝玉之所以叛逆，就是因为他看到了封建制度对人性的禁锢、对自由的压制、对人的价值的漠视等种种弊端。他鄙视功名利禄，是因为他觉得那些陷入其间的人真正看中的是利禄，功名只是他们博取利禄的前提。他厌烦八股文章和仕途经济，是因为他从贾雨村、王子腾、长安节度使云光等人的行为中看出，这些人凭着几篇八股文入了仕途，却没把心思放在经世济民上，甚至不惜为自己所在的利益集团的荣辱利害而徇私枉法，所以在他眼里，这些人无疑就是“国贼禄蠹”。在他的潜意识里，以封建制度为支撑的那个“天”已然露出裂痕，种种迹象预示着“末世”已经到来。在此情势下，那些把“护官符”当作命根子的人，既无补天之才，更无救世之心，却还要拿他们所谓的“忠孝仁义”来教化子民，其结果必然让人口服心不服。

贾宝玉意识到了封建制度的弊端，也隐约看到了这种制度必然消亡的趋势，更朦胧地觉得，只有能够让人自由自在生活的社会制度，才是充满人性的先进制度。但这样的先进制度究竟是个什么框架，应该包含哪些内容，又如何建立这种制度，他的思想是迷茫的。这些并不成熟的理念，难免会体现在他的日常行为中，结果便是“百口嘲谤，万目睚眦”。内心觉悟而思想迷茫，又不得不面对令人失望的现实，对于一个思想活跃的人来说，是非常痛苦的。而理想与现实的重重矛盾，又将他推进了痛苦的漩涡。宝玉也曾尝试过用庄子的思想来解除这种痛苦，比如那回他训斥贾环时就说过：

大正月里哭什么？这里不好，你别处顽去。你天天念书，倒念糊涂了。比如这件东西不好，横竖哪一件好，就弃了这件取那个。难道你守着这个东西哭一会子就好了不成？你原是来取乐顽的，既不能取乐，就往别处去寻乐顽去。哭一会子，难道算取乐顽了不成？倒招自己烦恼，不如快去为是。

后来他发现，庄子的思想很有点“站着说话不腰疼”的意思。有些话劝别人可以，真正轮到自己时就不灵了。面对现实，很多问题并不是非此即彼那么简单，而事到临头根本就没有选择，再复杂的问题你都必须去面对，面对的结果最尴尬的却是自己。因此，他选择了叛逆。贾政让他读《四书》《五经》，他当面答应得倒好，回头就让茗烟给买了一大包闲书。贾政有意让他跟官面上的人多接触，可每回叫他时，他要么扯白撒谎猫起来，就算去了也是蔫头耷脑，全无半点潇洒谈吐。最可气的是，他一听贾雨村之类的人要见他，就像害怕瘟神一样犹恐避之不及，而对柳湘莲、蒋玉菡这些“下九流”却又异常亲近，甚至对薛蟠、锦香院的云儿这些人也没有恶感。仔细揣摩宝玉心思，甚至可以这么推断：在他眼里，贾雨村之流不说跟柳湘莲、蒋玉菡这些人比了，就算薛蟠这等浪荡公子也比他们磊落，就算云儿这等青楼女子也比他们干净。

理想与无奈：思之亦哀

著名红学家周思源先生说：“《红楼梦》是一部经得起反复地品味式精读和解剖式研究的伟大著作。”老先生认为，在曹雪芹的意识里，人有两个基本需求，一是对社会做出贡献，即为“补天”；二是享受一定的物质生活与精神生活，即为“受享”。周老先生明确指出，曹雪芹设计宝玉这样一个人物，意在表达这样一种思想：既然无缘“补天”，那么就有权“受享”——享受人性需要的物质生活、精神生活与情感生活。老先生在进一步分析了封建礼教、宋明理学对人性的束缚之后做出结论：曹雪芹通过宝玉这个艺术形象所表达的“受享”理念，就是对自由、平等、快乐的朦胧追求。如果用正统的教条来解读周思源先生的这些观点，必然会出现另一种声音。而如果结合曹雪芹的生平遭际来看这些观点，就会发现老先生的认识是有道理的。

宝玉在大观园里确实享受了一段无忧无虑的快乐时光。这段时间，真如作者在第二十三回说的：“每日只和姊妹丫头们一处，或读书，或写字，或弹琴下棋，作画吟诗，以至描鸾刺凤，斗草簪花，低吟悄唱，拆字猜枚，无所不至，倒也十分快乐。”按曹雪芹的说法，沉浸于这样的日子里，宝玉已经“再无别项可生贪求之心”。可不久他就发现了问题：眼下他所享受的风流富贵，正是令他十分厌恶的封建制度给予他的家族的。而他从贾政被宣入宫时一家人惊恐不安的神态中意识到，建立在这种基础上的快乐，其实是非常脆弱的。直到金钏儿、晴雯、司棋先后被逐，芳官、藕官等一帮唱戏的丫头悉数被遣，加之金钏儿、晴雯的抱屈夭亡，他才真正认识到，他的力量实在有限，他保护不了这些弱女子，甚至连自己也保护不了。因而，他理想中的自由、平等、快乐，也不过虚幻一梦。

曹雪芹设计的“悬崖撒手”的结局，我们没有见到。宝玉在其间所经历的困惑、郁闷、纠结和痛苦，我们也不敢妄猜。但依据他在前八十回的思想行为轨迹，以及脂砚斋透露的贾府和他本人在八十回后的遭遇这些基本线索，似乎可以做如下想象：从无缘补天到退而求其次地追求快乐，再从理想破灭到家族衰败，直至万念俱灰并“悬崖撒手”，就是宝玉对那个社会和他所属的阶级彻底绝望后的无奈选择。

解读宝玉这个人物，我们发现他本身就是一个复杂的矛盾体。他痛恨他所处的那个“末世”，同时又心安理得地享受着那个时代给予他的家族的荣华富贵。他主张平等，在下人面前却也时常暴露出公子哥的本性。他渴望自由，见到某个出色的女子，又总想着怎么能让这个女子也到他身边，却不知那样做也是在剥夺他人的自由。他追求快乐，却又时常将自己的快乐建立在别人的痛苦之上而浑然不觉。所以，我们也必须承认，他的觉悟，具有进步意义。而他身上所反映出的矛盾，则证明他仍然在封建专制思想的圈子里犹豫徘徊。或者说，他的很多主张本身就带有浓厚的主观色彩，一旦客观条件发生了符合他个人意愿的变化，不管这种变化是积极的还是消极的，他都极有可能主动地融入这种变化。这是中国早期很多半觉醒半迷茫的民主启蒙人士都曾经犯过的错误。

由此可见，贾宝玉的局限，既是时代的局限，也是曹雪芹的局限。贾宝玉的无奈，则完全就是曹雪芹的无奈。曹雪芹是文学家而不是政治家，他只负责提出问题而不可能解决问题。事实上，他所提出的问题在当时的社会环境下，也是一个无解的问题。所以，他只有通过宝玉的行为来表达他朦胧的思想主张。在他的笔下，宝玉是一个代表了诸多思想先驱的艺术形象，他的思想固然不乏先进性，但由于既无先进的理论予以引导，又无现成的经验可资借鉴，他的行为就必然带有很大的盲目性甚至破坏性。即便是被很多人给予肯定的叛逆之举，也带有非但当时的主流意识形态不允许，甚至民间的朴素道德观念也不认同的消极因素。这些，或许就是他亦正亦邪的典型表现。

曹雪芹笔下的人性光芒

曹雪芹写人物，已经彻底摒弃了在他之前的小说人物塑造中非此即彼、非黑即白的二元对立手法。凡经他正面描写过的人物，再光彩照人的角色身上也有微疵，再品行不堪的角色身上也有闪光点。很多情况下，好人也难免办些坏事，坏人也时常心存善念。不管是从作者角度直接描述，还是透过具体事实间接评价，甚至是通过书中其他人物不经意间的只言片语，也能让读者感受到他内心深处的悲悯情怀，也能让读者感受到他笔下的人性光芒。在探讨这个问题之前，我们来看看其他几部作品是怎么描写人物的：

但见他黑鬒鬒赛鸦鸰的鬓儿，翠弯弯的新月的眉儿，香喷喷樱桃口儿，直隆隆琼瑶鼻儿，粉浓浓红艳腮儿，娇滴滴银盆脸儿，轻袅袅花朵身儿，玉纤纤葱枝手儿，一捻捻杨柳腰儿，软浓浓粉白肚儿，窄星星尖翘脚儿，肉奶奶胸儿，白生生腿儿……

——《金瓶梅词话》里的潘金莲形象

纣王定睛观看，见妲己乌云迭鬓，杏脸桃腮，浅淡春山，娇柔柳腰，真似海棠醉日，梨花带雨，不亚九天仙女下瑶池，月里嫦娥离玉阙。妲己启朱唇似一点樱桃，舌尖上吐的是美孜孜一团和气，转秋波如双弯凤目，眼角里送的是娇滴滴万种风情……

——《封神演义》里的苏妲己形象

话中单表一人，姓蒋，名德，小字兴哥，乃湖广襄阳府枣阳县人氏……这孩子虽则年小，生得眉清目秀，齿白唇红；行步端庄，言辞敏捷。聪明赛过读书家，伶俐不输长大汉。人人唤做粉孩儿，个个羡他无价宝。

——《喻世明言》里的蒋兴哥形象

以上这些小说都成书于《红楼梦》之前，作者对人物的描写基本上还处于脸谱化、平面化、概念化阶段。兰陵笑笑生的这段描写，是西门庆眼中的潘金莲，随后还有报恩寺六个和尚眼中的潘金莲，西门庆的正房吴月娘眼中的潘金莲，无一例外都是一个荡妇形象。许仲林笔下的妲己，喻其美艳、状其妖媚，也是无所不用其极。冯梦龙描写蒋兴哥，没像他俩这么用力，读着给人的感觉就更一般化了。如果换一个环境，还用上面这套说辞形容同样身份的人物，也看不出有什么区别。我们再来看曹雪芹是怎么写人物的：

（邢夫人）一面说，一面便接他手内的针线瞧了一瞧，只管赞好。放下针线，又浑身打量。只见他穿着半新的藕合色绫袄，青缎掐牙背心，下面水绿裙子。蜂腰削背，鸭蛋脸面，乌油头发，高高的鼻子，两边腮上微微的几点雀斑。

上次我们跟了老太太进园逛去，有一个水蛇腰，削肩膀，眉眼又有些像你林妹妹的，正在那里骂丫头……后来要问是谁，又偏忘了。

这都是谁呀？熟悉《红楼梦》的读者扫过一眼就知道，头一个说的是鸳鸯，第二个说的是晴雯。换个环境、换个人物还这么写，熟悉《红楼梦》的读者还会把她们当这两个人。很多时候，曹雪芹并不直接描写人的外貌，比如对史湘云，丫鬟的一句“史大姑娘来了”，随后就是宝玉、宝钗、黛玉几个人在贾母屋里同湘云说笑了，压根儿就不见一丝直接描写。可当你看过第二十一回、第六十二回宝玉和众小姐眼中湘云的睡姿，以及黛玉取笑她“咬舌子”毛病以后，这史大姑娘的形象从此就刻在心里了。

在切入正题之前说了这么多，就是想说明，曹雪芹笔下的人物，跟《红楼梦》诞生之前的所有小说人物都迥然有别。曹雪芹洞悉人性也关注人性，所以在他的笔下，不论是正面人物还是反面人物，都有人的思想感情，都有人的需求欲望，当然也都有人的毛病缺陷，让人看着就是活生生的人。不像之前的许多小说，说一个人好，就好得不食人间烟火。说一个人坏，又必定是十恶不赦。曹雪芹写人物，好与坏都撇不开人的本性，都脱不了“情理”二字。比如，对于他看重的女子，既不惜赞美她们的品貌才情，也不回避她们的各种缺点。黛玉是作者蘸着血泪刻画的一个人物，可谁都知道这姑娘小心眼儿太多，嘴巴也刻薄。宝钗为人处事温润圆融，是合府上下都赞赏有加的人物，但其老于世故，有时世故得近乎冷漠的性格又被很多人诟病。妙玉也在作者喜欢的人物之列吧，可在她对待刘姥姥的问题上，曹雪芹分明也是持批评态度的。至于凤姐、探春、湘云、迎春、惜春等，就更不用说了。

曹雪芹不回避他喜欢的人物的毛病，同样也不埋没他不喜欢的人物的优点。贾雨村贪酷舞弊，投机钻营，作者通过宝玉的态度表明，这个人就是自己极不喜欢的人。而据很多红学家考证，在八十回之后，他还恩将仇报，在查抄荣宁二府时起了极坏的作用（高鹗续书即是如此），但曹雪芹还是肯定了他的“才干优长”。再看贾琏这家伙，好多读者一说起他，就会想起他跟贾珍一起调戏尤氏姐妹、偷娶尤二姐，跟鲍二媳妇、多姑娘鬼混那些事，但曹雪芹也充分肯定了这人“于世路上好机变，言谈去得”。

荣国府这边的一应对外事务，也都是他在打理。回到第四十八回，在贾赦同贾雨村合谋讹了石呆子的二十把古扇之后，还在埋怨贾琏没本事，如果你听过贾琏对贾赦说的那番话，很可能就会改变对这公子哥的看法。再说薛蟠，终日里斗鸡走马、吃喝玩乐，还仗势欺人，每每做事又顾头不顾尾。可在作者笔下，这位大爷的优点也不少，比如对薛姨妈的孝顺、对薛宝钗的爱护，对朋友的讲义气等等。在第三十三回，因说起宝玉挨打之事，本来他在外面喝了酒，一听薛姨妈和宝钗说这事是他挑唆的，酒劲儿加脾气一上来，说了好些混账话，当时就把宝钗气哭了。次日醒过来，也想转了，再听听他说的那些话，就连脂砚斋也认为是“情之所至”。曹雪芹大概对府里的那些老婆子也不大喜欢，所以时常借宝玉之口说些不恭之辞。可在第二十回，却又听他通过麝月之口说：“……那些老妈妈子们，老天拔地，伏侍一天，也该叫他们歇歇……”我听这话，感觉他对那些老婆子的看法虽然还没改变，但在他的心里似乎也有反思，也有忏悔，还有同情。说到底，还是离不了“人性”二字。

曹雪芹对贾珍这个人物的态度非常复杂，对于他在处理内外事务上的能力是欣赏的，对于他在贾母、贾政等长辈身上尽心尽力也是肯定的，而对于他在私生活方面的行为又是极为不齿的。这些，除了他与秦可卿的关系因后来改写的原因让人看得影影绰绰之外，其他方面都是秉笔直书。但在第九回里的一个情节，却也让人对贾珍刮目相看一回。书中说：“原来这一个名唤贾蔷，亦系宁府中之正派玄孙，父母早亡，从小儿跟着贾珍过活，如今长了十六岁……宁府人多口杂，那些不得志的奴仆们，专能造言诽谤主人，因此不知又有什么小人诟谇谣诼之词。贾珍想亦风闻得些口声不大好，自己也要避些嫌疑，如今竟分与房舍，命贾蔷搬出宁府，自去立门户过活去了……”有探佚者根据“贾珍想亦风闻得些口声不大好，自己也要避些嫌疑”这些话，以及他后来的一些行为推断，贾珍之所以这么做，就因为贾蔷是他的私生子。对于这一结论，我既不愿肯定，也没有否定的证据，但我还想与持这一结论的“红迷”打个商量：贾珍这人，除了“生活作风”有些问题之外，倒也没做过什么令人深恶痛绝的事，能否就把这件事看作一个纯粹的善举呢？毕竟，上述结论也只是通过分析得出的，证据来源也只是道听途说和主观推断。即便真有其事，也不便因此就否定了作者赋予这个人物的可贵人性。

汪曾祺先生曾给“作家”一词下过定义：作家就是思想、感情的生产者。要让我说，一个好作家，绝对称得上优秀的社会学家。以我个人为例，早先读《红楼梦》，一见贾环露面，看他的做派，是人见人烦；看他的行为，是人见人恨，就从心里不待见这小子。当看到有人教训他、有人恶心他时，心里还特别畅快。后来再读，便发现曹雪芹在塑造这个人物时，似乎给读者提出了两个问题，一是贾环为什么会变坏？二是贾环还有救吗？

带着这两个问题，我在书里找答案，结果发现，在曹雪芹眼里，没有哪个孩子天生都是心狠手辣的，而贾环的所作所为，自有其深刻的思想根源。正如有位“红迷”以贾环的口气介绍自己的家庭成员时说的：“这是我的父亲，也是我的老爷；这是我的母亲，但不是生养我的人；这是我的亲娘，也是我的奴才；这是我的兄长，我是他的弟弟，也是他的陪衬。”一个小孩子，哪个不渴望父母和身边人像宝贝一样地捧着护着？可贾环从小生活在那样的环境里，长期感受着周围人的冷眼和白眼，承受着上上下下的责骂和奚落，天长日久，心里难免不发生畸变，难免不产生逆反情绪。再长大些，见得多了，想得多了，心理愈发扭曲，对周围人本能地有了敌意和仇恨，进而便本能地生出些破坏性行为。贾环的坏，根子就在这里。这是否可以回答曹雪芹的第一个问题呢？至于贾环是否有救，这是作者给社会工作者和教育工作者提出的问题，我一时难以作答。但有一点可以肯定，类似贾环这样的孩子多了，如果对其放任自流，久而久之，他们所危及的将不只是一个人和一个家庭，很有可能就是整个社会。一想到这些问题，我不再恨贾环这孩子，再看到有人训斥和奚落他时，心里也不再畅快，甚至还有些隐隐的难受。曹雪芹当然是个好作家，是他教育我从简单的忌恨和肤浅的快感转而思考了这么多问题，所以他也是一个优秀的“社会学家”。

人性的光芒，令人身心温暖，胸怀敞亮。这也是《红楼梦》和曹雪芹的伟大之处。

何以“坐看云起时”

行到水穷处，

坐看云起时。

这是王维《终南别业》一诗中的句子。以此开篇，各取一层意思：上句，是我对当今红学研究现状的总体评价；下句，是我对其间诸多问题的解决办法。

《红楼梦》研究，由来已久。因此派生出一门学问，少说也有一百多年了。自晚清开始，王雪香、张新之、沈瓶庵、王国维、蔡元培这些人或点评、或索隐、或题咏，或评论，硬是把这门学问弄得风生水起。王雪香的《石头记评赞》，张新之的《妙复轩评石头记》，王梦阮、沈瓶庵的《红楼梦索隐》，邓狂言的《红楼梦释真》，王国维的《红楼梦评论》等著作，令人耳目一新。现今红学界将这个时期的红学研究称为“旧红学”。在点评派、索隐派、题咏派等“旧红学”派别中，尤以索隐派引人瞩目。

蔡元培先生是索隐派里名气最大，影响也最广的代表人物。因其《石头记索隐》一书中系统而全面地对《石头记》进行了索隐，因而被视为索隐派红学的集大成者。蔡先生系光绪十八年（1892）进士，曾担任过翰林院编修。因为职务上的方便，他依据众多清人典籍，在 1898 年之前就开始作《红楼梦疏证》，并于 1917 年初以《石头记索隐》为名出版。先生在这部著作的开篇就说："《石头记》者，清康熙朝政小说也……书中本事在吊明之亡，揭清之失，而尤于汉族名士仕清者寓痛惜之意。当时既虑触文网，又欲别开生面，特于本事之上加以数层障幕，使读者有'横看成岭侧成峰'之状况……"蔡先生认为，《石头记》中的主要人物和诸多情节，都是影射康熙朝的知名人物和时事，老先生综合大量史料，同时运用"品性相类者、轶事有证者、姓名相关者"等方法，将当时的重要时事与小说情节对应推求，以证明《石头记》为政治小说绝非牵强附会。同时明明白白地告诉读者：若按照他的方法"触类旁通，以意逆志，一切怡红快绿之文，春恨秋悲之迹，皆作二百年前之因话录、旧闻记读可也。"

令蔡元培先生没想到的是，他的《石头记索隐》一经问世，就遭到了胡适先生的猛烈抨击。胡先生在其《红楼梦考证》一文中，直言《石头记索隐》为"附会的红学"，说蔡先生如此研究《红楼梦》是"走错了道路"，还说蔡先生的索隐方法是"大笨伯猜笨谜"。同时宣称：只有考证才是研究《红楼梦》的正途。在这篇文章中，胡先生主张红学研究重在考证作者、时代和版本，并运用考证的方法，证明了曹雪芹是《红楼梦》的作者、《红楼梦》是曹雪芹的自叙传、全书主题就是曹家（贾府）坐吃山空和树倒猢狲散的必然趋势，以及后四十回为高鹗所续等问题。并特别指出，研究《红楼梦》的最科学方法，"就是大胆的假设，小心的求证。没有证据，只可悬而不断；证据不够，只可假设，不可武断……"

胡先生把他的《红楼梦考证》一文送给蔡先生看，蔡先生阅过即回信道："《考证》已读过。所考曹雪芹家世及高兰墅轶事等，甚佩。然于索隐一派，概以'附会'二字抹杀之，弟尚未能赞同。弟以为此派之谨严者，必与先生之考证法并行不悖。稍缓当详写奉告。"不久，蔡先生发表《石头记索隐》第六版自叙时，先是表示了对胡先生的批评"殊不敢承认"，随即与胡先生展开商榷：你考证出作者生平和家世固然有功于红学研究，但我对该书的关注点并不在于作者生平，而在其著作本身。而著作的内容，也绝非没有考证价值。蔡先生还举王逸注《楚辞》为证，说明中国文学自古就有影射先例；又以《品花宝鉴》《儒林外史》等古典小说为证，说明索隐必不可少。同时辩解自己的索隐并非臆测，并坚持了《石头记索隐》的全部观点。对于蔡先生的这些说法，胡先生很不以为然，并在随后的《跋红楼梦考证》一文中提出了反驳。

几场论战下来，谁也没说服对方。但胡先生凭借《红楼梦考证》一文，从此树起了“新红学”的旗帜。而面对考证派的异军突起，蔡先生也并未缴械认输。1926 年，蔡先生在给寿鹏飞《红楼梦本事辩证》一书作序时，对作者不赞成胡适的“《红楼梦》为曹雪芹自述生平”的观点深表赞同，但同时也指出：“此类考据，本不易即有定论，各尊所闻以待读者之继续研求，以多歧为贵，不取苟同也。”蔡先生于 1940 年 3 月 5 日去世，他在止笔于 1940 年 2 月的《自写年谱》中说：“我自信这本《石头记索隐》绝不是牵强附会的。”

别看两人在论战时寸步不让，但仔细留心彼此的关系也很有意思：当时，蔡元培先生是北大校长，胡适先生是北大教授，他这教授还是蔡先生聘任的。出乎很多人意料的是，蔡先生并没因此给他“穿小鞋”，反而在北大的学刊编委会、研究所、教务长等人事任命上，一再推荐和重用胡先生。还有一件事更有意思，胡先生为考证曹雪芹家世和生平，多处搜求敦诚的《四松堂集》而不得。蔡先生得知，专门托人给他借到一部五卷刻本《四松堂集》送到胡先生家里。这种做法，无异于“给敌人送炮弹”，但蔡先生就这么做了。胡先生晚年谈到这段过节儿时说：“当年我曾对蔡先生的《石头记索隐》说了许多批评的话。那时他是校长，我是教授，但他并不生气，他有这种雅量。”

俞平伯先生是继胡适先生之后的又一位考证派代表。他不仅同样反对索隐派的结论，并继承了胡先生的全部观点，还进一步发展了考证方法。比如在《红楼梦》作者的考证上，胡先生的《红楼梦考证》是通过外部材料的辩正，揭示出前八十回和后四十回作者并非一人，后四十回的作者是高鹗。俞先生的《红楼梦辨》则从内部材料分析入手，补充了胡适的论证，使之成为"新红学"最重要的学术结论之一。俞先生的诸多红学观点也经历了一个不断修正的过程，他早期对《红楼梦》的思想价值和艺术价值的评价并不高，他曾在其《红楼梦辨》中说："平心而论，《红楼梦》在世界文学中底位置是不很高的。这一类小说，和中国的文学——诗、词、曲，在一个层面上。这类文学底特色，至多不过是个人身世性格底反映……故《红楼梦》性质亦与中国式的闲书相似，不得入近代文学之林。"而到了1954年，他却在其《红楼梦简论》中称赞《红楼梦》不失为中国第一流长篇小说，说"它综合了古典文学，特别是古小说的特长，加上作者独特的才华，创辟的见解，发为沉博绝丽的文章。用口语来写小说到这样高的境界，可以说是空前的"。这倒也不奇怪，《红楼梦辨》写于1922年，那时俞先生才二十二岁，虽血气方刚，冲劲十足，然其学养、见识和鉴赏水平肯定不能跟他这个时候比，得出那番结论也不难理解。事实上，自该书出版之后，他就开始"悔其少作"，其后又不断修正自己的观点，直到去世之前，还在对自己于红学研究上所走过的弯路进行忏悔。

有人可能以为俞先生在那个节点上改变对《红楼梦》的评价，是迫于政治压力所至，我却宁愿相信这是先生认识水平提高之后的结论。以俞先生的风骨气节，如果不是真正改变了认识，是很难让其放弃自己的学术观点的。谓予不信，还可以反过来看：20世纪80年代中期到20世纪90年代初，我国的社会环境已经发生了根本变化，学术研究再也不必考虑政治因素。而在这个时候，俞先生的红学观点却又发生了重大转变。1986年，他应邀赴中国香港发表了一个红学演讲，其中有几个重要观点，已然颠覆了包括他本人在内的"新红学"代表人物的众多观点，比如自传说不能自圆其说，考证派并不是最科学的红学流派，《红楼梦》作者是谁至今仍扑朔迷离云云，等于"新红学"的奠基人最后成了它的掘墓人。1990年10月，俞先生去世。

他在去世之前留下遗言："胡适、俞平伯是腰斩红楼梦的，有罪。程伟元、高鹗是保全红楼梦的，有功。"俞先生在中国香港演讲时提出的几个观点及其临终遗言，对于红学界来说，无异于石破天惊之论。但学界一致肯定的却只是他的治学态度和文化良知，而对于他的观点，各个派别则是各取所需。说老实话，这么做也不难理解，因为当时很多红学家的研究成果都建立在"新红学"的基础之上，加之俞先生虽然提出了论点，却没有提供论据，因而主流红学研究至今还在顺着"新红学"的路子艰难地往前走。

继胡适、俞平伯两位"新红学"奠基人之后，周汝昌、冯其庸两位先生又扛起了"新红学"的大旗。1953 年，周汝昌先生以一部《红楼梦新证》奠定了他在红学界的地位。随后他又从研究脂批入手，先后发布了史湘云的原形是脂砚斋、脂砚斋是曹雪芹的夫人、林黛玉不是《红楼梦》的第一女主角、高鹗的后四十回篡改了曹雪芹的原意等研究成果。随后多年，老先生又将索隐、考证和探佚方法综合运用，发表了众多研究成果。冯其庸先生从事红学研究晚于周汝昌先生，但他从校订庚辰本、推出以庚辰本为底本的《红楼梦》开始，在对曹雪芹的家世考证、脂本研究、《红楼梦》思想研究等方面，也建立了自己的红学研究体系。

在很长一段时间内，两位先生对彼此的研究成果还是予以肯定的。但以庚辰本为底本的《红楼梦》问世，使周先生打算编纂一部新版《红楼梦》的工作陷入困境，加之周先生本来对庚辰本的权威性并不认同，两人从此便心生嫌隙。随后，又因在曹雪芹的祖籍问题上各不相让，还有冯先生对周先生后期的很多研究结果颇有微词，对他以曹雪芹本人及家族故事对应小说细节的研究方法更不以为然，致使两人的关系逐渐疏离。21 世纪初，刘心武先生登上中央电视台《百家讲坛》解读《红楼梦》，一时间众说纷纭。冯先生则公开批评这类讲解"都没有进入正题，都是在圈子外面胡猜，猜得又很离奇古怪……实在是歪曲了《红楼梦》，误导了读者"。冯先生虽然没点名，但刘先生解读《红楼梦》的方法完全是周先生一派，甚至很多结论都跟周先生“不谋而合”，老先生就不想装糊涂了。于是，他向刘先生赠诗以示鼓励。其中有这么两句：“也曾一掌思遮日，无奈晴空有九重。”熟悉红学圈儿的人都明白，这两句诗就是针对冯先生的。至此，两位老先生的矛盾已然公开化，直至两人先后故去，也未见彼此有所往来。

其实，两位先生大可不必因为相互分歧而耿耿于怀。红学研究领域的诸多问题，从来就没有标准答案。蔡元培先生至死都没改变的索隐结论，让胡适先生给否定了。胡适先生树起了“新红学”的旗帜，也拥有了俞平伯先生这样的重量级盟友，可俞先生的“临阵倒戈”，又在很大程度上动摇了考证派的立论基础。周汝昌先生关于红学研究的著作等身，他既考证又探佚，还不时回到蔡元培先生的索隐老路上去踅摸一番，可他倾尽心力得出的结论也经常受人诟病。冯其庸先生主持红学会多年，研究成果也令人瞩目，可不少人好像存心要跟这个体制内的研究机构过不去似的，对冯老先生的研究成果也多有不恭之辞。“新红学”诞生八十多年，旧问题尚无定论，新问题却层出不穷。到了现在，甚至连作者是谁、主题思想是什么这样的问题，都不时有人提出质疑。有人或是从心里不服气，或是妄想一鸣惊人，除了索隐、考证、探佚这些常规手法，甚至连拆字、比附、影射、猜谜、谐音、寓意等十八般武艺都使出来了，可最终结果却是按下葫芦浮起瓢，费老鼻子劲，这边刚弄通，那边又堵上了。更可笑的是，有人为了哗众取宠，什么荒诞无聊的结论都敢往外抛，结论抛出来了，却又“管杀不管埋”——只管发布“成果”，不负责释疑解惑。事实上，这些人也不可能给人释疑解惑，自己尚且昏昏，何以使人昭昭？结果便是招来骂声一片。这么看来，红学研究真是“行到水穷处”了。

出现这种情况，似乎是一个必然的结果。《红楼梦》诞生至今，可资应用的材料都被挖掘殆尽，除非有新的权威史料出现，红学研究永远不可能有令所有人都心服口服的结论。那么，又何以“坐看云起时”呢？

我的想法是，搁置争议，共同领略。说具体点，就是不要在那些永远不可能有一致结论的问题上争论不休，只要认准了《红楼梦》是一部伟大的文学著作，认准了其中蕴含着取之不尽的传统文化营养，认准了它对我们修身齐家和为人处事有现实意义，就只在著作本身下功夫。在这方面，红学界早年有这么几位大家的做法很值得仿效：沈从文先生晚年不再写小说，而专心研究起了中国服装史且卓有成果，其《中国古代服饰研究》一书，就从《红楼梦》人物服装上获益不少。1987 版电视连续剧《红楼梦》的服饰考证，就出自沈老先生之手。邓云乡先生从来不介入诸般纷争，只潜心研究《红楼梦》诞生时期的风物民俗，老先生的《红楼梦导读》《红楼风俗谭》《红楼识小录》等著作一时迷倒了大批“红迷”。陈诏先生最厌烦那些既不愿坐冷板凳、又热衷于发布奇谈怪论的伪专家，几十年间只专注于《红楼梦》所涉及的政治经济、岁时风俗、文化艺术、饮食、医药、服饰、杂物等研究，其《红楼梦小考》一书，已经成了红学研究不可或缺的参考书目。蔡义江先生有感于红学研究领域的许多怪现象，也曾做过一系列问题的正本清源工作，结果也只是姑妄言之，姑妄听之。倒是他早年写的一部《红楼梦诗歌词赋鉴赏》少有非议。因而我觉得，对于与《红楼梦》相关的诸多问题，与其几十年如一日地重复那些车轱辘话，倒不如静下心来品味原著来得实惠。

●人情红楼

鲁迅先生在其《中国小说史略》一书中，将《红楼梦》定位为“人情小说”。我以为，先生所说的“人情”，大抵与“人之常情”相去不远。而与“情”字紧密相连的，就是一个“理”字。但凡为人处事，失之以情则人不可亲，悖之以理则事亦荒唐。

贾母是最高明的“甩手掌柜”

按照曹雪芹的定位，贾母是个享福人。我们看到的老太太，基本上只做这么几件事：宫里有事时，率领府中有诰命身份的婆媳们依制全礼；家中来了如南安太妃、北静王妃及公侯诰命等尊贵女宾时出席作陪；在宗祠逢年过节的重大祭祀活动中领头祭拜。剩下的就是看看戏、听听曲、打打牌，闷了再跟孙子孙女玩笑一阵子，其余诸事则一概不管。这不就是一“甩手掌柜”吗？

是的。但她这个“甩手掌柜”却非同一般：每日的晨昏定省，哪个子孙都不敢马虎；凡府中聚会场合，她不发话，满堂儿孙谁也不敢溜号；她虽不过问家事，府里重大事项谁也不敢瞒她；不管哪个主事人处理哪项事务，首先考虑的就是她对这件事会是个什么态度。这些，固然有封建礼教的原因，但也不尽然。见过邢、王二位夫人的作为，若这俩妯娌到了老太太这个年龄，是否有她这种威望，怕是得打个问号。凤姐也算个厉害角儿，但相比老太太，还差一大截子。

差在哪儿呢？我总结为十二个字：基本见识、特殊经历、个人魅力。

书中交代，老太太原是金陵世勋史侯家的小姐，而她的原型则为苏州织造李煦之妹。书里书外，都是声名显赫的家族。她在那个环境里成长，见识的人和事自然不是一般人比得了的。虽说富贵本无根，而且从后续发展来说，出身富家不一定就鹤立鸡群，生于贫家也未必就矮人三分，但我们又必须承认，人的见识和心胸与其出生和成长环境是有关系的。如果甲乙二人天资相等，抱负相同，主观上也都很努力，只是各自家庭的社会地位悬殊，若论成功机会，结果是显而易见的。从这种意义上说，贾母娘家的优越环境，无疑为她后来位居贾府之尊奠定了基础。这么说似乎也有问题，王夫人的家族同样位列“护官符”，她和王熙凤的见识也不会少，怎么会比老太太差一大截子呢？答案也很简单：外因固然重要，但也只是条件之一。

贾母最厉害的一点，就在于她的经历。在《红楼梦》第三十九回，贾母问刘姥姥年纪，刘姥姥说她七十五了。贾母说刘姥姥比她大好几岁。第四十七回，贾母说自己进贾府之后，从做重孙媳妇起，连头带尾已有五十四年。按故事发展情况来分析，从第三十九回到第四十七回，时间跨度不大。贾母说刘姥姥比她大好几岁，从口语表述习惯分析，应该是大三四岁。这么推算，她进贾府时大概是十八九岁。既是重孙媳妇，至少当时宁、荣二公上两辈还有老人在世。也就是说，那时候她就开始理家了。这种经历，自非一般人可比。而据冷子兴说，袭了荣国公的贾代善去世很早。可以推断，从那时起她就拉扯着几个孩子，独自支撑荣国府，直到贾赦、贾政和贾敏长大成人。而这时的荣国府，不仅没有倒下，而且显赫如初，繁华依旧。她的精明能干，谁敢怀疑？

我们看曹雪芹笔下的贾母，就是一个慈眉善目、和蔼可亲的老人。这样一个老人，能把“甩手掌柜”当得那么洒脱自在而又不失威望，内中必有缘故。循着原著的基本脉络，我为她总结了这么几个原因：

一是会做人。老太太宽容厚道，富有爱心。第四十九回，李纨的寡婶带着李纹、李琦，邢夫人的嫂子带着邢岫烟，以及薛蝌、宝琴同时进府，她知道这几个人的家境不好，就叮嘱邢夫人、李纨、凤姐好好安顿她们。因心疼宝琴是没有父母的孩子，就让宝琴跟自己住。见宝琴穿得单薄，又将鸭绒斗篷给了她。在清虚观打醮时，一个剪烛花的小道士因没来得及离场，王熙凤上去就是一个嘴巴子，而老太太知道原委后，先是百般安慰，又命贾珍给钱让小道士出去买果子吃。不说多了，只说像傻大姐那样的丫头，老太太都能留在身边，足见她的心肠柔软。这个时候她是这样，想必年轻的时候待人也错不了。

二是会识人。扳着指头数一数，凡老太太看中的人，都非常出色。鸳鸯、袭人、晴雯、紫鹃、琥珀，为人做事皆无可挑剔。晴雯倒是有点脾气，结局也不好，那是有人存心整她。看看她的品质，就不会怀疑老太太的眼力了。老太太不光会识人，还会调教人。我们没见过她教哪个丫鬟如何做人做事，却也没见她打过丫鬟的脸、扎过丫鬟的嘴、罚过丫鬟的跪，更没听她说过把哪个丫鬟撵出去，或随随便便配了人，可经她调教的丫鬟就是个顶个地招人喜欢。这种能力，这种魅力，整个贾府可还能找出第二人？

三是会用人。按说，老太太退居二线之后，荣国府理事的该是长媳邢夫人，即便长房已分出去了，也该是王夫人。正因为会识人，老太太看出邢夫人生性叽叽歪歪，不堪大用。又看出王夫人做事时常本末倒置，也难里外周全，所以她选中了王熙凤。明里是心疼两个媳妇，其实就是没看中她俩。老太太的这一招太厉害了，因为王熙凤与邢、王二夫人的关系，内中学问也只可意会。两人心里纵有些不舒服，可谁都说不出口。事实证明，老太太让凤姐理事，是选对人了。凤姐执掌荣国府家事那些年，基本上是内外周全，诸事妥帖。

让儿媳妇、孙媳妇无论如何也比不了的一条，就是老太太的艺术气质。你看她在第四十回说如何赏乐，在第五十四回说如何听戏，在第七十六回说如何品笛等，虽是随口而出，可从专业角度来看，老太太的艺术修养已然超越了一般境界。从贾母身上，我们对艺术又有了一种全新的认识：对于做人做事来说，艺术固然不产生直接作用，而它的感染力一旦渗透到人的血液里，又无不影响着人的思想和行为。王熙凤理事是把好手，但她还没达到这种境界，所以人们对她的行为褒贬不一。她的那一套手法，也只能称为管家之术。我们没见过老太太如何理家，可从荣国府在她手里长盛不衰这一事实，就能想象她当初的精明干练。加上她深得艺术三昧，说话做事都让人温暖、舒服，使她的管理达到了征服人心的高度。因而她的那一套手法，真正称得上治家之道。也正因为这个原因，贾府上下都爱她、敬她、畏她。

就治家理事来说，如果硬要将邢、王二夫人，以及王熙凤与老太太做个比较的话，我的观点如下：

邢夫人与她相比，差在做人。

王夫人与她相比，差在格局。

王熙凤与她相比，差在内涵。

曹雪芹太有才了，他随手写出的三个差别，竟然塑造了一个最高明的“甩手掌柜”，其手法之高妙，同样无人能及。

贾政有点冤

贾政在《红楼梦》里乏善可陈。他给读者的印象，就是一个迂腐古板、才能平庸、冷面无情的人。加上曹雪芹在给人物取名时，总爱用谐音暗示点别的意思，偏偏他又叫了那么个名字，好多人便以为，这人就是个假正经。更有甚者，还把他当作了整部著作中的反面人物。其实，贾政这人也需要理解。仔细留意他在前八十回的行为后便不难发现，这么评价他，还真有点冤。

天地生人，秉性有别。既然有八面玲珑的人，必然也有迂腐古板的人。但贾政的迂腐古板，跟一般的死心眼还不一样。《红楼梦》第二回，冷子兴说他“自幼酷喜读书，祖父最疼”。第三回林如海说他“为人谦恭厚道，大有祖父遗风，非膏粱轻薄仕宦之流”。按林如海的说法，贾政为人处事，最像当年的荣国公贾源。作为朝廷功臣，荣国公断不至于太迂腐古板。我们一开始看到的贾政，成天除了自己的差事，就是跟一帮清客喝茶下棋打发日子，余者则诸事不问，里外进出都没个算计。兴许，这正是贾政的散淡之处。族里的事有贾珍管着，家里的事有贾琏和凤姐打理，自己手头的事千头万绪，又何必操那份心呢？仔细看来，贾政也不是个没主意的人。他自小就明白，按当时制度，他父亲去世后，袭世职的必是老大贾赦，自己要想有所作为，必须走科举路子，所以他才下苦功读书。也是他的运气好，他父亲临终前给皇上递了个折子，可能是说了他的情况，皇上体恤代善一生不易，即刻见了贾政。大概是觉得他的人品学问还过得去，就额外赐了一个主事之衔，让他入部习学。贾政深知机会难得，且抓住机会就不放过，自此更加勤谨，没几年工夫就升到了工部员外郎。

透过贾政的这番经历，似乎可以厘清三个问题：其一，贾政的才能固然算不上拔尖，但能从一个“实习生”升到员外郎，克己勤勉不用说了，能力究竟也不算太差；其二，我们看他总是循规蹈矩一本正经，这可能就是因为他见惯了官场习气，既没有不顾一切的本钱，又不屑于投机钻营，守规矩尽本分就是最可靠的自保手段，也是最稳当的晋升之路；其三，他那么管教宝玉，是因为他心里清楚，荣国府到了他那一辈，已经在走下坡路了，自己能走到眼下这一步已属侥幸，宝玉这辈人如果自己不争取功名，祖宗的光也借不上了，将来他们又何以立足，何以为生？其良苦用心，人皆可鉴。

一个“宝玉挨打”事件，把贾政推到了舆论的风口浪尖。对于这一事件，我们还应该留意前因后果。宝玉挨打的诱因，是忠顺王府的戏子琪官不辞而别，王府长史官以为被宝玉藏起来了，就来府里讨要。本来琪官出走跟宝玉没有关系，但因二人先前有过交往，而且还交换了“信物”，这一过节儿又被那长史官揭穿了。前面因宝玉见雨村时神思恍惚不在状态，贾政当时就觉得丢了面子，再一听说他跟琪官的事，心里的火立马蹿上来了。原准备送完长史官再来问个青红皂白的，偏偏就那么寸，才送走长史官，回头就见贾环带着几个小子在那儿疯跑。正准备收拾贾环一顿出出气，没想到贾环那家伙太鬼，眼见走不脱了，只得想法转移他老爹的注意力，于是就说了金钏儿跳井的事，还添油加醋地说了宝玉和这件事的关系。这一来，贾政哪还顾得再审宝玉，直接上家伙吧！宝玉挨打了，贾政心狠手毒的名声从此就落下了。

这个事件，应该分两头理论。从宝玉这边说，虽然那长史官和贾环的话都掺了水分，但也不是空穴来风，而且两件事都跟他有关系。再说，那段时间他做的出格事实在太多，就像袭人说的，论理也须得教训教训了。从贾政这边说，忠顺王府跟贾府的关系本来就十分微妙，你还敢藏他的人，这不是找死吗？撇开这里面的利害不说，私交戏子又岂能饶恕？还有金钏儿跳井的事，贾家自祖宗算起，什么时候有过这样的事？再不管教，难道等到他杀父弑君时再来理会不成？这么来看，贾政此次发怒，除了下手重了点以外，余者皆无可指责。

其实，贾政并不是一个冷面无情的人，他的内心也有柔软的一面。在第二十三回，他把贾府三姐妹同宝玉、贾环叫到一块，叮嘱他们住进大观园后的注意事项，他先看看宝玉，又看看贾环，忽又想起贾珠来。念及王夫人如今只剩了这个亲生儿子，自己也已须发苍白，因此就将平日嫌恶宝玉之心减了八九分。这回打宝玉，火一上来咋都压不住，后听王夫人一哭，便后悔自己下手重了。此情此心，与天下所有父亲并无二致。我一点也不怀疑，贾政从心里是爱宝玉的。他对宝玉的功课安排、日常教诲，无疑都是在为宝玉的前程着想。他对宝玉的态度，也只有一种解释：爱之愈深，责之愈切。

平心而论，从贾政对待贾母的态度来看，他当得了一个孝子名分；从他对待贾珠、宝玉、贾环的态度来看，也算得上个慈父。这两点，应该是没有疑义的。而从他对待差事的态度来看，又的确是个忠臣。这种说法，可能有人有不同看法，那么我们再看，整个《红楼梦》中，我们看到的正式官员，也就是他和贾雨村，粗略回忆一下，他何曾干过贾雨村那样的事？正因为他的品行端方，后来才又被皇上点了学政。

贾政也不是个认死理儿的人，先前他希望宝玉以举业入仕，后来见他志不在此，又得知他在诗词歌赋上有点奇才，就不再逼宝玉死读自己给他选定的书目了。在第七十五回，宝玉按他的要求作了禁体诗，他还特意奖了宝玉两把自己从海南带回的扇子。第七十七回，有人请他去赏菊，他又特意带了宝玉、贾环和贾兰去。并嘱咐宝玉：“今日此去，未免强你们作诗，宝玉须听便助他们两个。”而到了第七十八回，他在命宝玉、贾环和贾兰作《姽婳词》时，曹雪芹还重点写了这么一段话：

近日贾政年迈，名利大灰，然起初天性也是个诗酒放诞之人，因在子侄辈中，少不得规以正路。近见宝玉虽不读书，竟颇能解此，细评起来，也还不算十分玷辱了祖宗。

我以为，贾政生出这个想法，不一定是他对宝玉绝望了，似乎是他自己想开了：儿孙自有儿孙福，他既有这等歪才，让他主攻专长，未必就是坏事。

贾政还是一个能够自省的人。他自觉素日不苟言笑，未免太不近人情，于是就主动改变自己。第二十二回，贾母设了个小型聚会，让儿孙们制灯谜。按贾政一贯心性，是不会参加这等活动的。因见贾母高兴，想着又是在节日里，就也来承欢取乐。当贾母看到有他在场，孩子们都放不开时，酒过三巡便要撵他回去。这时我们听他难得地开了一个玩笑：“今日原听见老太太这里大设春灯雅谜，故也备了彩礼酒席，特来入会。何疼孙子孙女之心，便不略赐以儿子半点？”随后又装模作样地哄老太太高兴了一回方才告辞。在第七十五回的中秋晚会上，他还破天荒地讲了个笑话，只是这个笑话跟他上回哄老太太开心的玩笑一样，仍是寡淡乏味，更无意趣可言。天性如此，也真为难他了。

王夫人毁在格局太小

最早读《红楼梦》，老喜欢拿王夫人跟邢夫人对比，比来比去，就觉得王夫人好。后来再读，发现曹雪芹写王夫人跟写别人不一样。写别人，或是他直接说，或是通过书中人物说，差不多都有个总体评价。写王夫人，在前八十回里就没有一个定论。贾母倒是常说起自己对王夫人的看法，但那是老人说的闲话，没有涉及实质问题，也算不得定论。刘姥姥也说过对王夫人的看法，但她说的一半是王夫人还没出阁时的事，一半是从别处听来的，自然也不是定论。我们可以体会，但凡书里稍微重要点的角色，如果把曹雪芹直接说的、书中人物间接说的，跟这个角色的所作所为串起来，基本上就给这个角色定了型。但这种方法用在王夫人身上不行，倘若将两位老人的话与王夫人在整个八十回的言行串起来，再通过简要归纳，就算作对王夫人的总体评价，显然与事实不符。

我本人对王夫人这个人物的看法，就曾经历过一个从喜欢到敬重再到矛盾的过程。王夫人祖上为都太尉统制县伯王公，其兄王子腾初任京营节度使，后升至九省都检点。在那么显赫的家族里长大，又嫁到荣国府这等豪门，其威势做派是可以想见的。但在第六回，我们听刘姥姥说："他们家的二小姐着实响快，会待人，倒不拿大……听得说，如今上了年纪，越发怜贫惜老，最爱斋僧敬道，舍米舍钱的。"也就从这时候，我就对王夫人这个人物有了好感。随后又见过她对待贾母的态度，对待姑娘们的态度，从此就开始敬重她了。

在第三十五回，贾母曾对宝钗说过：“你姨娘可怜见的，不大说话，和木头似的，在公婆面前就不大显好……”随后又在多处说她老实、孝顺。由此可见，老太太对她是认可的。王夫人又是怎么对待姑娘们的呢？黛玉、宝钗、湘云原是客人，体贴她们就不用说了。值得关注的，是她对迎春、探春、惜春的态度。迎春的亲娘走得早，贾赦没把她放在心上，邢夫人一心只想着“婪取财货”，压根儿就没见她对迎春有过丝毫的关心。倒是迎春自己说过：“我自小没了娘，幸而过婶子这边过了几年心静日子。”探春不是王夫人亲生的，但她在心里没把探春当外人。在第五十五回，因为赵姨娘来寻探春的不是，探春当着赵姨娘的面就说：“太太满心疼我，因姨娘每每生事，几次寒心。”我理解这话的意思，就是王夫人本来是疼她的，但因为赵姨娘经常找别扭，也让王夫人心里很不熨帖。当然，这话是在气头上说的，且当时有李纨在场，其真实性就不太好说。好在随后平儿和凤姐在谈论家事时，也说到了这个问题，算是验证了探春这话并非虚言。只听凤姐说：“……倒只剩了三姑娘一个，心里嘴里都也来得，又是咱家的正人，太太又疼她，虽然面上淡淡的，皆因是赵姨娘那老东西闹的，心里却是和宝玉一样呢。”在第六十五回，贾琏的小厮兴儿同尤二姐说到惜春时，有这么几句话：“……四姑娘小，她正经是珍大爷的亲妹子，因自幼无母，老太太命太太抱过来，养了这么大……”据此看来，王夫人待姑娘们还真不错。

通观全书，王夫人的善举确实不少。再说贾瑞病重之后，因大夫让他吃“独参汤”，可他爷爷代儒有心无力，便到荣国府这边来寻人参。王夫人让凤姐秤二两给他，凤姐说没了。王夫人又说：“就是咱们这边没了，你打发个人往你婆婆那边问问，或是你珍大哥哥那府里再寻些来，凑着给人家。吃好了，救人一命，也是你的好处。”王夫人吩咐，凤姐不敢当面违抗，背地里却只凑了几钱人参渣末子送过去，还给王夫人回话说按她的要求办了。这事也得分两头说：撇开前因不谈，凤姐这么做，好坏都应记在她的账上。贾瑞虽然没吃上像样的独参汤，虽然最终也没能走出“相思局”，但王夫人的这份人情，他却不能不认。

让王夫人形象一落千丈的，就是逐金钏儿、晴雯、四儿、司棋、芳官那些事。看她撵金钏儿那回，金钏儿先是挨了她一大嘴巴，随后又苦苦哀求，可王夫人就是不饶她。当时我就在想：一个见天吃斋念佛的人，心肠咋就那么硬呢？后来金钏儿跳井之后，看了她对金钏儿的后事安排，又听她对宝钗说：“我只说气他两天，还叫他上来……”我相信了她的话。而在第七十七回看她撵晴雯时，就怀疑她这回说的话了，并从此对她失望至极。那回，周瑞家的向她请示如何处理司棋，只听她说道：“这也倒是。快办了这一件，再办咱们家的那些妖精。”冷冰冰的话，听着就瘆人。且看她怎么“办”晴雯的：

宝玉及到了怡红院，只见一群人在那里，王夫人在屋里坐着，一脸怒色，见宝玉也不理。晴雯四五日水米不曾沾牙，恹恹弱息，如今现从炕上拉了下来，蓬头垢面，两个女人才架起来去了。王夫人吩咐，只许把他贴身衣服撂出去，余者好衣服留下给好丫头们穿……

心狠如此，令人胆寒。

抄检大观园，是王夫人在前八十回的最大败笔。如果要拿王夫人与贾母相比的话，多的不必说，只需看这婆媳二人心里的核心利益是什么。依我看来，老太太的核心利益是贾府的前途；王夫人的核心利益则是她和宝玉娘儿俩的名声。就因为这一区别，老太太判断是非的标准，即为是否有利于贾府的目标愿景。因而她在大事上明白，小事上糊涂。比如怎么应付宫里交办的事务，如何跟王公贵族的妃子、诰命夫人们打交道。至于家长里短的事，她只提基本原则，自有凤姐去执行。故而合府上下都爱她、敬她、畏她。王夫人判断是非的标准，则为是否有损于她娘儿俩的名声。只要她认为有可能导致她娘儿俩声誉受损的事，再小的事也是大事。除此之外，再大的事也是小事。所以，她对探春实施的兴利除弊的举措不冷不热，对凤姐拿月例放货、包揽讼事等行为不闻不问。而对哪个小丫头是个什么腰、什么肩、什么眉眼，哪天又说了什么话，却又记得滴水不漏，老想着瞅个机会把她看不顺眼的人给办了。就为这些，姑娘和丫头们都怕她。惹不起躲得起，多数人对她不予置评也就不足为怪了。

鉴于《红楼梦》的自叙性特点，假若曹雪芹跟王夫人原型的对应关系成立的话，读者就能体会到他不给王夫人一个总体评价的苦衷了。如果让我给王夫人做个总体评价的话，我将这样写：这位二太太，虽出身十分了得，却知敬老爱幼，又兼长年烧香礼佛，诸般善事也做过不少。然皆因格局不大，心眼更小，倒把向来的好名声毁了。

尤氏实为一好角儿

贾府就是一个大戏台，各个角色粉墨登场，演绎着属于他们的爱恨情仇与悲欢离合。在这个戏台上，凤姐固然是人所公认的台柱子，所有的光环都罩在她身上，所有的掌声都给了她。但我们看贾府这台戏，却不能忽略了那些名气不大、戏份不多，却表现不凡的角色。比如宁国府的当家主妇尤氏，论地位、论名气、论戏份，她连这边府里的李纨都赶不上。但如果要论功力，就像早年间北京人民艺术剧院的好多演员，平日里默默无闻，一旦往台上一站，即便一言不发，只是举手投足间透出的那个范儿，就能把观众征服了。看尤氏在全书中的作为，但凡是她的戏份儿，她都能给演得有声有色恰到好处，从未见哪个地方洒汤漏水。所以我说，这尤氏称得上一个好角儿。

尤氏在宁国府的情况，跟荣国府这边的邢夫人好有一比。两人娘家的社会地位都不高，嫁到夫家都不是原配，也都没有生育子女。上面这些境遇，虽说让她俩有些尴尬，但因为她们的男人都袭了官，贾赦为一等将军，贾珍为威烈将军，两人也都顺理成章地有了将军夫人的身份。

两个人的娘家地位一样，现实处境相同，但因为做人做事的态度、方法不同，结果却是一个令人敬，一个讨人嫌。论及众人对这两个人的态度，贾母心疼尤氏而冷落邢夫人，当然有家族里隔了一层的关系，毕竟尤氏是东府那边的人，对她热情一点也是理所当然。凤姐亲近尤氏而不诚心奉敬邢夫人，当然也有妯娌之间的感情关系，且同辈人也容易接近和方便沟通，但如果把两人的所作所为对照着看，又不仅仅是这些情况。最根本的问题，还是两人为人处事迥然有别。

尤氏在宁荣二府的人缘，是靠自己平日做人换来的。她对西府这边的老太太、王夫人、凤姐特别好。这种好不光挂在嘴上，遇上好日子，或是赶上花开时节，就请她们过去玩一天。老太太好静不想过去，她就把适合老人口味的吃食送过来。考虑到有邢、王二夫人在场，凤姐玩得不尽兴，就瞅个机会单请她过去玩一天。若说她如此对待这些人还有点功利心的话，那么再看她是怎么对待自己娘家人的：尤老娘并不是她的生母，尤二姐、尤三姐跟她既不同母也不同父，可她对她们也是尽力帮衬百般照应。这一点，邢夫人差得太远了。

在《红楼梦》前八十回，属于尤氏的重头戏有三场。第一场就是第四十三回的“攒金庆寿”。在那一回，我们领教了尤氏的善良和精明。为给凤姐过生日，贾母提议采用凑份子的办法乐一天，并让尤氏牵头办理。因凤姐答应李纨的份子由她代出，等尤氏来取银子时，凤姐说都有了，让她赶快拿走。尤氏怕凤姐耍赖，便当场点验。果不出她所料，恰好就少了李纨那一份儿。这也是凤姐的狡猾之处：按照各个层次凑份子的标准，以及有可能发生的实际费用，她估摸着一天的开销绰绰有余，所以就当面承诺替李纨出了。这样她实际上可以一文钱不花，却在李纨那里落了人情，又让众人看到了她的爽快大方。她的算盘打得不错，可尤氏偏要跟她较真儿，两妯娌就斗了半天嘴。最终结果虽然是尤氏让步了，但她也动用主办的权力做了自己的人情：把平儿、鸳鸯、彩云、周姨娘、赵姨娘的份子都退给她们了。她的想法也实在：平儿、鸳鸯、彩云三个在丫鬟群里有面子，为人也不错，退给她们对她自己只有好处没有坏处。而周姨娘、赵姨娘就是两个苦瓠子，她原本就不同意收她们的份子，退给她们近乎积德。所以她做得一点也不心虚，就像她跟平儿说的：“只许你那主子作弊，就不许我作情？”

这一回很好看。人物对话、心理活动、情节场面都妙不可言。更重要的是，让读者真正认识了尤氏这个人。在这一回，还有几个细节不容忽视：第一是尤氏跟凤姐说这事时，见凤姐矫情，就笑着对她说：“你瞧她兴的这样儿！我劝你收着些儿好，太满了就要泼出来了。”第二是在讨论哪些人凑份子时，凤姐的意思让赵姨娘、周姨娘也参加，尤氏悄悄骂凤姐：“我把你这没足厌的小蹄子，这么些婆婆、婶子凑银子给你过生日，你还不足，又拉上两个苦瓠子作什么。”凤姐也悄悄反驳：“你少胡说，一会子离了这里，我才和你算账。他们两个为什么苦呢？有了钱也是白填送别人，不如拘了来咱们乐。”第三是当尤氏退还周姨娘、赵姨娘银子时，她俩还不敢收。听听尤氏咋说的：“你们可怜见的，哪里有这些闲钱？凤丫头便知道了，有我呢！”只此三个细节，就使得尤氏的形象顿然光彩照人。

尤氏的第二场重头戏，就是办理贾敬的丧事。在第六十三回，贾敬服金丹突然亡故。而在第五十八回，因宫中一老太妃薨了，贾府有职衔的男人，以及贾母婆媳入朝随祭完毕，就跟着送灵到了孝慈县，来回就得个把月时间。因当时凤姐病着，府里没个主事的，尤氏是报了产育才留下的。偏在这时，贾敬没了。他的丧事，曹雪芹写得简单，但经历过这类事的人都知道，真正办起来却不是一般的复杂。可就凭尤氏一个人，硬是给料理得井井有条，其杀伐决断实不亚于凤姐。读到这里，读者可能会问：尤氏这么能干，怎么秦可卿的丧事还要请凤姐去料理？还有，她既有这等本领，怎么凤姐还发现了宁国府的那么多问题？答案也很简单：其一，秦可卿死得可疑，她心里有疙瘩儿，再抛头露面既不舒服也没面子，只能托病不出。在这个当口，她如果真病了，就是歪打正着。如果是装病，替她想想，也应该理解她。其二，家庭遇到红白喜事时的状态，并不能完全反映日常管理状态。事到临头，忙乱不堪，谁也不敢保证无可挑剔。

尤氏的第三场重头戏在第六十八回，因为贾琏偷娶尤二姐被凤姐知道了，经过一番策划之后，凤姐决定大闹宁国府。那一回，真正在表演的是凤姐，尤氏只是充当了一个受气的角色。但也就是在这一回，我们知道了尤氏做人的艰难。贾琏娶尤二姐，她是极不赞成的，因为她深知凤姐的为人，也知道二姐落在凤姐手里不会有好下场，所以也曾私下劝过贾珍。无奈贾珍主意已定，况且二姐与她既不同父又不同母，她也不便深管。再者，她可能还有个侥幸的想法，凤姐固然难处，万一这人还容得下二姐，她妹子也算有了个比较好的归宿，几种情况凑在一块儿，她也只得依了贾珍。凤姐为大闹宁国府下足了功夫，先是派旺儿打探二姐底细，得知她原来跟一个名叫张华的男子定过亲，便让张华到衙门状告贾琏不顾国孝家孝在身，强逼退亲和停妻再娶。又暗通衙门让他们如何了结此案等。她是有备而来，就撒开了跟尤氏闹。尤氏被蒙在鼓里，又被她那一套说辞给蒙住了，就只能忍辱应对。加之这件事对她这边来说，毕竟也不大光彩，末了也只好花五百两银子买了个息事宁人。

尤氏每回与凤姐打嘴仗，最后都是以她让步来收尾。这回闹这么一场，还是她吃亏了。读者可能因此以为尤氏就比凤姐矮了一截，或者就信了凤姐说她“又没口齿、又没才干，就像个锯了嘴子的葫芦”这些话。其实，仔细看过她在前八十回的表现后就会发现，尤氏的口才并不差，也并不缺少才干。如果把她和凤姐的情况比较一下，我们就可能明白，尤氏这么处事，正是她的聪明之处。凤姐娘家声名显赫，到了婆家又有老太太和王夫人罩着，自然敢说敢干，自然处处强势。可尤氏没有这个本钱，就只能处处小心谨慎。既不能瞎张扬，也不能乱出头，更不能树敌和结怨。每回与凤姐严重对立的时候，都是她主动示弱，决不与其争锋，所以贾母和王夫人都喜欢她，凤姐也乐意亲近她。在贾府这个大家族里，她能这么认识自己，能这么为人处事，实在是一种智慧。

凤姐特别看不上尤氏的软弱，究其根源，无外乎两个原因：一是她对焦大等仆人下不了狠心；二是对贾珍的很多荒唐行为放任自流。这个问题也应该具体分析。尤氏非常清楚焦大对自己家族的历史贡献，如果真像凤姐说的，把这老头儿“打发到一个远远的庄子上去”，既要考虑舆论压力，她自己也于心不忍。末了我们也没看到她这么做，正说明了尤氏深明大义和心地善良。至于说对于贾珍的态度，就更难为她了。当时的社会形态就是那样，凭贾珍的地位，凭自己的背景，她能把贾珍怎么样？如果跟贾珍闹别扭，对她只有坏处，绝无好处。真要把贾珍逼急了，她的位子能否保住，怕是也得打个问号。

贾府这个大戏台，陷阱重重，危机四伏。身处其间，能够保全自己，不失本性，并瞅准机会来几次精彩亮相，绝对是一个好角儿。

李纨的另一面

贾母在选择荣国府主事人时，是经过一番认真考虑的。按说，让长房长媳管事最没争议，可邢夫人成天叽叽歪歪的，老太太不喜欢她，就让她和贾赦另立门户，自己跟着老二贾政颐养天年。这样，当家理事的重任就顺理成章地落在了王夫人身上。老太太原先对王夫人还是很看重的，可通过一段时间的观察，发现这老二媳妇做事倒也认真，却往往主次不分，本末倒置。她的那份认真劲儿全用在一些鸡毛蒜皮上，多数时候都是捡了芝麻丢了西瓜，让老太太失望至极。重新点燃老太太希望之火的，是王熙凤嫁到了荣国府。老太太阅人无数，见这丫头要模样有模样，要口才有口才，而且脑瓜儿转得快，心思也细密，更难得的是她面对复杂问题时的那种杀伐决断，让老太太仿佛看到了自己当年的影子。于是，她借口王夫人"也有了岁数，身体也多病多痛的"，就把王熙凤连同贾琏从大房借到二房，正式接手了府内大小事务。

在此期间，老太太也曾想到过李纨。李纨比王熙凤大，而且二房这边的事，即便王夫人管不了，第一候补人选也该是李纨。但贾母以李纨"寡妇失业的，怪可怜见的"为由，只安排她"侍亲养子"，再就是陪迎春、探春姐妹们读读书，做点针线活儿。除此之外，府里的事根本就不让李纨插手。其实，老太太的理由也有点站不住脚，冷子兴在第二回就说过，荣国公贾代善去世也很早，老太太当初也是"寡妇失业的"，可荣国府的一片天就是她撑起来的。所以，如果李纨真有理家之才，贾珠早亡，并不影响她当家主事。贾兰虽小，但在家里有丫头婆子带着，在学里有先生管着，她自己又有合府上下帮衬着，她的处境至少对她当家影响不大。但老太太就那么说了，也那么做了。明眼人都看得出来，老太太之所以不让李纨当家，最根本的原因，就是没看中她。

曹雪芹在第四回交代：李纨“亦系金陵名宦之女，父名李守中，曾为国子监祭酒……这李纨虽青春丧偶，居家处膏粱锦绣之中，竟如槁木死灰一般，一概无见无闻，唯知侍亲养子，外则陪侍小姑等针黹诵读而已”。从这段介绍和随后的判词，以及《红楼梦曲·晚韶华》的内容来看，李纨虽在十二钗之列，但曹雪芹对她的评价并不高。李纨在第三回露面，比凤姐出场还早，在书中表现的机会也多，但把她的作为同凤姐一比，实在少有光彩。

贾母没有选择李纨，并不等于她就没有机会了。在第五十五回，凤姐因操办元宵节过于劳累，不慎小产了。王夫人顿觉失了膀臂似的，便“将家中琐碎之事，一应都暂令李纨协理”，同时让探春也参与裁处。后来又请了宝钗，三人一起料理家事。原打算一个月后凤姐调养好了仍交给她管的，不想“凤姐禀赋气血不足，兼年幼不知保养，平生争强斗智，心力更亏……一直服药调养到八九月间，才渐渐的起复过来”。这么好的机会送给李纨，实际上是白瞎了。从正月到八九月，小一年的时间，也没见李纨干出一件露脸的事，让读者始终忘不了的，就是她以自己的碌碌无为，把三姑娘探春衬托得光彩照人。

兴许从这时起，贾母和王夫人就彻底放弃了让李纨主事的念头。还是在李纨主事期间，宫里的一位老太妃薨了，贾母，邢夫人、王夫人和尤氏等人每天都要入朝随祭，所幸都是一大早去，未正时刻就回来了，家里的大小家务也还在贾母和王夫人的掌控之中。可过了“三七”，宫里要请老太妃入先陵，贾母她们都要跟着送去，来回就得一个多月。想着李纨实在指望不上，而凤姐仍旧在家养病，只好向上报了尤氏产育，让尤氏协理荣宁两府事务，又特别托薛姨妈进园帮助照管，等于把李纨晾到一边了。这不是看不起李纨，实在是这人不堪大用。

李纨被弃用，还真怪不得别人。因为她在丫头婆子面前毫无威信可言。凤姐说她是“佛爷”，理由是她太软太面，镇不住局面。兴儿说她是“大菩萨”，理由是她“问事不知，说事不管”。管理学上有个方法叫“恩威并施”，李纨施恩的方式，就是只要下人不损害她自己的直接利益，什么事她都可睁只眼儿闭只眼儿。有了这个前提，也就不存在施威了。因而，丫头婆子都敢糊弄她。

李纨没有理家之才，这是有目共睹的。但她爱算小账、爱占小便宜的一面，不仔细看还真看不出来。比如在第四十三回，贾母提议大伙凑份子给凤姐过生日，并宣布自己出二十两银子。邢夫人和王夫人说：“我们不敢跟老太太比肩，自然矮一等，每人出十六两罢了。”尤氏和李纨说：“我们自然又矮一等，每人十二两罢。”贾母对李纨说：“你寡妇失业的，哪里还拉你出这个钱，我替你出了吧。”凤姐接过贾母的话说笑一阵，便承诺李纨的那份由她出了。仔细看看这一段，李纨从贾母、凤姐说过替她出那份银子之后，不但没吭一声，连客气话都没一句，给人的感觉就是本该如此和求之不得。尽管凤姐最后也只是卖了个空头人情，但李纨当时的态度却让人满不舒服。

在第四十五回，李纨带着探春一帮姐妹来找凤姐，请她担任海棠诗社的“监社御史”。凤姐听几个人一开口，就知道她们是来“拉赞助”的。明知道这回必须破点财了，但该说的话还必须说。只听凤姐埋怨李纨道：

亏你是个大嫂子呢……这会子他们起诗社，能用几个钱，你就不管了……你一个月十两银子的月钱，比我们多两倍银子。老太太、太太还说你寡妇失业的，可怜，不够用，又有个小子，足的又添了十两，和老太太，太太平等。又给你园子地，各人取租子。年终分年例，你又是上上分儿……一年通共算起来，也有四五百银子。这会子你就每年拿出一二百两银子来陪他们顽顽，能几年的限……这会子你怕花钱，调唆他们来闹我……

埋怨归埋怨，末了凤姐还是答应次日送五十两银子过来。最终这银子送来没有，书中没有交代。但从凤姐的为人来看，反正这笔银子是从公中出，又是花在宝玉和姑娘们身上，她自己还落了好，既然答应了，大概也不会赖账。再从随后她也参加过诗社活动，而李纨也没再跟她掰扯这事来看，应该是给了。这么来看，追究一下那五十两银子花到哪儿了，又是怎么花的，就有点意思了。

海棠诗社成立之后，总共有三次雅集。第一次是在第三十七回，探春做东，咏白海棠。因在诗社成立当天开社，办得仓促，大家也只“略用些果酒”就完了。第二次是在第三十八回，史湘云提出自罚做个东道，经宝钗出手相助，办了一场螃蟹宴，按刘姥姥的算法，那回花了二十多两银子。“拉赞助”的事发生在第四十五回，这两次开社的花销跟那五十两银子没有关系。因那回李纨说凤姐“昨日还打了平儿呢”，可以肯定她们拉赞助是在凤姐生日的第二天。凤姐的生日是九月初二，随后薛蟠十月十四日出门，香菱才有机会进入大观园跟黛玉学诗。从宝玉在四十九回说的“明儿十六，咱们可该起诗社了”来看，宝琴、李纹、李绮、岫烟进入大观园的时间是十一月十五日。因探春说索性等几天再开社，大概又过了一天，李纨打发人来说“要商议明日请人作诗”，著名的芦雪庵联诗就发生在次日。因此，第三次开社应该是在十一月十八日。在此之前是否开过社，作者没说，也不好臆断。但从探春说的“林丫头刚起来了，二姐姐又病了，终是七上八下的”这几句话来分析，至少在此之前开社不规律，那五十两银子也应该花费不多。那么再看第三次雅集是怎么办的：

李纨道："我的主意，想来昨儿的正日已过了，再等正日又太远，可巧又下雪，不如大家凑个社，又替他们接风，又可以作诗。你们意思怎么样？"宝玉先道："这话很是。"……李纨道："我这里虽好，又不如芦雪庵好。我已经打发人笼地炕去了，咱们大家拥炉作诗。老太太想来未必高兴，况且咱们小顽意儿，单给凤丫头个信儿就是了。你们每人一两银子就够了，送到我这里来。"指着香菱、宝琴、李纹、李绮、岫烟，"五个不算外，咱们里头二丫头病了不算，四丫头告了假也不算，你们四分子送了来，我包总五六两银子也尽够了。"

前面几次开社，都是做东者自掏腰包。这次李纨提议开社，却又让大家凑钱，还要"单给凤丫头个信儿"，其用心很值得琢磨。那次雅集李纨究竟办了些什么东西，曹雪芹只说了"杯盘果菜俱已摆齐"，余者则一字没提。读者印象最深的是湘云和宝玉在那儿烤鹿肉，凤姐、平儿、宝琴几个人也都吃了，可那块鹿肉是宝玉找凤姐要的，并不在此次花销之内。再来看第六十三回宝玉生日的花销：袭人、晴雯等八个丫鬟凑了三两二钱银子，总共办了四十碟果子。另有一坛绍兴酒是袭人找平儿讨的，也不在当晚的花销之内。那么问题就来了：芦雪庵那一社的酒席，怎么看也不比怡红院夜宴丰盛，李纨先收了宝玉、黛玉、探春、宝钗每人一两银子，还说"我包总五六两银子也尽够了"，意思是她还得添上一二两银子。她也不想想，这几个人除了宝玉一个糊涂蛋以外，另外三人哪个的心眼儿不比筛子多，谁信呢？

兴许是黛玉、宝钗、探春觉得这回吃了"哑巴亏"，姑娘们也都从这次集会中看出了李纨的猫腻，既不便摊开了明说，也不愿再当"冤大头"，所以从此之后，再也没有哪个张罗开社。直到第七十回林黛玉重建桃花社时，姑娘们还在说："咱们的诗社散了一年，也没有人作兴。"

李纨在宝玉和姑娘们面前，基本上是一毛不拔。她自荐当海棠诗社社长，却从没见她做过一回东。再说宝玉生日那回，贾母、邢夫人、王夫人都不在家，尤氏和凤姐还是按旧例送了礼物，李纨却只打发贾兰过来问候一声就算了。还有刘姥姥二进荣国府时，贾母、王夫人、凤姐，甚至平儿、鸳鸯、宝玉都有所馈赠，独李纨在一边装憨。凡事都只往自己兜里算计，从不施舍半点人情，也难怪她在弟兄姊妹和丫头婆子面前没有威信，也难怪《红楼梦曲·晚韶华》里说她："虽说是，人生莫受老来贫，也须要阴骘积儿孙。"高鹗在后四十回写她的那些行为，虽然不一定是曹雪芹原意，但依着她向来的做派，那些事没准儿她还真干得出来。

秦可卿的见识

那年写一组《夜读红楼》文章，想的是写几个自己喜欢的红楼女子，按照这个标准遴选，秦可卿最初也在计划之列，后思虑再三，还是舍弃了。为什么呢？实在是这个人物令人难以下笔。

按说，秦可卿位列十二正钗，第五回就露面了，其所作所为书里都有记载，而且她在第十三回就亡故了，不必去八十回之后探求她的结局。但这个人物的特殊性和复杂性，远远超过其余诸钗。时至今日，红学界还在为她的出身、品行、结局争论不休。我没有肯定或否定哪一方的直接证据，而且我一直主张的从文本着眼，并兼顾所有批语的解读红楼人物、红楼故事的观点，在秦可卿这里遇到了障碍。既无良策，只得忍痛割爱。

障碍在哪儿呢？首先就是她的出身。这个问题，原本不存在疑点的。多个版本的《红楼梦》除了个别字句略有差异外，大体都说得明白：

这秦业现任营缮司郎中，年近七十，夫人早亡。因当年无儿女，便向养生堂抱了一个儿子并一个女儿。谁知儿子又死了，只剩女儿，小名唤可儿，长大时，生的形容袅娜，性格风流。因素与贾家有些瓜葛，故结了亲，许与贾蓉为妻。

这不很清楚吗？但也有学者不这么看。这些学者中，最具代表性的是刘心武与霍国玲两位红学家。刘心武先生依据秦可卿房间的陈设、秦可卿所用的棺木，以及其丧事的排场程度，论证出曹雪芹的这段文字实属“障眼法”，秦可卿就是清雍正年间某废太子的女儿，因为这个亲王在宫廷争斗中失利，不得已才通过养生堂将其转移到贾府避难的。霍国玲女士同样根据上述情况，论证出贾府的族谱实际就是清代的皇族谱，自贾代化起，每一代人都可对应皇族的具体人。甚至秦可卿的父亲秦业，也被对应了曹雪芹的叔父曹頫。至于秦可卿，其实隐喻的就是竺香玉皇后。刘心武先生还根据自己的研究结果，写出了长篇小说《秦可卿之死》。霍国玲女士为传播自己的研究成果，则推出了个人专著《解析秦可卿》。

两位红学家的研究方法相同，结果却不一样。唯一相同的，是两人的研究结果都受到红学界的质疑，至今还是各讲各的理，谁也说服不了谁。

为什么会形成这种局面呢？原因出在《红楼梦》的第十三回。如今我们看到的这一回，回目叫《秦可卿死封龙禁尉　王熙凤协理宁国府》。而在此之前，这一回则为《秦可卿淫丧天香楼　王熙凤协理宁国府》。前面写的，后面改的，都出自曹雪芹之手。可为什么要改呢？靖藏本回后的一则畸笏叟的批语，道出了真相：

秦可卿淫丧天香楼，作者用史笔也。老朽因有魂托凤姐贾家事二件，岂是安富尊荣坐享人能想到者？其事虽未漏，其言其意，令人悲切感服，姑赦之。因命芹溪删去“遗簪”“更衣”诸文，是以此回只十页，删去天香楼一节，少去四五页也。

曹雪芹删去的部分，即原文贾珍与秦可卿乱伦败露，秦可卿于天香楼自缢等情节。虽然这部分已删去，秦可卿的死因也发生了改变，但可能是作者还没顾上前后打磨就去世了的缘故，第五回秦可卿的判词和《红楼梦曲》只字未动，第七回宁府老奴焦大喝醉了，又说了那么一番话，到了第十三回，贾珍的所作所为也实在令人生疑，还有畸笏叟的批语历历在目，因而就导致了秦可卿这个人物形象的扑朔迷离和莫衷一是。

鉴于这种情况，我决定不去碰她。

关于秦可卿与贾珍的关系，以及秦可卿的死因，刘心武先生根据自己的索隐结果，认定秦可卿本是废太子的女儿，无奈藏身于宁国府，她就是多方默许的贾珍的秘密妻子，二人的关系无可厚非。至于她自缢于天香楼，不是两人关系败露之故，而是她藏匿宁府事发，有人命太医张友士利用两味中药名给她传递信号：让她尽快于“熟地”“归身”。天香楼是她和贾珍经常幽会的地方，所以她要在那里结束自己的生命。

当然，还有很多说法。据我所知，除刘心武、霍国玲外，胡适、俞平白、顾颉刚、王昆仑、周汝昌、周思源、戴不凡、胡文彬、邓庆佑、杨树彬、刘秉义、丁维中、周观武等数十位红学家，对这一问题都有自己的见解。

仔细比较诸多红学家的论述，我倾向周思源先生的观点。周老先生在其《正解金陵十二钗》一书中，重点解析了笼罩在秦可卿身上的诸多谜团。老人家确认贾珍与秦可卿的那种关系是存在的，但在道德责任划分上，他通过细读文本和研究当时的社会伦理，提出了自己的结论：秦可卿在万般无奈之下屈从了贾珍，本以为就这么过去了，可贾珍随后又没完没了地纠缠她，为了家族和自己的名誉，她既不能揭露他，也不便向任何人求助。更严重的是，她还无法摆脱贾珍的继续纠缠。所以她觉得，就算是神仙来，也治得病治不得命，自己也“不过挨日子罢了”。她希望以病死来摆脱自己的噩梦，可还没等到这一天，两人的事就被尤氏发现了。秦可卿是个要脸的人，事已至此，除了自我解脱，她已经没有其他选择。

倘周老先生的上述推断符合事实，秦可卿当为实实在在的受害者，应该受到谴责的是贾珍。

对于有人拿贾宝玉在太虚幻境的经历，以及他在秦可卿病中、病故后的态度和表现说事，我还有点个人看法。宝玉的那个梦境，前因是秦可卿原先给安排的房间他不喜欢，只得将他安排到自己的卧房。宝玉进得房来，先觉出一股细细的甜香，又见房内陈设颇为新奇，再看秦氏婀娜多姿，恍惚之间，遂有此梦。青春期男儿，酒后心旌摇荡，先前的景况已然触动了心思，恰太虚幻境的氛围又缠绵异常，梦中浮想联翩再正常不过了。至于他在秦可卿病中、病故后的态度和表现，也不难解释，懵懂小子一个，见自己喜欢的成熟女性遭遇不幸，有些关切、惋惜和心痛，也是一种正常反应，不宜作离奇解读。退一万步说，即便宝玉真有那些想法，那也是他的事，与秦可卿并无关系。而且这些人提供的证据，也只是似是而非的主观臆断，在未见到足以服人的证据之前，我仍然坚持己见。

以上说这么多，有两个目的：一是陈述当初想写而未写的原因，二是表明自己对“秦可卿疑案”的态度。

回到正题。我觉得曹公在如何评价秦可卿的问题上，内心也是充满矛盾的。请看第五回，宝玉被警幻仙子送至一香闺绣阁，见一女子在内，直觉“其鲜艳妩媚，有似乎宝钗，风流袅娜，则又如黛玉。”随后，又听警幻仙子言道：“……是以特引前来，醉以灵酒，沁以仙茗，警以妙曲，再将吾妹一人，乳名兼美字可卿者，许配于汝。今夕良时，即可成姻……”能兼宝钗并黛玉之美者，其容貌姿色，该是何等出众？再看其品行，在贾母眼里，她“是个极妥当的人，生得袅娜纤巧，行事又温柔和平，乃重孙媳中第一个得意之人。”在发现她和贾珍的事之前，尤氏也曾跟贾蓉说：“（她）这么个模样儿，这么个性情的人儿，打着灯笼也没地方找去。”而在她亡故之后，荣宁二府“长一辈的想他素日孝顺，平辈的想他素日和睦亲密，下一辈的想他素日慈爱，以及家中仆从老小想他素日怜贫惜贱、爱老慈幼之恩，莫不悲号痛哭。”这么看来，曹雪芹对她的容貌、品行，无疑是赞赏有加的。

但在她与贾珍那档子事的问题上，曹雪芹对她又颇有微辞。从她的判词和《红楼梦曲·好事终》，到后来写“秦可卿淫丧天香楼”一节，都可看出曹公的耿耿于怀。在曹公看来，没有了伦理纲常，必然导致家族衰败。所以他说：“秉月貌，擅风情，都是败家的根本。”但这里有个问题：“秉月貌，擅风情”，显然是说秦可卿的，那么贾珍的责任呢？曹雪芹的思想勿庸质疑，从他向来对待女性的态度来看，绝对超越了“红颜祸水”的认识水平，那么，他如此看待秦可卿，就是一个难解的谜。

令人欣慰的是，曹雪芹对秦可卿的见识是充分认可的。对于她的不幸早逝，也充满了哀痛和惋惜。因而，在秦可卿即将离开人世之际，曹雪芹安排她完成了其人生的最后一次绽放：

凤姐方觉睡眼微蒙，恍惚只见秦氏从外走进来，含笑说道：“……我舍不得婶娘，故来别你一别。还有一件心愿未了，非告诉婶娘，别人未必中用。”……“常言‘月满则亏，水满则溢’，又道是‘登高必跌重’……一日倘或乐极生悲，若应了那句‘树倒猢狲散’的俗语，岂不虚称了一世诗书旧族了？”……“荣辱自古周而复始，岂人力所能常保的？但如今能于荣时筹划下将来衰时的世业，亦可以长远保全了。”……“目今祖茔虽四时祭祀，只是无一定的钱粮；第二，家塾虽立，无一定的供给。依我想来，如今盛时固不缺祭祀供给，但将来败落之时，此二项有何出处？莫若依我定见，趁今日富贵，将祖茔附近多置田庄、房舍、地亩，以备祭祀、供给之费皆出自此处；将家塾亦设于此。合同族中长幼，大家定了则例，日后按房掌管这一年的地亩钱粮、祭祀供给之事……便败落下来，子孙回家读书务农也有个退步……若不早为后虑，只恐后悔无益了！”

说罢这些，秦可卿便离开了人世。就因为这番话，畸笏叟命曹雪芹改写了第十三回。也因为这番话，好多人都觉得秦可卿也是个有“补天之才”的奇女子。只因造化弄人，让她最终落了那么个下场，而且两百多年后还背着一身是非，着实引人唏嘘。

刘姥姥的智慧

随便在某个圈子里，若跟人提起《红楼梦》里的某个二等丫鬟，不一定所有人都知道，但一提到刘姥姥，不知道的人恐怕不多。因为，这个乡下老太太的形象太深入人心了。不论是在书里，还是在后来的影视作品里，甚至在民间口语里，她的知名度太高了，以致远远超过了好些个光鲜亮丽的丫鬟。

在《红楼梦》前八十回，刘姥姥先后两次进荣国府。千万不要把她看作一个无关紧要的人物，也不要以为她就是曹雪芹专门设置的一个引人发笑的角色，她在全书中实在起着十分重要的穿针引线作用，作者不仅意在通过她的视角，引导读者补充观察荣国府、大观园的诸般气象，引导故事情节展开，甚至还要通过她的所作所为来反映自己的许多思想。《红楼梦》的前五回，重在交代写作背景、创作旨意、人物关系，以及人物命运安排。待这些都准备就绪之后，到了第六回，整部书的故事才正式展开：

按荣府中一宅人合算起来，人口虽不多，从上至下也有三四百丁。虽事不多，一天也有一二十件，竟如乱麻一般，并无个头绪可作纲领。正寻思从那一件事自那一个人写起方妙，恰好忽从千里之外，芥豆之微，小小一个人家，因与荣府略有些瓜葛，这日正往荣府中来，因此便就此一家说来，倒还是头绪。

只看上面这一段，便可明白这乡下老太太在全书中的重要作用。刘姥姥一出场就是故事。她没有儿子，就跟着女儿女婿生活。因为家境窘迫，女婿王狗儿那段时间心里很烦。这人也怪，一烦就要喝酒，喝完酒更烦，烦闷难消时便拿媳妇撒气。那日喝完酒又开始骂人，他的媳妇也不敢顶撞。刘姥姥在一旁看不过，就开始劝王狗儿："守多大的碗儿，吃多大的饭。你过去光知道跟着父母享福，那时候吃喝惯了，如今有了钱就顾头不顾尾，没了钱就瞎生气，哪像个男子汉呢！"在刘姥姥看来，把日子过得好一点的门道多得很，就看你敢不敢去做。在王狗儿否定了她的说法，并坚决地认为没有出路之后，刘姥姥出语惊人："这倒不然，谋事在人，成事在天。咱们谋到了，看菩萨的保佑，有些机会，也未可知。"

面对现实处境，刘姥姥积极乐观，王狗儿消极悲观，这是一老一小的最大区别。别看刘姥姥就是个乡下老太太，她还真敢想敢干。想到王狗儿祖上跟王夫人的爷爷在一起做过官，两家又连过宗，她本人还见过他们家的二小姐。又听说这二小姐现如今成了荣国府的二太太，而且特别怜老惜贫，如果她还念旧，周济自己一下也说不准。于是，刘姥姥第二天就带着外孙板儿来到了荣国府。

我的老家有句俗话："穷亲攀富亲，累断脊梁筋。"人在矮檐下，礼尚往来层面的结交已然令人百般为难，而拉下脸去求人接济也是非常尴尬的。但按照现代人的理念，个人能力不济，如果能够寻求并借助外力改变生存状态，也不为丢人。倒是明明穷得揭不开锅了，也不去想法寻门路，只在一边发牢骚说怪话，那才叫丢人。可刘姥姥生活在18世纪，还不曾接触这等思想。彼时带着她那些想法进荣国府，实在不是一般的考验。事实上，刘姥姥这回到荣国府，也是来寻求外力的，抱的就是个"有枣没枣先打两竿子再说"的心理。也是她运气好，虽然其间费了不少周折，承受了很大的精神压力，但也有很大收获：一是见识了荣国府的繁华，二是得了王熙凤送的二十两银子。按她在二进荣国府时的说法，这二十两银子，是她们全家一年的开销。更重要的是，把中断多年的关系又连接上了。

刘姥姥一进荣国府的举动及结果，让我想起了另一个乡下女子的一句话。这个女子，就是早年间一部名为《辘轳·女人和井》的电视剧中的狗剩媳妇。这个女子有回教训葛铜锁："就算天上掉馅饼，你起晚了也捡不着啊！"这话太深刻了，而且与刘姥姥上面的"理论"有着异曲同工之妙。很多人可能都有这样的体会：我们曾经有过不少希望，不少目标，但在潜意识里，又觉得这些希望和目标遥不可及且高不可攀，因而未曾出马先就没了信心，加之惰性因素，一次又一次成功的可能，就在犹豫和怯懦中失之交臂。跟这一老一少两个女性比起来，不知道别人怎么想，反正本人有点汗颜。

刘姥姥二进荣国府是在第三十九回。这回她本来只是想给府里送点自己种的蔬菜的，没想到周瑞家的在给凤姐汇报这事时，让贾母听见了。按周瑞家的说法，这可真是想不到的天上缘分——贾母说了："正想个积古的老人家说话儿，请了来我见一见。"于是，自这一回到第四十二回前半回，我们得以全方位地领略了刘姥姥的非凡智慧。

刘姥姥见老太太、宝玉和姑娘们对她说的话感兴趣，就开始给这些人讲故事。刘姥姥是一个讲故事的高手，她的故事都是现编的，但因为她善于揣摩人的心理，而且讲得活灵活现，还不时与听故事的人展开互动，所以很对这些人的口味。她讲的第一个故事，说的是在一个下雪天，她一大早起来，听见屋外柴草响，以为是有人来偷柴草的。待她趴在窗户上一瞧，却又不是她们庄上的人。贾母这时插话："必定是过路的客人们冷了，见现成的柴，抽些烤火去也是有的。"刘姥姥精得很，为让在座的人信以为真，故意不顺着贾母的话头儿讲："也并不是客人，所以说来奇怪。老寿星当个什么人？原来是一个十七八岁的极标致的一个小姑娘，梳着溜油光的头，穿着大红袄儿，白绫裙子……"这个故事没有结尾——因为刚说到烤火，马棚那边着火了，贾母要求不要再说火的事了，故事就此打住。这也不要紧，刘姥姥肚子里的东西多着呢！她觉着像贾母这样的人，必定喜欢行善积德和因果报应之类的故事，就又讲道：“我们庄子东边庄上，有个老奶奶，今年九十多岁了。他天天吃斋念佛，谁知就感动了观音菩萨……原来这老奶奶只有一个儿子，这儿子也只一个儿子，好容易养到十七八岁上死了，哭的什么似的。后果然又养了一个，今年才十三四岁，生的雪团儿一般……”这个故事顿时触动了贾母和王夫人的心暂且不说，只说宝玉这时还沉浸在前面没讲完的故事里，转过身不但缠着她续了个结尾，还向她“落实”了地名庄名、来往远近、坐落何方。第二天一大早，就给了茗烟几百钱，让他顺着刘姥姥说的方向去踏访，为了等个结果，宝玉整整一天都“急的热锅上的蚂蚁一般”。一个故事讲出这种效果，古今也只有一个刘姥姥。

随后，刘姥姥在贾母两宴大观园时，又淋漓尽致地表现了一回。在这两次宴会上，为了让贾母高兴，凤姐和鸳鸯“逗笼子”，让刘姥姥扮演“篾片相公”，拿她取笑。怕刘姥姥不钻她们画的圈儿，在凤姐的暗示下，鸳鸯专门把刘姥姥拉出去嘱咐了半天。正式开宴后，凤姐、鸳鸯是花样迭出，刘姥姥是装傻充愣，直把贾母和所有参加宴会的人逗得前仰后合。实话实说，凤姐和鸳鸯这么做，固然是在拿她凑趣儿，也明显有捉弄她的意思，可说到底也没有特别的恶意。值得回味的是，别人看着刘姥姥是在出洋相，可她自己心里却明镜儿似的，明知道这两人是在耍自己，却偏要顺水推舟，主动配合她俩演戏。请留心，刘姥姥在整个过程中，忽而如呆如痴，忽而似醉似癫，但所有的话都不失分寸，不丢面子，而且从头到尾绝不偏离两个主题：逗贾母发笑，说贾府好话。冷眼看去，真真切切就是在“逗你玩儿”。故而，当鸳鸯为这事给她道歉时，只听她说：“姑娘说哪里话，咱们哄着老太太开个心儿，可有什么恼的！你先嘱咐我，我就明白了，不过大家取个笑儿。我要心里恼，也就不说了。”原来，别人是自作聪明使小计，她却是揣着明白装糊涂。仔细想想，谁笑话谁呀！

从刘姥姥与王狗儿对话开始，直到她二进荣国府的活动结束，称得上一个经典的营销案例：步骤清晰明了，过程可圈可点，结果出人意料。这个营销活动的第一步，就是针对自身状况的分析与决策。刘姥姥最先分析了自己一家日子窘迫的原因，又根据王狗儿祖上与王夫人祖上的交往情况，提出走这一条路的可行性。在王狗儿不认可她的分析，并觉得成功的可能性太小的时候，刘姥姥果断决策：谋事在人，成事在天。咱们谋到了，兴许就有机会。第二步就是制定实施方案。基本内容就是由刘姥姥带着板儿去荣国府，先找王夫人的陪房周瑞家的，再通过她接近贾府的人，遇到问题见机而行。第三步就是具体实施。任何一个营销活动，早期的可行性分析、制定方案、拍板决策等步骤固然艰难，但毕竟还只是纸上谈兵，最艰难的还是实施过程。看看刘姥姥进荣国府有多难：来到荣国府门前，见了大门口的石狮子和簇簇轿马，就不敢往前走了。硬着头皮"蹭"到角门前，见了几个挺胸叠肚的看门小厮，又是作揖又是喊"太爷"，想请他们给请一下周瑞。可在那儿杵了半天也没人睬她。那时她虽然难受，但也没有放弃。也就在这时候，一个年纪大点的人过意不去，就将周瑞家的住址告诉了她。找到了周瑞家的，她就进了荣国府。进了府，见凤姐的过程和结果读者大概不会忘记。总体来说，整个活动虽然艰难，可总算有所收获。

营销学理论与实践告诉我们，营销的最大忌讳，就是只做"一锤子买卖"。刘姥姥第二次进荣国府，主要任务就是"维护客我关系"。这一回，她最大的收获还不是王夫人送了她一百两银子，也不是贾母、凤姐、平儿、鸳鸯、宝玉等人送给她的包括吃的、穿的、用的等一大车东西，而是通过陪贾母玩乐、为巧姐诊病、取名等活动，跟荣国府的决策层和执行层建立了紧密关系。据《红楼梦》前八十回的线索以及脂砚斋提示，刘姥姥第三次进府时，贾家已经败落。她进来之前就已经知道了消息，这次进府的目的就是核实情况，看看能否搭把手。当她得知巧姐被其"狼舅奸兄"卖到青楼时，就不惜倾家荡产救出了巧姐——这是营销学的最高境界：感恩回馈，救人危难。

一个乡下老太太，不仅让我们见识了什么叫大智若愚，还给我们留下了一个经典营销案例，太厉害了。

我时常在想，曹雪芹塑造刘姥姥这个角色，还不光是小说创作本身的需要，先生似乎还想告诉我们：不要轻视了小人物的智慧、思想、情感和尊严，你从心里把他们当人看，兴许为社会创造奇迹的就是这些人。而在你身陷窘境的时候，出手相助的可能还是这些人。

焦大与李嬷嬷

昨天遇上两件事。头一件，早晨在超市买菜，遇上一老太太买茄子，大概是觉得茄子把儿占了斤两，只见她双手握着茄子，将长把儿的那一头儿在筐沿猛磕，不想劲使大了，把儿没磕下来，反将茄子磕成了两截儿。瞅瞅近处没有营业员，就扔了手里的茄子，又挑出一个来接着磕。旁边一少妇看不过去，说了她两句，没想到这老太太恼羞成怒，跳起脚来就骂那少妇。所幸到底还是正义的人多，买菜人都围过来指责她。老太太见这会儿占不到便宜，只得骂骂咧咧地走开了。第二件是在电视上看到的，某地一老头儿坐公交，因一个小姑娘没给她让座，就打了小姑娘一耳光。这老头儿也有理：老子为国家做贡献时你爸还穿开裆裤呢，你竟敢目无老人！小姑娘突然遇到这种情况，红着脸站在那里不知所措。有乘客气不过，就报了警。结果车刚到站，老头儿就被警察带走了。两件小事，涉及两个老人，便让我想到了《红楼梦》里的焦大和李嬷嬷。

李嬷嬷是宝玉的奶妈，焦大是宁国府的老奴。两人对于贾府，应该说都是有贡献的。可又因为他们的言语和行为不当，把自己弄得非常尴尬。在很多红学家眼里，他们的结局，都是贾府后人忘恩负义所致。但任何事物都有两面性，如果光看表面现象，或者光从这两个人的角度看问题，则无疑都是贾府的不是。就跟某些职员在某个公司不受人待见一样，倘或单看他们被冷落的表象，或是只听他们的一面之词，肯定就是那个公司不好。

但如果再往深处追问个为什么，或者比较客观地从他们自身找找原因，很可能就是另一种结论，至少不会只是他们给出的那种结论。

这个焦大，有点来头儿。据尤氏说："他从小儿跟着太爷们出过三四回兵，从死人堆里把太爷背了出来，得了命，自己挨着饿，却偷了东西来给主子吃。两日没得水，得了半碗水给主子喝，他自己喝马溺。不过仗着这些功劳情分，有祖宗时都另眼相待。"在第七回，因管事的派他晚间送秦钟回家，焦大不愿意，加之他喝醉了，就扯起喉咙骂开了。先是骂大总管赖二，接着又骂贾蓉，后来连贾珍也骂上了，还说出一大堆不堪入耳的话来。贾蓉听不过去，就让小厮把他捆起来拖进马圈，塞了他一嘴马粪才算消停。

那李嬷嬷，功劳没有焦大显赫，也就是奶了宝玉几年。但这人的谱儿却摆得不是一般的大——晴雯她们给宝玉凉的枫露茶，她端起来就喝；宝玉让尤氏给送过来的豆腐皮包子，她也不管三七二十一，揣起来就走；骂起袭人这些丫鬟来，多么伤人的话，张口就来。宝玉因看不惯她"逞的比祖宗还大"的做派，几次都想回了贾母撵她出去。

由焦大引起的风波影响很大，他骂的那些话后来也被很多人用在对宁国府的评价上。由李嬷嬷引起的风波影响较小，却也因此改变了小丫鬟茜雪的命运。而在对待焦大和李嬷嬷遭遇的态度上，很多红学家都站在"弱势群体"焦大和李嬷嬷一边，一致认为贾府的后人不像话。我则以为，不论什么事，都不能绕过"情理"二字。如果选择了站在贾府的对立面，那焦大与李嬷嬷则无疑就属于受欺压受迫害的一方。如果站在中立的角度，很多问题也都还有可商榷之处。

拿焦大来说，宁国府能有后来的荣华富贵，跟他当时做出的牺牲是分不开的，宁国府的后人无疑要认这个账。但这话要让别人说才有感染力，焦大自己当然也可以说，但不必天天挂在嘴上，更不必稍不如意就拿这个说事。就如同张三做生意时手头拮据，找李四借了点钱，后来张三发达了，李四就天天跟他念叨我当时对你如何如何，要不是我借给你钱，你现在又如何如何等等，张三听了肯定不舒服。从焦大在宁国府的处境来说，因为他动不动就醉酒骂人，从贾敬到贾珍都“不好怎样他”，就只好不理他。尽管如此，我们也看得出来，他在宁国府的基本养老是有保障的。而且可以断定，将来他的后事也不会没有人管。在贾珍父子看来，能做到这一步，也算尽到责任了。但焦大的诉求，却是要让他们也像当年宁国公一样对他“另眼相看”。这样就有矛盾了，因为此一时彼一时，贾珍父子跟他没这份感情，若他们愿意像先前那样待他，那是他的造化。若这只是焦大自己的一厢情愿，他却偏要较这个真儿，难受的必定是他自己。更要命的是，他天天骂赖二，“焦老太爷跷起一只脚来，比你头还高”；动不动就要跟贾蓉“红刀子进去白刀子出来”；又总把府上的隐私挂在嘴上当歌唱，还能指望别人恭敬他？当然，有人可能会说，就是因为宁国府不再恭敬焦大，他才那么放肆的。反过来说，焉知不是因为焦大过于放肆，宁府才那么对待他的？这话没必要争论，一争起来，必定都是车轱辘话。公平地说，双方都有问题。

再说李嬷嬷，她奶大了宝玉不假，但她的这份功劳与焦大比起来，实在算不了什么。焦大对主子有救命之恩，他当时的作为不是随便哪个人都做得到的。李嬷嬷不一样，哺育少主子，固然也是恩情。但换个角度看，能让她哺育宝玉，也是荣国府给她的一个机会。因为这份工作具有可替代性，她并不是给宝玉当奶妈的唯一人选。凭荣国府的条件，想用什么样的奶妈都是一句话的事，换了李嬷嬷，还有张嬷嬷、王嬷嬷。讨论这个问题，不能脱离当时的社会背景。现实就是现实，就如同某个家庭聘了个钟点工，你出力我付酬，本来是相互需要、两相情愿的事，你硬要说这个钟点工对那个家庭贡献突出，我也可以说那个家庭有恩于这个钟点工。在这个问题上，如果仍然沿用阶级斗争思维来抬杠，就没意思了。有鉴于此，像李嬷嬷那般说话行事，还真是少了点自知之明。这也是很多读者同情焦大而反感李嬷嬷的根本原因。

曹雪芹写人物，从来就不是一好百好。对于宁、荣二府对待焦大与李嬷嬷的态度，曹雪芹已经给予了明确的批评。而对于焦大与李嬷嬷，他没有下评语，只将他们的历史贡献和现实表现如实写出来，让读者去评说，似乎也在向读者暗示他本人的想法——这两个人自身也有值得反省的问题。老话说，要想公道，打个颠倒。如果把焦大和李嬷嬷放在贾府的角度，遇到下面的人也像他俩那般说话行事，他俩又该是个什么态度？在这个问题上，不能说违心话，也不能蛮不讲理。

现实中的很多问题，在感性层面怎么说都有理，如果深入本质理性思考，得出的结论很多人可能都不敢面对。比如尊老爱老的问题，从社会层面来说，诸如健全机制、完善举措之类的工作，怎么做都不过分。而从个体层面来说，似乎还有一个前提：要想让人尊敬你，你首先得自尊；要想让人爱护你，你首先得自爱。以本文开头的那个老太太来说，你自己做的事就上不得台面，你叫别人如何尊敬你？再拿那个老头儿来说，那小姑娘给你让座，是她的觉悟；不给你让座，是她的权力。或者说，她虽有道义责任，但没有法定义务，你凭什么那么要求人家？不是本人刻薄，遇上这样的人，反正我是爱不起来。

每个人都有老的时候。我说这些话，不光是讲理，也是在自警。

赵姨娘怎么成了小白菜

赵姨娘在《红楼梦》里的重头戏不少：第二十五回与马道婆密谋暗害凤姐和宝玉；第五十五回因其弟赵国基没了，为争赏钱找探春麻烦；第六十回跟芳官等一帮小丫头打闹等等，随便挑一出，都是书里的重大事件。正因为她在这些事件中的实际表现，凤姐叫她“老东西”，芳官叫她“赵不死”，平儿则说她“倒三不着两”，就连探春也说她的见识阴微鄙贱，行事昏愦荒唐。通观全书，除了尤氏在第四十三回说她是个“苦瓠子”，流露出几分同情之外，没听人说过她半句好话。

可这个世界确实无奇不有。日前在天涯论坛读到一篇题为《全面为赵姨娘平反昭雪》的帖子，真让人大开眼界——人见人烦的赵姨娘，到了帖子作者的笔下，竟变成了河北民歌里那个人见人怜的小白菜。作者说：“赵姨娘惯于低调做人，对外来的刁难一向是逆来顺受。无论是来自贾母的还是王夫人的无理指责，甚至晚辈凤姐的节外生枝，她采用一贯的悄悄忍受、不解不辩、唾面自干……”原以为这人是在反话正说或哗众取宠，仔细一看，还真不是。粗略归纳一下，这篇帖子大致有三层意思：

一是为赵姨娘争地位。作者说：“赵姨娘为贾政生儿育女，可谓劳苦功高。按‘母以子贵’这一几千年来的传统习俗，赵姨娘有足够的资格享受安富尊荣。”而实际上她“却是个上层憎恶，底层嫌弃，没有一丝亮点的反面人物”。说赵姨娘有足够的资格享受安富尊荣，作者的理由有两点：

一是邢夫人劝说鸳鸯给贾赦做妾时说的，“过一年半载，生下个一男半女，你就和我并肩了……”二是府中夏婆子对赵姨娘说的，“你老想一想，这屋里除了太太，谁还大似你？家里人你要使唤谁，谁还不动？”作者认为：“无论是长房的邢夫人，还是底层的夏婆子，都认可府中的规矩：姨娘生育子女后就会升为主子，身份资格仅次于正室王夫人……可事实上赵姨娘的地位低下令人难以置信。贾母敢直啐其面，王夫人能有事没事把她叫来呵斥一番，王熙凤也会无事生非地数落这个长她一辈的姨奶奶。更为甚者，底层的小丫鬟也不把她放在眼里，不只背后敢讥刺，还敢于正面回绝，甚至不顾尊卑、大失体统地对她群殴。”

帖子作者说的有个问题，按照当时的社会制度，姨娘纵然生了子女，但她的身份没变，除非被扶正，否则她的身份还是奴才。至于“家里人你要使唤谁，谁还不动”的说法，那也看你说话办事是否让人敬服。比如平儿，按说她也只是个通房丫头，地位比赵姨娘还低，也没给贾琏生个一男半女，可下面人就是听她的，你不服都不行。贾母为什么啐赵姨娘，请看她在第二十五回做了什么事，又说了什么话。王夫人又为什么呵斥她？贾环使坏加害宝玉，根子在她平时的负面教育，不该呵斥吗？凤姐训斥她是在第二十回，翻翻原著，看看是否“无事生非”？再看帖子作者找的两个证人，按曹雪芹的说法，邢夫人“禀性愚强”，夏婆子乃“愚顽之辈”，仔细分辨她们是因什么事、在什么情况下说的那些话，就知道她们的话有多大的分量、多高的可信度了。因此，我非常可怜这位作者：在与之相关的人物中，除了邢夫人和夏婆子，他也确实找不到像样的证人了。

争地位的事还可举出一例，即作者说的“在赵姨娘为贾政产下子嗣这一刻起，尤其是贾环出世之际，王夫人已经不可避免地把她视为威胁自身地位的竞争对手、必欲除之而后快的危险敌人……”这一说法更是荒诞不经，且不说原著中找不出他说的这些线索，而按照当时礼法，赵姨娘生育的子女也得认王夫人为亲妈，探春和贾环也是赵姨娘的主子。就算这作者说的属实，以王夫人娘家的背景，以元春和宝玉的地位，赵姨娘能威胁到王夫人的地位吗？是作者自己想多了。

二是为赵姨娘争待遇。帖子作者为赵姨娘争待遇的事有两件：第一件是关于月例的事。作者说："在经济方面，荣国府对赵姨娘采取歧视性的封锁和残酷的盘剥，以赵姨娘之业绩，月薪仅区区二两银子，与王夫人四十两有二十倍的差距……"在多个版本上，我看到的王夫人的月例，都是二十两而非四十两。但即便是二十两，也是赵姨娘的十倍。这个问题没必要费口舌，贾府从上到下的月例都有定规，就跟企业里高管人员与普通职员的待遇悬殊一样，你可以不服，可以在心里骂娘，也可以另谋高就，但规矩就是规矩，你再眼红也没用。第二件，就是著名的"愚妾争闲气"那件事。第五十五回，凤姐病了，王夫人让李纨和探春共同理事。就在这时，赵姨娘的弟弟赵国基没了。按赵姨娘的想法，探春当下大权在握，多给些赏钱理所当然。可探春偏循旧例只给了二十两银子，惹得赵姨娘找上门来大闹一场。根据旧账本上"两个家里的皆赏过二十两，两个外头的皆赏过四十两。外还有两个外头的，一个赏过一百两，一个赏过六十两。这两笔底下皆有缘故：一个是隔省迁父母之柩，外赏六十两，一个是现买葬地，外赏二十两"的记载，帖子作者认为："抚恤金并不是刚性规定：隔省迁柩的外赏六十两，现买葬地的外赏二十两。马马虎虎找个坑爹理由，就会加倍打赏。不说为贾政生子育女的丰功伟绩，但凭夜夜侍寝这种独一无二的技术含量高的工作，从哪个角度讲都比上述两个理由更合理，更靠谱吧？加几倍的赏银都不算过分。"听听，这都什么混账理由？

三是为赵姨娘讨公平。在这个问题上，作者也举了两个例子：第一个例子是，"赵姨娘在屋里教训贾环，竟然也能被王熙凤当借口痛斥：'他现是主子，不好了，横竖有教导他的人，与你什么相干！'贾环用蜡油烫了宝玉的脸，本与赵姨娘无关，凤姐也趁机挑唆王夫人痛骂赵姨娘：'养出这样黑心不知道理的下流种子来，也不管管！'"因而作者认为："赵姨娘管教贾环是越权，贾环犯了事再骂她管教不严。进退失据，冤得窦娥听了都会怆然泪下。”第二个例子是，“茉莉粉事件起因是非分明，就是芳官蒙骗贾环，在宝玉发话后，仍然用茉莉粉冒充蔷薇硝敷衍对方，这才是典型的刁奴欺主。”作者因此发难：“看看老资格的焦大骂了几句主子，就被用马粪塞嘴。两个婆子顶撞尤氏就被捆进马圈。贾家公子贾环被丫头戏耍，赵姨娘被底层丫头群殴，却不了了之。明白什么叫选择性执法，官家两张嘴了吧！”

关于“赵姨娘管教贾环是越权，贾环犯了事再骂她管教不严”的问题，作者犯了“选择性失忆”的毛病，在第二十回贾环和莺儿赶围棋耍赖后，因赵姨娘教育贾环的话充满负能量，凤姐确实说了“他现是主子，不好了，横竖有教导他的人，与你什么相干”的话，可她前面还有“环兄弟小孩子家，一半点儿错了，你只教导他，说这些淡话作什么”，谁说她管教贾环“越权”了？王夫人骂赵姨娘的事发生在第二十五回，起因是贾环故意掀翻蜡台烫了宝玉的脸，王夫人在气头上确实骂了赵姨娘“养出这样黑心不知道理的下流种子来，也不管管”，但站在王夫人那个位置，说得说不得？帖子作者先预设了结论，尔后便用两个人在不同时段、不同情境下说的话来证明自己的结论，没读过《红楼梦》的人，必定被他蒙住了。“茉莉粉事件”发生在第六十回，起因是蕊官托春燕送给芳官一包蔷薇硝，恰被贾环看见了，便找芳官讨要，芳官因是蕊官送她的，便不想给贾环。可架不住贾环一个劲儿地要，自己又不好对他明说，只得拿包茉莉粉哄他去了。芳官从心里看不起贾环也是真的，但她跟贾环年龄差不多，那么做说白了也就是小孩儿间的玩笑，若硬要说他“欺主”也挨得上边，但我的东西就是不愿给你，咋办？还有一点值得注意：这事贾环都没计较，倒是赵姨娘压不住火了，听听她怎么说的：

依我，拿了去照脸摔给他去，趁着这回子撞尸的撞尸去了，挺床的便挺床，吵一出子，大家别心净，也算是报仇。莫不是两个月之后，还找出这个碴儿来问你不成……

赵姨娘在这里说的“撞尸”，指的就是贾母和王夫人为宫里那位太妃送灵的事。她说的“挺床”，则是指凤姐卧床养病的事。通篇话听下来，给人的感觉只有八个字：心思阴暗，言语恶毒。赵姨娘鼓动贾环去找芳官闹事，无奈贾环害怕宝玉和探春，不敢去。她只得自己披挂上阵，“飞也似的往园中去”。到了怡红院，果真将茉莉粉照芳官的脸上撒去。芳官不服，跟她辩了几句，赵姨娘又打了她几个耳刮子。这么一闹，在外面玩的藕官、蕊官、葵官、豆官知道了，就赶过来跟赵姨娘打在一处。这就是帖子作者所说的“围殴”事件的经过。看看是谁的不对？当时探春、李纨、尤氏都在场，听听探春怎么说的？明明是自己寻衅滋事，本想制服对方出一口恶气的，没占到便宜时，就怪府里“选择性执法”，难道天下的理儿都在他这边？

需要说明的是，本文在引用这位作者的原话时，改过几个错别字，删去一些龌龊用语，其他与赵姨娘无关的事例，说得再荒唐也未引用。我想指出的是，通观全书，赵姨娘“脚下的泡”，都是她自己走出来的。如果是一个人说她不好，可能是偏见；两个人说她不好，也可能有冤屈，可所有人都说她不好，那又该做何解释呢？而作者在这篇帖子中，一是采用“选择性失忆”的方法，压根儿就不提与他的观点相悖的事例。二是故意混淆时间和空间概念，把前后不搭界的事和人物对话生拉硬拽在一起，以佐证自己的观点。三是只要能证明赵姨娘可怜，再小的理由，甚至凭空想象出的理由，也要大说特说。反之，再确凿的事例他都视而不见。比如，赵姨娘和马道婆设计暗害凤姐和宝玉、贾环使坏掀翻蜡台烫宝玉两件事，他丝毫不顾原著是怎么说的，直言上述行为“都是对不公正现实的反击，都是本该拥有的权力和待遇被恶意剥夺后的奋起反抗”。因而作者认为：“一年三百六十日，风刀霜剑严相逼，用在黛玉身上，是无病呻吟的矫情；用在赵姨娘母子身上，才是血淋淋的写实。”我的老天爷，能够说出这种话的人，该有何等超人的内心强度和面部厚度！

直到作者最后抛出他的两大核心观点，我才明白，他如此声嘶力竭地为赵姨娘喊冤的真实目的。因为他的核心观点过于出格，恕本文不再引用。在此我也想表达两个观点：第一，黑白不可颠倒，是非不容混淆，再怎么涂脂抹粉，赵姨娘也不可能成为女神。第二，在一个家庭、一个团队，赵姨娘这样的人多了，跟她同流合污的人多了，必定乌烟瘴气，鸡犬不宁。治家与兴业，皆不可不防。

贾环还有救吗

清代文人邹弢在其《三借庐笔谈》中记载："己卯春，余与伯谦论此书，一言不合，遂相龃龉，几挥老拳，而毓仙排解之，于是两人誓不共话《红楼梦》。"

这段文字，说的是邹弢与他的好友许伯谦都喜欢《红楼梦》，但许伯谦喜欢宝钗而不喜欢黛玉，而邹弢则刚好相反。一天，两人在一起谈《红楼梦》，又为这一问题发生争执，只因谁也说服不了谁，就有了很多难听话，以致到了动手的地步。幸亏另一个朋友毓仙在一旁拉架，才没打起来。两人自此发誓：再也不跟对方谈论《红楼梦》了。

这个故事挺好玩儿。现如今，喜欢《红楼梦》的朋友相互抬杠的也不少。据我所知，不光是为薛林之争，为书中其他人物发生争执的也大有人在。即便是为贾琏、薛蟠等一身毛病的人物而意见相左的，也不乏其人。但到目前为止，我还没见到为贾环而红脸的人。何故？因为意见"一边倒"。几乎所有读过《红楼梦》的人都一致认为，贾环就是一"倒霉孩子"。

贾环最早出现在第二回，真正露面却是在第二十回。那回，他同香菱、莺儿赶围棋，一开始他赢了，心里挺欢喜。后来接连输了几盘，便有些急。轮到他掷骰子那盘，只要掷七个点就赢了，但见他拿起骰子狠命一掷，先作定了五，剩下那个还在乱转，他便瞪着眼来回喊"六七八"，偏那骰子不听话，末了也只转出个"幺"来。贾环真急了，一把抓过骰子，然后就伸手拿钱，还要赖说转的是个六点。莺儿不干，就跟他理论。因有宝钗拦着，莺儿不敢力争，只嘟囔道：“一个作爷的，还赖我们这几个钱，连我也不放在眼里……”贾环还在狡辩，赶上宝玉过来，说了他几句，便只好抹着眼泪回去了。待他回到屋里，赵姨娘问他哪里去了，起初他还不说。问急了，他才说在宝钗那儿玩的。因为莺儿欺负他，赖他的钱，宝玉就撵他回来了。他原来是想在赵姨娘这儿找点安慰的，不料却又被赵姨娘臭骂一通。恰这时凤姐打门口过，听赵姨娘骂得难听，就隔着门训了赵姨娘一顿，可也没放过他——环三爷的首次登场，就让他自己给弄“哑火”了。

贾环第二次亮相是在第二十二回。因元春差人送出一个灯谜，命兄弟姐妹们猜。同时还让每个人也作个灯谜送进去。贾环没猜中不说，他自制的灯谜不仅把大家逗笑了，还把元妃难住了——

大哥有角只八个，
二哥有角只两根。
大哥只在床上坐，
二哥爱在房上蹲。

据贾环自己说，这个灯谜的谜底是一个枕头、一个兽头，那送信的太监先觉得不通，听贾环道出谜底，也不好说什么，只得记下再回元妃。太监回去怎么回的话，元妃又是个啥说法，没见下文，不敢妄言。只说环三爷的第二次亮相，虽未“哑火”，却也不见一丝光彩。

有道是，事不过三。待他第三次亮相时，就弄出动静了。第二十五回，王夫人见贾环下了学，便让他来抄个《金刚咒》。这时的贾环，端坐于王夫人的炕上，看样子还蛮得意。他先命人点灯，拿腔作势地抄写。还没写几个字，又忽而叫彩云倒杯茶来，忽而叫玉钏儿剪剪蜡花，忽而又怪金钏儿挡了灯影，聒噪得众人心烦。这时，宝玉回来了，因见他在王子腾家喝了酒，王夫人就让他躺一会儿。也怪宝玉不安生，躺下了还在跟丫鬟彩霞调笑。曹雪芹这时写道：“（贾环）素日原恨宝玉，如今又见他和彩霞闹，心中越发按不下这口毒气。虽不敢明言，却每每暗中算计，只是不得下手，今见相离甚近，便要用热油烫瞎他的眼睛。因而故意装作失手，把那一盏油汪汪的蜡灯向宝玉脸上只一推……”贾环这回亮相，动静倒是不小，却也从此坐实了“倒霉孩子”的名声。

按时下人的说法，贾环可算“悲催”到家了。早在第二十三回，贾政因要交代公子小姐们进大观园后的注意事项，特召见了宝玉、贾环兄弟俩，以及迎春、探春和惜春姐妹。贾政先看看宝玉，因见他神采飘逸，秀色夺人，不觉便把素日的嫌恶之心减了八九分。再一看贾环，人物委琐，举止荒疏，心里不由就凉了半截儿。有人曾就贾环的长相做过如下分析：要么贾政长得丑，要么赵姨娘长得丑，不然，这环三爷也不至于如此不堪。再一琢磨发现不对，如果说贾政长得寒碜，元春、探春、宝玉就不会个顶个地长得如花似玉。如果说赵姨娘长得难看，你看探春长的：削肩瘦腰，长挑身材，鸭蛋脸面；俊眼修眉，顾盼神飞；文采精华，见之忘俗——仙女大概也不过如此吧！既然两种结果都不成立，只好进一步推测：元春、宝玉可能沾了王夫人的光，探春则可能沾了赵姨娘的光，问题还是出在贾政身上。但这种推测也站不住脚：贾政跟两个女人生的四个孩子（包括贾珠）都漂亮异常，把责任归在他身上同样没有说服力。分析来分析去都没个准谱儿，末了也只有一个结论：只怪贾环点儿背。

贾环随后的几次出场，对他的形象都是雪上加霜。第三十三回，因为他的一剂“眼药”，让宝玉挨了打。第六十回的“茉莉粉事件”，虽然最终是赵姨娘出丑，但也是因他而起。到了后四十回，高鹗对他比曹雪芹下笔更狠：不仅让他“燎了毛的小冻猫子”形象更加丑陋，而且在赵姨娘从生病到故去的过程中，又让他背上了冷漠无情和忤逆不孝的骂名。在巧姐被卖的重大事件中，他甚至被列为团伙首犯。过了几百年，这位环三爷也没翻过身来。

贾环这个人物，丫鬟们恶之远之，大人们厌之责之，简直就是一个姥姥不疼舅舅不爱的倒霉蛋儿。早先读《红楼梦》，我也恨这孩子。后来再读，忽然想到一个问题：贾环还有救吗？由远及近回到当下，对于贾环这样的孩子，如果社会放弃了他们，家庭放弃了他们，后果是相当严重的。诚然，说他器量狭小，心思叵测，都能找到例证。比如元春让猜灯谜那回，迎春和贾环都没猜中，也都未得到赏赐。但“迎春自为顽笑小事，并不介意。贾环便觉得没趣。”再比如第二十四回，他和宝玉、贾兰给贾赦请安时，“贾环见宝玉和邢夫人同坐一个坐褥，邢夫人又百般摩挲他，早已心中不自在了，坐不多时，便和贾兰使眼色儿要走。”这当然是小心眼儿，但小儿心性，不宜苛责。我们不能因为迎春对这些事不介意，就忽略了贾环的感受。类似的事搁在他那个年龄的孩子身上，再正常不过了。一个十二三岁的小孩，能指望他有多大的器量呢？将心比心，众人平时对贾环和宝玉的态度反差，对他不可能没有刺激。加上赵姨娘本来对这些事就心存芥蒂，又不时从反面对他进行开导，他做出些出格儿的事也就在情理之中了。

说贾环心思叵测，最直接的例证就是他推翻蜡台烫宝玉，以及给宝玉上“眼药”两件事。从前者来看，他的心确实狠了些。但宝玉跟彩云的笑闹，无疑也是导火索。从后者来看，前因十分清楚，贾环的“眼药”，有火上浇油的作用，但也并非决定因素。在这两件事上，贾环固然难辞其咎，宝玉自身的问题也不小。即便全是贾环的错，毕竟还是个小孩儿，也并非彻底无药可救。究竟如何把贾环这样的孩子救过来，还需社会学家、心理学家，以及家长和老师们对症下药。

至于高鹗写的贾环做的那些事，当不得真。别的不说，单说他与王仁、贾芸合伙卖巧姐那事，就与曹雪芹的原意不符。因第五回《红楼梦曲·留余庆》中，说的是“休似俺那爱银钱忘骨肉的狠舅奸兄”，贾环正经是巧姐的叔叔，跟这句词挨不上边。贾芸倒是巧姐的远房堂兄，但据脂砚斋批语透露，他在贾府被抄之后，还有一番感人义举，可见这句词里所说的“奸兄”也不是贾芸。

写到这里，猛然想起小学时期的一个同学。因这同学手脚有点不干净，班上只要丢了东西，所有人都怀疑他，弄得这同学有口难辩。屡次寒心却无人抚慰，最后只得含泪退学。几十年后跟班主任说起某次失窃事件，班主任非常内疚。他说，自己也是时过多年才知道那件事并非这同学所为，想给他说声对不起，却不知他身在何方了。

贾环做事固然不着调，但在巧姐被卖的问题上，却不能“破鼓万人捶”。这回，还真是冤枉了环三爷。

●世态红楼

观今宜鉴古，无古不成今。透过《红楼梦》里的众多事件来审视当下世态，竟是惊人的相似。而诸般世态，又紧紧连着人心。换言之，人心亦影响着世态。芸芸众生，不说“得人心者得天下”，只消洞彻世态，参透人心，做人与做事，皆不致离谱。

葫芦案与护官符

葫芦案，因审理此案的贾雨村落魄时曾寄身于葫芦庙而得名。《红楼梦》第四回，贾雨村刚起复补授应天府，就遇上了薛蟠指使奴才打死冯渊一案。这个案子的起因，就是薛蟠与小乡绅之子冯渊争买一婢，不想被卖女子是拐子拐来的。拐子先收了冯家的银子，又悄悄地将女子卖与薛家。事情败露后，两家一起找到拐子，先将拐子打了个半死，却又都不肯收回他退还的银子，只要领回那女子。薛蟠是有名的呆霸王，哪能让冯渊占了便宜，便喝令手下将冯渊打了个稀烂。冯渊被抬回家，过了三天就死了。就为这事，冯家人告了一年，也没判下来。赶上贾雨村上任，冯家的诉状又递上来了。

按说，这个案子事实清楚，证据确凿，断起来并不复杂。贾雨村原想三下五除二就给判了的。可就在他要发签捉拿凶犯时，站在旁边的门子给他使了个眼色，意思是不让他发签。贾雨村多了个心眼儿，当即宣布退堂，回头就让门子随他进了密室。问起缘故，门子先说了自己的身世，然后呈上一张“护官符”：

贾不假，白玉为堂金作马。
阿房宫，三百里，住不下金陵一个史。
东海缺少白玉床，龙王来请金陵王。
丰年好大雪，珍珠如土金如铁。

看罢“护官符”上贾、史、王、薛四大家族的情况，又听门子说道：“这四家皆连络有亲，一损皆损，一荣皆荣，扶持遮饰，俱有照应的。今告打死人之薛，就系丰年大雪之‘薛’也。也不单靠这三家，他的世交亲友在都在外者，本亦不少，老爷如今拿谁去？”门子对眼下这桩官司不仅了如指掌，还知道“这件官司并无难断之处，皆因都碍着情分面上”，才久拖未决的。至此，贾雨村终于明白了其中的利害，可他还拿不准怎么了结此案，便向门子讨教。这门子也是想在新老板面前表现一番，就说了自己的主意：

老爷明日坐堂，只管虚张声势，动文书发签拿人。原凶自然是拿不来的，原告固是定要将薛家族中及奴仆人等拿几个来拷问。小的在暗中调停，令他们报个暴病身亡，令族中及地方上共递一张保呈，老爷只说善能扶鸾请仙，堂上设下乩坛，令军民人等只管来看。老爷就说：“乩仙批了，死者冯渊与薛蟠原因夙孽相逢，今狭路既遇，原应了结。薛蟠今已得了无名之病，被冯魂追索已死。其祸皆因拐子某人而起，拐之人原系某乡某姓人氏，按法处治，余不略及”等语。小人暗中嘱托拐子，令其实招。众人见乩仙批语与拐子相符，余者自然也都不虚了。薛家有的是钱，老爷断一千也可，五百也可，与冯家作烧埋之费。那冯家也无甚要紧的人，不过为的是钱，见有了这个银子，想来也就无话了。

第二天升堂，贾雨村勾取人犯、当堂审问、最终判决，做得煞有介事，整个流程和判决结果，与头天晚上同那门子议定的并无区别。这桩案子，最大的赢家是贾雨村。判决完毕，他便分别修书与贾政和王子腾，告知“令甥之事已完，不必过虑”。最大的输家却是那个门子，贾雨村采纳了他的主意，但因他不仅见识过贾雨村困居葫芦庙的窘况，而且参与了这个案子的了结过程，又让贾雨村心中不快。加之他从这门子的言谈中，也感觉出这小子的嘴上真缺个把门儿的，随后就寻了他个不是，将他远远地充军发配了。

看这一回，有一个情节不可忽视：薛蟠和冯渊争抢的女子，原名甄英莲，即家住葫芦庙边上的乡宦甄士隐的女儿。甄士隐夫妇年近半百才得了个闺女，自然视为掌上明珠。那年元宵节，家人霍启带她出来看花灯时把她弄丢了，老两口为此大病一场。又过了两月，因葫芦庙炸供起火，将甄士隐家也烧成了一片废墟。两口子只得到附近田庄安身。偏偏那几年天灾不断，盗抢不绝，田庄也待不下去了，甄士隐便带着妻子和两个丫鬟，投到他岳丈封肃家，指望置办点儿田地维持生计。可他是个读书人，哪里懂得稼穑之事，日子便过得一天不如一天。失女之痛难愈，又兼贫病交加，甄士隐已然心灰意冷。那日遇上跛足道人，听他念那《好了歌》，不觉触动心事，便撇下妻子，随那道人去了。贾雨村赶考时因没了盘缠，滞留于葫芦庙一年多，不是甄士隐送他五十两银子并两套冬衣，他是难以入都会试的。甄英莲的身世，那门子也给贾雨村说过，甄士隐岳父的家他也知道，凭他当时的地位和能力，让甄英莲与她父母团聚是不成问题的。可他就是没这么做，知恩不思回报，昧着良心断案，贾雨村两样都占了。所以，在第四十八回听平儿骂他是“饿不死的野杂种”，特别解气。

最早看过那张“护官符”，老是想象着四大家族如何富贵排场。后来再读到这里，心里就只剩一个“怕”字了，是真怕。平民百姓，没太多的奢望。对国家，该尽的义务不逃避；对社会，该负的责任不推脱。剩下的，就是如何把自家日子过得好一点的问题了。可一想到那张“护官符”，再想想如果哪天自己也遭遇个不白之冤，便禁不住脊背发凉。

终身误与枉凝眉

在《红楼梦》第五回，宝玉梦游太虚幻境时，于“薄命司”看罢众钗册页，警幻仙子又安排十二个仙女为他演唱了十四支《红楼梦曲》。紧接着序曲的《终身误》，只寥寥数语，就勾勒出宝、黛、钗三人的爱情主线，以及交织其间的纠葛与无奈。而一曲《枉凝眉》，更是哀婉如诉，直把读者的心都揉碎了。

“都道是金玉良缘，俺只念木石前盟。空对着，山中高士晶莹雪，终不忘，世外仙姝寂寞林。叹人间，美中不足今方信。纵然是齐眉举案，到底意难平。”这不就是宝玉和宝钗的婚后生活写照么？只读过一百二十回本《红楼梦》的读者，从高鹗续书里知道宝钗是通过“调包计”得到的宝玉，回头再读《终身误》，看到宝玉天天对着宝姐姐，却总也忘不了林妹妹，保不齐还会看宝钗的笑话。我最早读《红楼梦》时，就曾有过这种心思。及至后来从多个版本中知道了原委，才觉得挺对不住宝姑娘的。

宝钗的这个“黑锅”，从清代高鹗续书开始背起，到了20世纪五六十年代，先是经过几次“评红”运动的上纲上线，又因为越剧《红楼梦》的特别渲染，再加上历来众多“尊林抑薛”的读者的层层加码，直把一个可爱的小姑娘作践得不人不鬼了。

以高鹗续书为依据来理解《终身误》这支曲子，还真是冤枉了宝姑娘。第十八回元春省亲时，点了《家宴》《乞巧》《仙缘》和《离魂》四出戏，脂砚斋在这四出戏后面，分别有“伏贾家之败”“伏元春之死”“伏甄宝玉送玉”“伏黛玉之死”等四条批语。随后又批曰：“所点之戏剧伏四事，乃通部书之大过节、大关键。”而在第二十七回凤姐决定让小红跟着她去之后，脂砚斋又透露了贾家获罪、抄没，以及凤姐、宝玉被押狱神庙等重大事件。因而有红学家考证，在八十回之后，宝玉曾被迫外出避祸。黛玉本来身体就弱，又因担心宝玉的安危，日夜忧郁悲啼而不知自惜，待一年之后宝玉回家时，黛玉早已泪尽而逝。这时的潇湘馆，真的是“蛛丝儿结满雕梁”了。宝钗与宝玉成婚是黛玉去世之后的事，所以说她的这个“黑锅”背得冤枉。至于说宝玉跟宝钗成婚之后“空对着晶莹雪，终不忘寂寞林”，以及他“到底意难平”，这是宝钗的悲剧，但不是她的过错。

有红学研究者将高鹗续书的“调包计”与前八十回的诸多情节对应起来，比如说薛姨妈一家在贾府住着是“故意赖着不走”，将薛姨妈曾跟王夫人说过宝钗的金锁来历的事，说成是她有意“散布金玉良缘的谣言”，说宝钗的那个金锁是薛家刻意伪造的，说薛蟠请宝玉吃饭是别有用心等等，都是想让宝钗能够成为宝二奶奶的阴谋。且不说这些都只是想当然的猜测，即便是真的，站在薛姨妈、薛蟠的角度，关心宝钗的婚事有什么不对呢？通观前八十回，兴许薛姨妈母子确实有成就“金玉良缘”的想法，但我从未看出这母子俩有过什么破坏宝黛婚姻的行为。甚至从宝钗这方面说，她似乎也并不排斥大人们的这种安排。而且不论从道德上、法律上说，宝玉和黛玉尚未订婚，宝钗即便站出来同黛玉公开竞争，也并不为过。但你在哪里见过，宝钗在这个问题上使坏心眼儿了？

许多读者甚至有些红学家都认为，宝钗时常规劝宝玉要在仕途经济上下功夫，以及她平时的诸多行为，都表明她在跟黛玉较劲，都表明她在觊觎宝二奶奶的宝座，这也只是一种主观猜测。宝钗是一个既自尊自爱、又通情明理的姑娘，她平时很难接近外面的男人，也不排除她对经常出现在自己身边的宝玉有些好感，对大人在她婚姻大事上的安排似乎不大可能反抗，但她绝不可能主动跟宝玉产生什么瓜葛。这一点，在书中的很多地方都可找到证据。有一个情况非常重要：宝玉和黛玉虽未订婚，但在第二十五回，凤姐对黛玉了“你既吃了我们家的茶，怎么还不给我们家作媳妇”一语之后，脂砚斋有一则批语：“二玉之配偶，在贾府上下诸人，即观者、批者、作者皆为无疑，故常常有此等点题语。”既然“贾府上下诸人”都知道这事，宝钗来这里多时，自然也有所耳闻，作为一个循规蹈矩的姑娘，她会做那等令人不齿之事？还有一个细节值得探究：在第二十八回元春所赐端午节礼物之后，原著写道：“薛宝钗因往日母亲同王夫人等曾提过金锁是个和尚给的，等日后有玉的方可结为婚姻等语，所以总远着宝玉。昨日见了元春所赐的东西独他与宝玉一样，心里越发没意思起来。”这里的“越发没意思”究竟是啥意思，可以深入探讨，但宝姑娘没有破坏宝玉和黛玉的感情却是肯定的，她跟宝玉后来的婚姻也是被动的结果。因而可以断言：很多时候，真理之所以败给谬误，不仅是因为强权，还在于众口铄金、人言可畏。

曹雪芹将黛玉和宝钗的判词放在一起，《终身误》与《枉凝眉》两支曲子的中心含意又相互关联和纵横交织，除了故事发展的需要之外，似乎还另有深意。这番深意，委实令人费解。细品《枉凝眉》，分明就是宝黛爱情的挽歌。在仙女演奏完这支曲子之后，曹雪芹接着写道：“宝玉听了此曲，散漫无稽，不见得好处。但其声韵凄惋，竟能销魂醉魄。因此也不察其原委，问其来历，就暂以此释闷而已。”脂砚斋紧跟着批曰：“此结是读‘红楼’之要法。”曹雪芹和脂砚斋的意思，都是让人听了此曲和读了《红楼梦》之后，不察其原委和不问其来历，只把它们当作消愁解闷的故事和小曲来读来听。这既是曹雪芹用笔的“狡猾”之处，也是脂砚斋在替作者打掩护。作者老早就说了这部书是“真事隐”和“假语存”，读者能不在这里弄个明白吗？

令人遗憾的是，我们除了从原著的些许提示和脂砚斋透露的零星信息中可以知道个大概结局之外，对于宝黛二人“如何心事终虚化”，对于他们为何“枉自嗟呀”和“空劳牵挂”，就算再想“察其来历”也无能为力。所谓“枉凝眉”，说白了就是悲也无用，愁也无益。我们只需记住：当一种社会制度让它治下的成员面对痛苦却深感无奈，甚而流泪哭诉都徒劳无益的时候，这种制度也就接近了崩溃的边缘。

相思局与风月鉴

相思局这玩意儿着实厉害，设局者不推你、不拉你、也不拽你，只系个活套儿在那儿吊着，再拿些勾人魂魄的东西在活套儿那边晃着，你要是经不起逗引，便会飞蛾扑火般地往那套里钻。只待你入了套儿，好坏可都由不得你了。

《红楼梦》里那个著名的瑞大爷，就是个不顾一切地往套里钻的“冤大头”。在第十一回，宁国府为贾敬庆寿，凤姐看过秦可卿出来，站在那儿欣赏景致，忽见贾瑞从假山后面出来，先寒暄几句，便听贾瑞说：“也是合该我与嫂子有缘。我方才偷出了席，在这个清净地方略散一散，不想就遇见嫂子也从这里来。这不是有缘么？”一面说着，一面拿眼睛来回觑着凤姐。

凤姐见贾瑞这个表情，已经猜透了他的心思。便假意对他说：“怨不得你哥哥时常提你，说你很好。今日见了，听你说这几句话儿，就知道你是个聪明和气的人了。这会子我要到太太们那里去，不得和你说话儿，等闲了咱们再说话儿罢。”贾瑞听了这话，顿时心花怒放。自此，他已经朝不归路上迈出了第一步。

随后，他先后进府找过凤姐几次，不巧每回都遇上凤姐过东府那边了。那回平儿给凤姐说了贾瑞又来打听她什么时候在家的事，凤姐就将上回两人在东府相遇的景况说了。贾瑞那里还在等消息，可他无论如何也想不到，一个为他精心设置的相思局已经悄然展开。

第十二回，让这位瑞大爷包场了。说起贾瑞，也算个苦孩子。因他父母早亡，只好跟着他爷爷贾代儒生活。他爷爷素日对他的管教不能说不严，可贾瑞长大了，有了自己的想法，代儒老先生的那一套便也管不住他了。这不，瞅着个空子，他又来找凤姐了。

这回进府，没让他失望。凤姐不仅在家，还十分殷勤地给他让座敬茶。再一看凤姐打扮，还没开始叙话，贾瑞就已经酥倒了。待他猜出凤姐“天天也闷得狠”，又听凤姐说“只盼个人来说话解解闷儿”时，第一次体会到什么是天赐良机。也是凤姐的话太勾人魂儿了，贾瑞便答应天天过来替她解闷儿，并当场发誓：“死了也愿意！”且按下两人的“甜言蜜语”不提，只说凤姐跟他的“约会”：“大天白日，人来人往，你就在这里也不方便。你且去，等着晚上起了更你来，悄悄的在西边穿堂等我。”

好容易盼到晚上，贾瑞摸黑进府，钻入穿堂。见往贾母那边去的门户已反锁，只有向东的门还未关，却半日不见人来。忽听“咯噔”一声，东边的门也上了锁。再一看，南北皆是高墙，想跳墙也找不到攀缘的地方。此时正是腊月天，朔风凛凛，侵肌裂骨，贾瑞就乖乖地在穿堂里缩着。挨到天亮，终于开门了，这才得了命似的一溜烟儿跑回家。可刚到家，又被他爷爷“发狠到底打了三四十板”，还不许吃饭，只令他跪在院内读文章，并补出十天的功课。

可怜的瑞大爷，到了这时候还不知自己入了凤姐的局，还在苦苦地盼望着与凤姐幽会。过了两天，他又来找凤姐。凤姐却反咬一口，抱怨他言而无信，急得他又赌咒发誓。末了，两人又约定在凤姐房后小过道里的空屋里相会。当晚，贾瑞满怀希望地进了那小屋，可等了半天还是不见人来。正疑惑之间，忽见前方有个人影。贾瑞料定这人就是凤姐，便猫捕鼠一般抱住了那人……正得意间，忽见贾蔷举着个火纸捻子过来，他借着亮光一看，原来自己抱的却是贾蓉。贾蓉和贾蔷这弟兄俩也坏，两人先告其原委，接着就要拉他去见王夫人。经不住两人的连蒙带诈，贾瑞只得以赌博输了钱为由，给他俩各写了欠银五十两的文契。到了这个地步，事还没完。贾蓉和贾蔷又将他骗到院外的一个大石矶下蹲着，说他们先去哨探哨探，瞅机会再引他出去。贾瑞太老实，就乖乖地在那儿蹲着。正寻思怎么脱身时，忽见一桶尿粪劈头泼下来，却也不敢声张。又见贾蔷从一边跑来喊他快走，他这才拼命地往家里奔去。

贾瑞终于恍然大悟：原来是凤姐在耍他。当时他也曾在心里发过一回恨，可一想到凤姐的模样儿，又恨不得一下搂在怀里……接下来的日子，荣国府他是不敢去了，可凤姐的影子却老在他眼前晃。加上贾蓉他们时不时过来讨要银子，他又害怕他爷爷知道，还得完成日间功课，又思又恨、又急又愁，从此就坐下病了。

曹雪芹对心存邪念的人，也怀着一腔悲悯。到了这个光景，他还是给贾瑞留了条活路。一日，跛足道人送他一面风月宝鉴，告知这东西专治邪思妄动之症，还有济世保生之功。同时嘱他千万不可照正面，只照他的背面。贾瑞觉得稀罕，偏又不信那个邪，他拿起风月宝鉴，先向反面一照，只见里面立着一个骷髅，面目狰狞，恐怖异常。又向正面一照，却见凤姐正站在里面招手叫他。贾瑞自然喜不自禁，又兴冲冲地跟了凤姐进去……如是三番，便再也出不来了。

有人据此憎恨凤姐：你既不愿意，头一回就严词拒绝不就完了，何必又玩那欲擒故纵的把戏，这不是存心戏弄傻小子吗？说这话的人，都没明白曹雪芹的真实用意。先生不惜“牺牲”贾瑞的性命，就是想告诉世人一个道理：是人都有欲望，但也必须学会自我控制，绝不可邪思妄动。否则，真可能因此丢了性命。

那风月宝鉴也有意思。先看看那具令人惊悚的骷髅头，再看看千娇百媚的凤姐，分明就是给世人指明了两条路：你若善于自警自省，便可身心安泰，诸事保全；你若终日沉湎在欲望里，只在反复之间，就可能成了一具骷髅头。曹雪芹以风月宝鉴示人，似乎还有另一层意思：大凡良药，味道必是苦的。诸般忠言，听来也不悦耳，但因目的纯正，自然无须刻意包装，无须拐弯抹角。倒是那些坑人的伎俩，里面的内容不敢露出来，才需要刻意掩饰。因而，从外面看去又必是光鲜诱人的。至于如何选择，既看你的悟性，也看你的境界。

花解语与金兰契

“情切切良宵花解语”的故事发生在第十九回，“金兰契互剖金兰语”的故事发生在第四十五回。前者的内容是袭人规劝宝玉，后者的内容是宝钗与黛玉交心，都是在做思想工作，而且效果还不错。把两个故事放在一起说，是因为我觉得，思想工作还真是一门学问。说起来惭愧，本人正经取得过政工师专业职称，但在做思想工作时，也有过深刻教训。

互联网刚兴起那会儿，听二哥二嫂说，侄儿老在网吧里泡着，怕他走了邪路，让我给做做工作。一听这种情况，心里就有股火直往上蹿。但那时对互联网还没有个理性认识，只听说到了里面，除了玩游戏，就是看些乌七八糟的东西。小小年纪就沉湎其中，这还了得？只想着自己在一群娃子心目中还有点威信，啥都没准备就匆匆上阵了：大年初一，见侄儿一大早就要出门，就堵在门口问他：“听说你现在忙得很哪，是不是又要上网去？”原想他一听这话就会心虚，接着再借题发挥给他上堂课的。没想到小家伙儿非但不心虚，还把脖子一梗：“上网咋了？”是啊，上网咋了？我既说不出个所以然，也无法预料当时翻脸会是个什么结果，只得压住脾气，眼睁睁地看着侄儿扬长而去。后来真正接触互联网以后，才发现这东西太神奇了。这时候我就想，如果当时懂得些互联网知识，只从趋利避害的角度跟侄儿交流，再根据他本人的情况予以适当引导，绝对不会被他给噎得哑口无言。又过了若干年，侄儿也有了出息，想想那年叔侄对峙的情景，顿觉好笑。思想工作，学问太深了。

“情切切良宵花解语”这段故事，堪称做思想工作的典型案例。怡红院大丫鬟袭人素知宝玉性格异常，淘气憨顽，“更有几件千奇百怪口不能言的毛病”。而且那段时间更是放荡弛纵，任性恣情，每次劝说都不见效。一天，袭人回娘家，她的母亲和哥哥给她说起赎身的事。她本不想回去，但又觉得这个由头还有点利用价值。当晚回荣国府，便借题发挥，同宝玉说了再过一年就回去的话。宝玉因舍不得她，就说了一大堆不让她走的理由。她存心规劝宝玉，也说了一大堆必须走的理由。宝玉一听，竟然只有去的理儿，而没有留的理儿。无奈，只得赌气睡了。

夜深人静，袭人见火候已到，就过来看宝玉。因见他泪痕满面，便笑着说：“这有什么伤心的，你果然留我，我自然不出去了。”宝玉听话音儿似乎还有转圜的余地，便问：“你倒说说，我还要怎么留你？”袭人已经摸透了他的心思，随即开出三个条件。这时的宝玉，真像他说的，“别说两三件，就是两三百件，我也依。”袭人说完条件，然后承诺：“你若果都依了，便拿八人轿也抬不出我去了。”宝玉答应了她的所有条件，同时回应：“你在这里长远了，不怕没八人轿你坐。”这番交流，可谓双赢。回头再看看袭人做思想工作的方法：因当日确有赎身之论，便听她先用骗词，以探其情；既知其情，故压其气；见其气馁，遂下箴规。从头至尾看来，不仅条理分明环环相扣，火候尺寸也是恰到好处，思想工作做到这个地步，羞煞当今好多专业政工人员。

与这个典型案例相对应的，就是“金兰契互剖金兰语”的故事。《红楼梦》这部书里，多愁善感的是黛玉，尖酸刻薄的也是黛玉，心眼最多的还是黛玉。偏偏她又冰雪聪明，凡事都有自己的主意，不要说那些虚头巴脑的道理说不服她，即便是正经八百的道理，你讲的方式不对她心思，也休想让她接受。通观前八十回，同黛玉交流最多的是宝玉，其次就是宝钗了。而在第四十五回之前，黛玉跟宝钗基本上处于对立状态。因为三人之间的微妙关系，黛玉处处拿宝钗当对手，逮住机会，必然要挤兑宝钗一番。虽然在第二十回黛玉曾说过不敢挑宝钗毛病的话，但她打心里是不服宝钗的。众人夸宝钗行事周全，她心里百般不爽；宝玉同宝钗多说会儿话，她能当众给宝玉甩脸子；元妃赏赐独宝钗与宝玉相同，她话里话外都冒酸水。鉴于这种情况，由宝钗做黛玉的思想工作，难度可想而知。那么，看宝钗是怎么做黛玉的思想转化工作的——

第四十回，黛玉行酒令，说了《牡丹亭》和《西厢记》里的几句词。女子说这些词，在当时是犯忌讳的。黛玉说罢，别人倒没听出个所以然，宝钗却听懂了，也知道出处。但大庭广众之下，宝钗没揭穿她。可到了第二天，宝钗却将黛玉叫到自己屋里，先“逼”她认了账，随后承认自己小时候也淘气得“够个人缠的”，也背着大人看过类似的书，接着就给她分析了女子看这些东西的害处。只这一席话，当时就说得黛玉只“低头吃茶，心下暗伏”。

第四十五回，宝钗来潇湘馆看望黛玉，说起黛玉的病来，看她先前吃的药总不见效，就劝她换个医生瞧一瞧。黛玉凭自己的感觉，对治疗已经有些灰心。宝钗便从病症、药理、饮食等方面提醒她注意哪些问题。说到用燕窝、冰糖熬粥时，黛玉先有了顾虑：怕府里人嫌自己多事。宝钗想想也是，就说晚点从自己家里拿几两过来，每天叫丫头们就在屋里熬了，这样又省事，又不兴师动众。这时，黛玉头一回被宝钗感动了。只听她说：

你素日待人，固然是极好的，然我最是个多心的人，只当你心里藏奸。从前日你说看杂书不好，又劝我那些好话，竟大感激你。往日竟是我错了，实在误到如今。细细算来，我母亲去世的早，又无姊妹兄弟，我长了今年十五岁，竟没一个人像你前日的话教导我。怨不得云丫头说你好，我往日见他赞你，我还不受用，昨儿我亲自经过，才知道了。比如若是你说了那个，我再不轻放过你的，你竟不介意，反劝我那些话，可知我竟自误了……

自此之后，我们再也不见黛玉对宝钗使小性儿，而到了第四十九回，宝玉看她俩的言语情形，竟犯起了嘀咕：是几时孟光接了梁鸿案？

仔细体会宝钗的思想工作方法，其实也没啥诀窍。说白了，无非就是两句话：以心换心，以情感人。可话说回来，还有比这更先进、更有效的思想工作方法吗？令人惊异的是，有人从宝钗的上述行为里，竟然发现了她的“歹毒心肠”：一是麻痹黛玉，令其放松警惕，以便自己顺利上位；二是在燕窝里做手脚，让黛玉“慢性自杀”。对于这种“发现”，本人实在不屑一驳。我只可怜这类“红学家”，因自己天性愚钝，难以从曹公著作中读出些微绮思妙韵，便只好抹下脸来，不时鼓捣点奇谈怪论以哗众取宠。这类“发现”，说好听点，是故作惊人之语“刷存在感”。说难听点，就是以小人之心度君子之腹。

尴尬人与嫌隙人

不是一家人，不进一家门。贾赦人品低劣，邢夫人禀性愚强，这两人凑到一块儿，属于歪锅对歪灶。所以，曹雪芹称他俩为尴尬人和嫌隙人。

这里有个问题须得先说明白，在《尴尬人偏遇尴尬事　鸳鸯女誓绝鸳鸯偶》一回，庚辰本于回前批曰："此回亦有本而笔，非泛泛之笔也。只看他提纲用'尴尬'二字于邢夫人，可知包藏含蓄文字之中莫能量也。"按我的理解，脂砚斋这则批语有两层意思：其一，这回文字有事实根据，不是瞎编的；其二，从表面上看，"尴尬人"指的是邢夫人，但也不光是邢夫人，实际上还另有所指。至于另指何人，可以按这个思路推理：邢夫人再愚蠢、再缺心眼，也不可能没事找事地去给贾赦张罗小老婆。之所以有这么一出，要么是这两口子商量好了，想通过这件事来达到某个目的；要么就是拗不过贾赦，不得不去碰那个钉子。但不管属于哪种情况，这事都因贾赦而起，末了被鸳鸯拒绝和被贾母否决，最尴尬的还不是邢夫人，而是眼里心里都放不下鸳鸯的贾赦。所以这"尴尬人"不管另指多少人，头一个跑不了的就是贾赦。

贾赦这人，怎么说他呢？他老早就袭了一等将军之职，按说不管是事业还是声誉，都应该高于贾政的。可通观全书，贾政虽有些性格弱点，但总体上并无太大毛病。贾赦就不一样了，从曹雪芹的前八十回到高鹗的后四十回，对他都罕见一致地持否定态度。那一回，为给他讨鸳鸯做妾，邢夫人觍着脸来找凤姐商量，凤姐不想跟着沾包，就对邢夫人说："老太太常说，老爷如今上了年纪，做什么左一个小老婆右一个小老婆放在屋里，没的耽误了人家。放着身子不保养，官儿也不好生去做，成日价与小老婆喝酒……"这是老太太的话，再听凤姐怎么看这事的："如今兄弟、儿子、侄儿、孙子一大群，还这么闹起来，怎么见人呢？"以王熙凤的身份，转述老太太的话还倒罢了，倘加上自己的看法，则明显犯了忌讳。凤姐不是不知道，但她还是说了，而且说得很严重，足见贾赦的行为已经荒唐到了连小辈都看不起的地步。可你再听听他随后给鸳鸯的哥哥说的那番话，分明就是一老不要脸嘛！

贾赦和贾政兄弟俩还有个区别：老大寡情，老二重义。别看贾政平日老板着个脸，但他有人情味。你看第四回宝钗一家进京时，他想得多周到，安排得多细致。再看贾赦，第三回黛玉来京，拜过贾母就去拜他，那天他明明在家，可就是不出来见黛玉。他传出的话倒还中听："连日身上不好，见了姑娘彼此倒伤心，暂且不忍相见。劝姑娘不要伤心想家……"虽然脂砚斋在此处连加五条批语，比如"……见有见的亲切，不见有不见的亲切，直说横讲，一毫不爽"。再如"若一见时，不独死板，且亦大失情理，亦不能有此等妙文矣"。并说贾赦的一番话实有"追魂摄魄"之效等，可我就是不理解：没了娘的甥女大老远前来投亲，你当舅舅的咋就不能见见她呢？在这个问题上，我不同意脂砚斋的说法。以曹雪芹的生花妙笔，即便见了，也未必死板，未必大失情理。没有此等妙文，必有彼等妙文，关键在于怎么个见法。联想到上回林如海向贾雨村介绍自己两个舅哥的话，提起贾赦，只字未评；说到贾政时，却褒奖有加。这里至少透出两个信息：一是贾赦实在乏善可陈，二是林如海羞于谈他的人品。

说贾赦寡情，一点也不冤枉他。迎春是他的亲生女儿，我从未见他对迎春有过丝毫的关心，甚至在整部书中没听到这父女俩说过一句话，倒是见他亲手把女儿推进了火坑。对于迎春和孙绍祖这门亲事，老太太本不称意，因贾政深知孙绍祖根底，也曾私下劝过他哥几回，无奈贾赦听不进去，加之他先前已收过孙绍祖的五千两银子，就狠心把迎春嫁过去了。在第八十回，只听迎春哭着对王夫人说："我自小没了娘，幸而过婶子这边过了几年心静日子，如今偏又是这么个结果。"看贾赦这爹当的！

在《红楼梦》全书中，贾政打过宝玉，贾赦也打过贾琏。然细究兄弟俩打儿子的出发点，却差别巨大。据平儿在第四十八回里说，贾赦因看中了石呆子的二十把古扇，就命贾琏去买，可那呆子死活不卖。他就天天骂贾琏无能。贾雨村得知这事，便设了个法子，说那石呆子拖欠官银，把他拿到衙门，让其变卖家产赔补，随后便将二十把扇子抄来，按官价卖给了贾赦。贾赦拿到扇子，还在埋怨贾琏没本事。贾琏从内心看不起他老子和贾雨村的做法，又听他来回叨叨个没完，心里一毛，就随口回敬道："为这点子小事，弄得人家坑家败业，也不算什么能为。"贾赦被堵得无话可说，又想起前段时间的几件憋屈事，就把贾琏揍了一顿。在第七十五回，贾政和贾赦也同时讲过一个笑话，贾政的笑话固然蹩脚，但目的是逗老太太开心。贾赦的笑话好不好另说，却是在埋怨老太太偏心。看看，同样是打儿子，同样是讲笑话，却也让人见识了兄弟俩的人品高下。

如果把邢夫人与贾赦的所作所为对应起来看，我们就会发现，曹雪芹在写过"尴尬人偏遇尴尬事"之后，再写"嫌隙人有心生嫌隙"，恐怕也不是"泛泛之笔"。尽管邢夫人是作为填房嫁给贾赦的，但到底还是长房长媳，到底也是一等将军夫人，那份威势，自非一般人可比，如果她的品行能够得到上下认可，她在荣国府也应该有相当地位的。可因为她生性愚笨，行事荒唐，便总不招人待见。

按说，像邢夫人这种情况，娘家没有根基地位，自身品貌又不出众，无奈做了望族子弟的填房，又不能给婆家生个一男半女，压根儿就没有摆谱儿的本钱。在这种情况下，最高明的处事手段，就是高调做事，低调做人。比如先把架子放下来，以孝心侍奉贾母，以爱心对待贾赦的前房儿女，以诚心对待周围其他人。果真这样，众人对她的态度肯定不致如此。可你看她怎么做的：贾母说她在“婆婆跟前，不过应个景儿”；凤姐也烦她“凡出入银钱事务，一经她手，便克啬异常”；而家中儿女、奴仆，则都知道她“一人不靠，一言不听”。因而，老太太不喜欢她，儿女们不敬奉她，其他人则压根儿就不拿她这一等将军夫人当回事，她可不就只剩下尴尬的份儿了吗？

还有个情节不可忽视：在第七十五回，她娘家弟弟邢德全跟贾珍说：“我母亲去世时，我尚小，世事不知。她姊妹三个人，只有你令伯母年长出阁，一分家私都是她把持带来。如今二家姐虽也出阁，她家也甚艰窘。三姐尚在家里，一应用度，都是这里陪房王善保家的掌管。我便来要钱……无奈竟得不到手，所以有冤无处诉。”脂砚斋随后批曰：“众恶之，必察之。今邢夫人一人，贾母先恶之，恐贾母心偏，亦可解之。若贾琏、阿凤之怨怒，儿女之私，亦可解之。若探春之怒，女子不识大而知小，亦可解之。今又忽用乃弟一怨，吾不知将又何如也！”听听，脂砚斋都不知道咋说她好了。堂堂一等将军夫人，处境如此，何其尴尬！

邢夫人还有一个本事，就是凭空找碴儿，故生嫌隙。她见老太太看重凤姐，就变着方儿地给凤姐找别扭，让她下不了台。第七十一回老太太生日，因几个老婆子酒后胡说，得罪了来这边帮忙的尤氏，凤姐要按规矩处置，邢夫人当着众人耍婆婆派头，直把凤姐羞得面红耳赤。也是在这一回，因南安太妃要见府里小姐，老太太就叫凤姐去把湘云、宝钗、黛玉、探春叫过来。想到惜春太小，迎春又拙于辞令，贾府小姐就只叫了探春。按台湾红学家蒋勋的说法，老太太这么安排，是出于保护贾府“品牌”的考虑。而邢夫人心里却“早已怨忿不乐”，到了第七十三回，她借着教育迎春的由头，终于把这股邪火发出来了：“你是大老爷跟前人养的，这里探丫头也是二老爷跟前人养的……从前看来，你两个的娘，只有你娘比如今赵姨娘强十倍的，你该比探丫头强才是，怎么你反不及她一半……”而在第七十四回，她因听说贾琏通过鸳鸯在老太太那里借过当，就要找贾琏要二百两银子使，明摆着就是要为难小两口儿，还说出一堆难听话来。仔细留心她对贾琏、迎春、贾琮的态度，何曾有过半点母爱，却又爱在一些小事上斤斤计较，也难怪众人不待见她。

邢夫人当然知道自己的处境，也迫切希望摆脱这种尴尬局面。但她想出的摆脱尴尬的方法，不是通过修正自己的品行来改变众人的看法，而是挖空心思地给王夫人和凤姐制造难堪，以期达到动摇她们地位的目的。曹雪芹说她禀性愚强，可谓入木三分。争强好胜本不是坏事，可因为天生愚蠢，行为就难免荒唐了。在第七十三回，因见傻大姐在大观园拾到一个绣春囊，她以为找到了“翻盘”的绝好机会，就将绣春囊送到王夫人那里。她的意思非常明显：你不是治家有方吗？你的侄女不是“能不够”吗？园子里出了这等丑事，看你们的脸往哪儿搁。如果你不能给我个交代，那咱们就只好找老太太论理儿了。就因为邢夫人的愚蠢行为，直接导致了第七十四回的“抄检大观园”风波。

抄检大观园，晴雯是最大的受害者，末了最没脸的却是邢夫人。晴雯在这一回被人算计了，但事实证明，这丫头是无辜的。在整个抄检过程中，跳得最高的是王善保家的，却在司棋屋里拿到了“赃证”。司棋是迎春的丫鬟，也是王善保家的外孙女，而王善保家的又是邢夫人的得力干将，里外里邢夫人都脱不了干系。最要命的是，探春还扇了王善保家的一个嘴巴子。明眼人都看得出来，这一嘴巴子真真切切地就扇在邢夫人的脸上。

曹雪芹对邢夫人无疑是持否定态度的，但读者看得明白，他对邢夫人还是留了情的。而到了高鹗笔下，邢夫人的形象就更为不堪了。所谓“可怜之人必有可恨之处”，说的就是她这类人。

虽然贾赦与邢夫人把“尴尬人”和“嫌隙人”这两个称号都包揽了，但我还是忘不了曹雪芹写过的几个细节：第三回黛玉跟着邢夫人去拜见贾赦，临上车时，邢夫人是“携了黛玉坐上”。到了地方，又“搀了黛玉的手，进入院中”。每想到这一携一搀，我对邢夫人的恶感便减了三分。而在第二十五回，宝玉中了马道婆的魇魔法，眼见已不中用，家里的棺材都备下了，贾赦却还在各处寻僧觅道以求无虞。贾政看总不见效，便以“儿女之数总由天命，非人力可强者”为由，劝他不要四处跑了。曹雪芹在这里写了十三个字：“贾赦也不理此话，仍是百般忙乱”。每回读到这里，心里便为之一热。因此，我对贾赦也生出几分宽宥。随后多时，心头仍然涌动着两个字眼：人性、亲情。

魇魔法与魑魅心

魇魔法，又名偶像诅咒术。意思是对塑像、雕像、画像或其他偶像实施诅咒和攻击，用以打击偶像所代表的人物或鬼神。魑魅，原为古代传说中的山神，泛指山林中害人的鬼怪。魑魅心好解释，就是坏人的心思。魇魔法的故事发生在第二十五回，主角是赵姨娘和马道婆。魑魅心的故事发生在第七十四回，代表人物是王善保家的。这几个人，内心阴暗，睚眦必报。无论何时何地，被她们盯上了，无异于小鬼缠身。

看看赵姨娘和马道婆的魇魔法多么恶毒。那日，马道婆先在贾母那里讨了供奉，又到各院各房串了一回，然后来到赵姨娘屋里，两人闲话一气，就说到凤姐和宝玉。听赵姨娘编排完凤姐，马道婆开导她："不是我说句造孽的话，你们没有本事！也难怪别人。明不敢怎样，暗里也就算计了，还等到这如今！"赵姨娘一听这话，突然兴奋不已："怎么暗里算计？我倒有这个意思，只是没这样的能干人。你若教给我这法子，我大大的谢你。"马道婆听赵姨娘这些话跟自己想在了一块，却又说不知道这些事，嘴里还"阿弥陀佛、罪过罪过"地念个不住。随后，两人经过互探虚实，就开始讲起价钱来。赵姨娘听马道婆的口气有点小看自己，就直接亮明了自己的想法："你这么个明白人，怎么糊涂起来了。你若果然法子灵验，把他两个绝了，明日这家私不怕不是我环儿的。那时你要什么不得？"接下来，赵姨娘先以几两碎银和几件衣服簪子作为定金，又着人写了个五百两银子的欠契来，马道婆这下放心了——

马道婆看看白花花的一堆银子，又有欠契，并不顾青红皂白，满口里应着，伸手先去抓了银子掖起来，然后收了欠契。又向裤腰里掏了半晌，掏出十个纸铰的青面白发的鬼来，并两个纸人，递与赵姨娘，又悄悄的教他道："把他两个的年庚八字写在这两个纸人身上，一并五个鬼都掖在他们各人的床上就完了。我只在家里作法，自有效验。"

不知道是魇魔法果真灵验还是偶然巧合，凤姐和宝玉随后双双犯病，合府上下延医治疗、求神问卜，均不见效，以致到了为他们备办后事的地步。幸有跛足道人和癞头和尚前来相助，叔嫂二人才化险为夷。

赵姨娘愚昧、狭隘、庸俗，这些都不是致命的毛病。人上一百，形形色色。不可能要求所有人都成为天之骄子，也不能因为这些人的人格缺陷，就剥夺他们的生存权。生而为人，不管处于何种境地，对人对事都应有自己的表达权。比如赵姨娘对于贾府诸人，不论她站在什么高度、什么角度来表达自己的立场和态度，都是合理的。但她存心加害他人，却是不能容忍的。尽管魇魔法经不起现代科学的检验，但仅以其实施动机为依据，就可判定这是一种丧失底线的恶毒行为。这也是赵姨娘虽属"弱势群体"的一员，但至今仍令人憎恶的原因所在。

在《红楼梦》里，为人做事跟赵姨娘有一比的，就是王善保家的。这王善保家的，原是邢夫人的陪房。老话说，跟着好人学好人，跟着巫婆学跳神。王善保家的跟着邢夫人，学了一肚子的叽叽歪歪。第七十三回，邢夫人见傻大姐在园子里拾到个绣春囊，以为拿到了王夫人和凤姐管家不善的把柄，就派王善保家的将绣春囊送给王夫人，意思是看你怎么解释和处理这事。到了第七十四回，因见邢夫人又派这女人来打听结果，王夫人就让她一并参与抄检大观园行动。曹雪芹这时写道："这王善保家的正因素日进园去那些丫鬟们不大趋奉他，他心里大不自在，要寻他们的故事又寻不着，恰好生出这事来，以为得了把柄。又听王夫人委托，正撞在心坎上。”只听她对王夫人说：“……不是奴才多话，论理这事该早严紧的。太太也不大往园里去，这些女孩子们一个个倒像受了封诰似的。他们就成了千金小姐了。闹下天来，谁敢哼一声儿。不然，就调唆姑娘的丫头们，说欺负了姑娘们了，谁还耽得起。”接下来，就把矛头对准了具体人：“别的都还罢了。太太不知道，头一个宝玉屋里的晴雯，那丫头仗着他生的模样儿比别人标致些，又生了一张巧嘴，天天打扮的像个西施的样子，在人跟前能说惯道，掐尖要强。一句话不投机，他就立起两个骚眼睛来骂人，妖妖趫趫，大不成个体统。”

王善保家的这个小报告，一下子勾起了王夫人的回忆：因上次她陪贾母进园子，见一个水蛇腰、削肩膀、眉眼有点像黛玉的丫头正在那儿骂小丫头，心里就存了一丝不快。但这丫头究竟叫什么，王夫人还对不上号。听王善保家的这么一说，王夫人记住了这丫头的名字，晴雯的遭遇也就在所难免了。魑魅害人，人神共愤。也难怪，宝玉在《芙蓉女儿诔》中会啼血疾呼：“钳诐奴之口，讨岂从宽？剖悍妇之心，忿犹未释！”也难怪，读者在读到探春扇了这女人一个嘴巴时，心中会无比痛快。

不难发现，曹雪芹和高鹗都相信因果报应。赵姨娘的结局，是高鹗替曹雪芹安排的。在后四十回，赵姨娘在为贾母守灵时，似乎也中了魔法，忽而被鸳鸯魂灵附体，哭诉贾赦对她的迫害；忽而又成了她自己，说是阎王爷差人要拿她问魇魔法一案，实在受不了酷刑，便供出了自己与马道婆的诡计，承认了自己糊涂，还哀求凤姐不要在阎王爷面前添油加醋。但这些都不管用，在阎罗殿里，她被鬼卒们百般折磨，死得十分难看。曹雪芹对王善保家的安排是“打嘴打脸，现世现报”：她兴冲冲地参加抄检大观园行动，满心要为邢夫人立一大功，顺便将素日不买她账的丫头们整治一番，不料在晴雯那里没拿到赃证，因晴雯给她甩脸子，先把她弄了个没趣儿。到了探春屋里，这不知天高地厚的女人在掀探春衣服时，又被探春赏了一大嘴巴。这还没完，在迎春屋里搜检司棋的箱子时，她只草草翻检一下就要盖箱子，周瑞家的赶忙上前，从箱子里拿出了男人的鞋袜、信物和书帖——这是闹得沸沸扬扬的抄检大观园行动的最大收获。只因司棋是她的外孙女，凤姐和周瑞家的又不怀好意地将她打趣一回，臊得她直抽自己的脸，以便找个台阶下。到这时还不算了结，到了第七十五回，听探春说：因抄检结果与他主子想要的结果完全倒了个过儿，邢夫人便“嗔着她多事”，又把她打了一顿。想想这女人的做派，再看看这些“现世报”，观者无不大呼解气。

人在江湖，难免要同形形色色的人打交道。我们可以保证自己不害人，但却禁不住有人害自己。怎么办？看谁都不像好人，成天铠甲裹身，实在太累，实在不是我们想要的生活。莫如但行好事，与人为善。剩下的，就只好往宽处想了：世上毕竟还是好人多。一部《红楼梦》，有名有姓有称谓的人物，多达七百三十二人，不是只有一个马道婆、一个赵姨娘和一个王善保家的吗？

葬花吟与芙蓉诔

《葬花吟》是林黛玉在第二十七回感时伤物、借景抒情的一首诗，也是整个《红楼梦》里特别重要的一首诗。全诗仿初唐歌行体，将黛玉的命运、遭遇、思想、感情融入“花谢花飞”的自然景物，营造出了内涵丰富、引人悲悯的非凡意境。在这首长诗中，黛玉以花喻人，并借百花凋零、落红成阵的暮春景象，寄托了她对自己身世和人情冷暖的无限感慨，表达了她对自己所处现实的深切愤懑。而在八七版电视连续剧《红楼梦》里，由著名音乐家王立平谱曲的《葬花吟》，则又以另一种形式，使这首长诗达到了空前的艺术高度。

有人认为，《葬花吟》就是小女子感时伤春的无病呻吟，其实不然。在甲戌本《石头记》的《葬花吟》后面，脂砚斋有这么一则批语：“余读《葬花吟》至再，至三四，其凄楚感慨，令人身世两忘。举笔再四，不能下批。有客曰：‘先生身非宝玉，何能下笔？即字字双圈，批词通仙，料难遂颦儿之意，俟看玉兄之后文再批。’噫唏！阻余者想亦《石头记》来的，故停笔以待。”脂砚斋的意思很明白：这首诗不是信口吟出的，没有看过后面关于宝玉的文字，再见识非凡的大家，再怎么绞尽脑汁批出来，也不合黛玉的心思。当然，也更难契合曹雪芹的本意。那么，“玉兄之后文”在哪儿呢？有人说是指后半部佚稿中写黛玉之死的文字，我则认为就是随后第二十八回的这段文字：

不想宝玉在山坡上听见，先不过点头感叹，次后听到“侬今葬花人笑痴，他年葬侬知是谁”，“一朝春尽红颜老，花落人亡两不知”等句，不觉恸倒山坡之上，怀里兜的落花撒了一地。试想林黛玉的花颜月貌，将来亦到无可寻觅之时，宁不心碎肠断！既黛玉终归无可寻觅之时，推之于他人，如宝钗，香菱，袭人等，亦可到无可寻觅之时矣。宝钗等终归无可寻觅之时，则自己又安在哉？且自身尚不知何在何往，则斯处，斯园，斯花，斯柳，又不知当属谁姓矣……

这样就说得很明白了。因为脂砚斋在这段文字之后又有一批：“不言炼句炼字，辞藻工拙，只想景想情，想事想理，反复追求，悲伤感慨，乃玉兄一生天性，真颦儿不知己，则实无再有者。昨阻余批《葬花吟》之客，嫡是玉兄之化身无疑……”这么看来，《葬花吟》非但不是无病呻吟之作，而且充满了对生命的思考，对美好事物瞬间消逝的惋惜，以及对自己在残酷现实面前的无奈。当然，还表达了黛玉“愿奴胁下生双翼，随花飞到天尽头”的朦胧理想，凸显了其“质本洁来还洁去，强于污淖陷渠沟”的高贵品质。

解读《葬花吟》，前有哈尔滨师范学院评“红”组早年编写的《红楼梦诗词评注》，后有红学家蔡义江先生所著的《红楼梦诗词曲赋赏析》，仔细读来，均不乏高见。本文无意解读这首长诗，只想谈谈诗中所流露的情绪对黛玉本人的影响。过去，我在读到“一年三百六十日，风刀霜剑严相逼”两句时，也对黛玉的身世和遭遇充满了同情。后来再读，同情之心还在，但对她的这种说法却有了另一种看法。至少在此之前，黛玉所处的环境还没有她说的这么冷酷。因为，引出这首《葬花吟》的前因书里说得很清楚：“话说林黛玉只因昨夜晴雯不开门一事，错疑在宝玉身上。至次日又可巧遇见饯花之期，正是一腔无明正未发泄，又勾起伤春愁思，因把些残花落瓣去掩埋，由不得感花伤己，哭了几声，便随口念了几句。”再说得明白点，就是因为头天晚上晴雯没给黛玉开门，还说“凭你是谁，宝二爷吩咐的，一概不许放人进来”。可过了一会儿，她分明又看见宝玉送宝钗出来，不免生出疑心。由此及彼，就勾起了她的“一腔无明”。说来说去，也就这么大点事儿。

我这么说，自然有根据。因为黛玉从第三回进荣国府，第十二回因其父林如海去世，由贾琏带着回扬州去了一趟，到第十六回才回来。从第二十七回往回算，在总共二十二回里，除了第七回周瑞家的送宫花时，没有先给她送而让她心里不爽；第八回因她挤兑李嬷嬷，李嬷嬷说了句“真真这林姐儿，说出一句话来，比刀子还尖”；第二十七回小红说过“要是宝姑娘听见还罢了，那林姑娘嘴里又爱刻薄人，心里又细”这些事实以外，实在没有发现“风刀霜剑严相逼”的情况。最有可能让她生出这种感觉的无外乎两个方面：一是曹雪芹在第五回说过“不想如今忽然来了个薛宝钗，年纪虽大不多，然品格端方，容貌美丽，人多谓黛玉所不及。那宝钗却又行为豁达，随分从时，不比黛玉孤高自许，目下无尘”。二是关于“金玉良缘”的议论。关于第一个方面，人们没事对周围的人做些评价和比较，也就是议论几句而已，远远够不上害人的地步。至于“金玉良缘”，从元春端午节的赏赐来看，独宝玉与宝钗一样，意思倒是很明显，可这事却发生在第二十八回。兴许之前也有些风声，或许王夫人和薛姨妈也有那个意思，但在前八十回，我没见这俩老姊妹公开说过这事。即便有些影子，当母亲的关心自己子女的婚姻也属正常。你有爱宝玉的权利，她们也有为自己子女选择配偶的权利。加上元春，关心宝玉的终身大事都属再正常不过的事。即便如此，也并没见这些人如何摧残黛玉。至于她在《秋窗风雨夕》里所吟的“已觉秋窗秋不尽，哪堪风雨助凄凉”“连宵脉脉复飕飕，灯前似伴离人泣”之叹，都是她的主观联想，跟别人怎么待她没有关系。老觉着“一年三百六十日，风刀霜剑严相逼”，是她自己太敏感、太脆弱，把问题想复杂了。

如果有人硬要钻“牛角尖”：无风不起浪——既然有上面这些现象，背后肯定少不了针对黛玉的阴谋。正因为她觉察到了这些阴谋，才发出如此感叹的。那么对不起，请拿出证据来！

也许这么说对黛玉太残酷了，毕竟只是个十几岁的小姑娘，没爹没娘，又寄人篱下，遇到不顺心的事无处倾诉，便只有暗自落泪和百般纠结。但同情归同情，道理归道理。黛玉喜欢把一些小问题无限放大，而且由此及彼，无端生出更多的烦恼，也是她郁郁寡欢的重要原因。

在《红楼梦》里，与《葬花吟》相对应的一篇著名的文字，就是宝玉为祭奠晴雯所作的《芙蓉女儿诔》。因脂砚斋既有“袭为钗副，晴为黛影”之说，还说这篇诔文“虽诔晴雯，实诔黛玉”，本文少不得也要说说晴雯和《芙蓉女儿诔》。

“其为质则金玉不足喻其贵，其为性则冰雪不足喻其洁，其为神则星日不足喻其精，其为貌则花月不足喻其色。”这是宝玉在文中对晴雯的评价。这一评价，堪称登峰造极。尽管如此，也没人说三道四。因为不涉及具体人和具体事，在一般人看来，说得再好听都是虚的。倒是接下来的“姊娣悉慕媖娴，妪媪咸仰惠德”两句，实在言过其实。别人不说，光是被她欺负过的小丫鬟、老婆子就不会认这个账。

在《芙蓉女儿诔》里，宝玉分析晴雯之所以被人暗害，主要是两方面的原因：从客观上说，是“鸠鸩恶其高”和“薋葹妒其臭”；从主观上说，却是“高标见嫉”和“直烈遭危”。宝玉还拿晴雯同贾谊和鲧作比，说她的遭遇比这两个人还冤。贾谊是汉文帝时期的朝廷重臣，还是著名的思想家和文学家。因为才能出众，汉文帝正准备提拔他时，却遭到周勃、灌婴等人的排挤，最终不得不贬至长沙。鲧是大禹的父亲，据《史记·夏本纪》载：在尧帝执政的时候，因洪水滔天，遍求治水的行家里手，群臣都说鲧可担此任，尧便派他去治水。鲧采用息壤筑堤、壅堵洪峰的做法，治水九年却未见效，便将鲧殛于羽山。《山海经》里又有一说："鲧窃帝之息壤以堙洪水，不待帝命，帝令祝融杀鲧于羽郊。" 而《韩非子》里的说法是：尧帝欲传天下于舜，鲧谏曰："不祥哉！孰以天下而传之于匹夫乎？"帝尧不悦，便诛杀鲧于羽山。因而，屈原在《离骚》里说："鲧婞直以亡身兮，终然夭乎羽之野。"《芙蓉女儿诔》采信了《山海经》和屈原的说法，意思就是"祸从口出"。这么说，倒是很符合晴雯的性格。

黛玉和晴雯都长相出众，聪明异常，但她俩的性格却反差强烈：黛玉心思细密，凡事想得太多、太复杂；晴雯脾气刚直，凡事想得太少、太简单。结果是一个抑郁成疾，一个夭于毁谤。细思之，两种性格，皆有缺陷。

玫瑰露与茯苓霜

玫瑰露和茯苓霜，是两种滋补品。在《红楼梦》里，这两种补品曾引发了一个重大事件。

事情的起因如下：在第三十四回宝玉挨打之后，王夫人让袭人拿回去一瓶木樨清露，一瓶玫瑰清露。宝玉不大爱吃玫瑰露，吃过一回就不吃了，一直在那儿搁着。从戏班转到怡红院的芳官跟小厨房管事的柳嫂子的闺女五儿要好，五儿身子虚弱，芳官就找宝玉讨了玫瑰露送给五儿。柳嫂子无以为报，加之她也想让五儿进怡红院，需要芳官在宝玉面前说话，恰好她的嫂子给了她些茯苓霜，她便分出一半来让五儿给芳官送去。五儿趁黄昏人稀时来找芳官，可当时芳官不在，又到了关园门的时辰，只得托怡红院的丫头小燕转交。事情就这么简单。

事情之所以演变为事件，实在是其中的原因太复杂了。第六十回到第六十二回那段日子，凤姐仍旧病着，贾母、贾政、王夫人都为宫里那位老太妃送灵去了。眼见少了管束，下人们便不再像先前那么规矩，拌嘴的，打架的，此起彼伏，不可开交。因凤姐打发平儿找王夫人屋里的玉钏儿要些玫瑰露，发现玫瑰露少了一瓶，彩云和玉钏儿便你赖我，我赖你，吵得合府皆知，可到了也不知道究竟是谁在作怪。林之孝家的正为这事犯愁呢，刚好看到柳五儿从怡红院那边过来。一见五儿神色慌张，又听她说话也不利索，就在心里疑上她了。正在这时，探春屋里的小蝉和迎春屋里的莲花儿走了过来。这两人都跟五儿有间接矛盾：小蝉知道柳嫂子和五儿跟芳官好，而芳官才刚在小厨房羞辱过她。莲花儿则因为给司棋点菜刚刚大闹过小厨房。一见林之孝家的在寻五儿的不是，两人便一唱一和，共同对五儿落井下石。莲花说："林奶奶倒要审审他。这两日他往里头跑的不像，鬼鬼祟祟的，不知干些什么事。"小蝉说："正是。昨日玉钏儿姐姐说，太太耳房里的柜子开了，少了好些零碎东西……"莲花儿接着又说："这话我没听见，今日我倒看见一个露瓶子。"林之孝家的并几个婆子媳妇便由莲花儿带着，到小厨房里搜检，果然发现了露瓶，又搜到一包茯苓霜。拿到赃证，林之孝家的回了平儿，就将五儿交给上夜的看管起来，等待次日发落。

还有更复杂的，林之孝家的老早就想让秦显家的取代柳嫂子掌管小厨房，只是一时无从下手。这回从小厨房里搜出了赃证，她才不管这东西是怎么来的，也不听五儿解释，先带着几个媳妇将柳嫂子押起来，随即就让秦显家的走马上任了。五儿被关在上夜的房里，不仅这里"素日一干与柳家不睦的人，见了这般，十分趁愿，都来奚落嘲戏他"，更有些恨她们母女的人，"巴不得一时撵出他们去，惟恐次日有变，大家先起了个清早，都悄悄的来买转平儿，一面送些东西，一面又奉承他办事简断，一面又讲述他母亲素日许多不好"，看那情形，真的是"欲置之死地而后快"。

柳家母女还算幸运。按林之孝家的和一帮婆子媳妇的想法，就是早早地将她们撵出去。依王熙凤的主意，就是"将他娘打四十板子，撵出去，永不许进二门。把五儿打四十板子，立刻交给庄子上，或卖或配人"。可当平儿听五儿说了玫瑰露和茯苓霜的来路之后，为不冤枉好人，便让上夜的将五儿看住，次日清早，先打发了那些来给五儿上"扦子"人，然后便悄悄地来怡红院访袭人。结果证明，在小厨房搜出的玫瑰露确实是宝玉给了芳官，芳官又给五儿的。至于那茯苓霜，确实是五儿的舅妈给的。这样，五儿算是洗清白了。

洗清了五儿的罪名，问题却又回到了原点：王夫人屋里丢的玫瑰露仍旧没有下落。还有，茯苓霜是五儿舅妈给的不假，但那是一个粤东的官儿给门上当差的送的门礼，到底来路不正，真要拿到桌面上说，难免又“拔出萝卜带出泥”。怎么办呢？宝玉对平儿说：“你叫他说也是芳官给他的就完了。”平儿觉得这样倒也可以，只是五儿已经说了是她舅妈给的，再要改口也不太好。再说，相比较而言，查出玫瑰露的下落才是问题的关键。

其实，要查出玫瑰露的下落也不难，按晴雯的说法：“太太那屋里的露再无别人，分明是彩云偷了给环哥儿去了。”在弄清五儿的玫瑰露的来路之后，平儿也都明白了。可硬要较起真儿来，查出了彩云，必然带出赵姨娘。这样一来，肯定会伤及探春脸面。平儿最不愿看到的，就是“为打老鼠而伤了玉瓶”。这时，宝玉又站出来了：“也罢，这件事我也应起来。”平儿认为宝玉的办法可行，但也不想让真正作案的人得了便宜，还背地里笑话自己没能耐。于是，她命人传来彩云和玉钏儿，当面道过原委，并把话说在明处：“若从此以后大家小心存体面，这便求宝二爷应了，若不然，我就回了二奶奶。”彩云一听，“一时羞恶之心感发”，承认了是赵姨娘央告再三她才拿的，并愿意接受处罚。平儿的目的达到了，也不再处罚彩云，当即找到五儿，悄悄与她统一口径，并说服凤姐接受了自己的建议，放了柳家母女，同时让柳嫂子仍旧回小厨房当差。闹得沸沸扬扬的玫瑰露与茯苓霜事件，至此方烟消云散。

回想这一事件的整个过程，有几个细节颇值得品味。第一，事件发生在贾母、贾政、王夫人外出、凤姐生病期间，当事人都是荣国府的底层人员，因此可以推断，一旦失去威慑和管束，所有人都可能成为不安定因素。究其根由，实乃人性所致。第二，整个事件的肇事者、受害者、加害者都是荣国府的底层人员，而这些人加害他人的根本动机，就是利益。就像一则广告里说的，没有利益，就没有争斗，就没有伤害。这一定理，无论官场、商场、职场，概莫能外。这也就是我们的法律为什么必须以“人性恶”

为基础的根本原因。

尽管如此，我们还是看到了人的良知在整个事件中所发挥的作用。比如，平儿在怡红院核实情况时，袭人就实话实说：玫瑰露确实是给了芳官，但芳官转给谁了我就不知道了。再如，彩云最先是不认账，在得知宝玉要为自己顶包时，为了不冤屈好人，还是站出来说了实话。还有最关键的一点，在平儿弄清了原委，向凤姐建议如何处理时，凤姐曾说："苍蝇不抱无缝的蛋。虽然这柳家的没偷，到底有些影儿，人才说他。虽不加贼刑，也革出不用。朝廷家原有挂误的，倒也不算委屈了他。"平儿生性善良，不忍看到这种结果，只得解劝一番，凤姐才依了她的主意。

何谓良知？辞典上解释曰：天赋的道德观念。毋庸讳言，生而为人，谁都有自己的利益需求，谁都难免有些人性的弱点。但我们可以通过强化修养来辨是非、识荣辱、知敬畏。不论什么时候，都不能因为一己之利而失了良知。

海棠社与桃花社

海棠社是在第三十七回由探春提议，宝玉和众姐妹一致同意而成立的诗社。关于这个诗社成立的背景、宗旨和愿景，三姑娘探春在致宝玉的那个花笺中说得很明白：

……今因伏几凭床处默之时，因思及历来古人中，处名攻利敌之场，犹置一些山滴水之区，远招近揖，投辖攀辕，务结二三同志盘桓于其中，或竖词坛，或开吟社，虽一时之偶兴，遂成千古之佳谈。娣虽不才，窃同叨栖处于泉石之间，而兼慕薛林之技。风庭月榭，惜未宴集诗人；帘杏溪桃，或可醉飞吟盏。孰谓莲社之雄才，独许须眉；直以东山之雅会，让余脂粉……

上面这段话，如果用白话文译过来，大致意思为：今天我伏在案头沉思的时候，想到历来好多古人虽身处名利场，尚且置些山水景观，召集远近好朋友雅聚其间，或建词坛、或开诗社。虽然只是一时之兴，却成就了不少千古美谈。我虽然没什么才华，但居住在这风景优美的地方，并且仰慕薛宝钗、林黛玉的诗艺。大观园里到处是风庭月榭，可惜未宴集诗人；还有随处可见的帘杏溪桃，或许可醉飞吟盏。谁说诗坛的高手大家，一定是那些男子呢？如果这里也有东晋谢安组织的那般高雅聚会，没准我们这些女子也能一展其才呢。

海棠诗社的成立特别顺利，探春一个倡议，就有李纨、黛玉、宝钗、宝玉、迎春、惜春等人热烈响应，并于当日产生了社长、副社长，明确了各自的职责分工。只这几个人，就先将诗社的架子搭起来了。这时候，袭人安排宋妈去给湘云送东西，湘云是个爱热闹的人，一听宋妈说宝玉和姐妹们成立了诗社，当时就技痒不已，次日午后就风风火火地赶过来了。随后，李纹、李绮、岫烟、宝琴、香菱的适时加入，使得海棠诗社愈加繁荣。在此期间，诗社除了轮流做东邀约聚会之外，还以聘请凤姐做“监社御史”为名，从她那里“讹”了五十两银子，解决了诗社的经费问题。从第三十七回诗社成立到第七十回林黛玉重建桃花社之间，虽然海棠社的活动时断时续，但其中的几个重大活动，也是可圈可点。比如“秋爽斋咏白海棠”“藕香榭咏菊”“芦雪庵联诗”“暖香坞制谜”“怡红院夜宴”等。其间还推出了一系列佳作，比如前期黛玉的《咏菊》《秋窗风雨夕》、宝钗的《螃蟹咏》，以及后来宝琴补上的《怀古诗》、黛玉新题的《五美吟》等，都曾产生过广泛影响。

桃花社是黛玉为挽救海棠社的颓势，在第七十回力主重建的一个诗社。重建这个诗社的起因，是林黛玉的一首《桃花行》引起了大家的兴趣，随后黛玉、宝钗、湘云、宝琴、探春等人经反思后一致认为：“咱们的诗社散了一年，也没有人作兴。如今正是初春时节，万物更新，正该鼓舞另立起来才好。”至于为何起名为桃花社，湘云有个说明：“一起诗社时是秋天，就不应发达。如今却好万物逢春，皆主生盛。况这首桃花诗又好，就把海棠社改作桃花社。”

新组建的桃花社，想法不错，但一开始就不大顺利。进入重建程序，黛玉虽被推为社主，但没人提议配备“班子成员”，自然也不可能明确职能分工，一开始就显得班子不全，职责不明。桃花社开张，也并没像湘云说的“万物逢春，皆主生盛”。诗社成立当天，大家正商议如何开社时，王子腾的夫人来荣国府了，大家见面寒暄闲聊、饮宴游园，一晃一天就过去了。原计划第二天开社的，不想这天又是探春的生日，元春一大早就遣人送来寿礼，随后探春又要到各处行礼，当天还要陪贾母、王夫人热闹，只得改期开社。从第七十回建社到前八十回结束，也只开了一社，主要成果就是一组《柳絮词》。在第七十五回，黛玉和湘云的“凹晶馆联诗”，虽然勉强可算作桃花社的成果，但听湘云对黛玉说的“……可恨宝姐姐，姊妹天天说亲道热，早已说今年中秋要大家一处赏月，必要起社，大家联句，到今日便弃了咱们，自己赏月去了。社也散了，诗也不作了……”这些话，说这次联诗纯属她俩的私下行动也不为错。在第七十八回，宝玉虽然作了一首著名的《姽婳词》，但那是应贾政的要求所作，既非宝玉所愿，也不在诗社的计划之列，而且参与活动的贾环、贾兰以及众幕宾不是诗社成员，断然不能算作诗社成果。这么说来，桃花社从诞生到自然解散，可谓影响平平，成果寥寥。

仔细比较两个诗社的发起与运作过程，似乎可以看出黛玉同探春在组织能力上的差距。探春发起成立海棠社，是经过深思熟虑后的果断决策。从她给宝玉的那个花笺中不难看出，海棠社不仅有明确的宗旨，即“孰谓莲社之雄才，独许须眉；直以东山之雅会，让余脂粉”，而且还有个不凡的愿景，也就是利用大观园的有利条件，仿效古人“或竖词坛，或开吟社”，以成就“千古之佳谈”。同时因为探春本人的号召力，李纨首先自荐当社长，并当场指定迎春和惜春为副社长，还明确了各自的职责和诗社规章制度，从机制上保证了诗社的相对规范运行。反观黛玉重建桃花社的过程，一开始是自己心血来潮写了首《桃花行》，湘云、宝钗、宝琴几个人一起哄，她就当真了。随后，几个人来见李纨，只几句话，就敲定起社日期、诗社更名、新的社主等事宜。整个过程既无指导思想，也无目标愿景，最要命的是没建立班子，没定立制度，没明确职责，属于不折不扣的“仓促上马”。开局如此，其生命力便可想而知了。

再从两个发起人的具体情况来看，探春虽然喜欢书法，也喜欢写点诗，但从本质上说，主导她思想的却是现实主义。从她对王夫人和赵姨娘的态度，以及她理事时推行的一系列举措，直至第七十四回她对贾府命运的分析认识来看，探春不管做什么事，必先审时度势，尔后才根据实际情况，决定做与不做或者该怎么做。再看黛玉，她倒也不是清高得不闻俗务，在第六十二回，就听她对宝玉说过：“咱们家里也太花费了，我虽不管事，心里每常闲了，替你们一算计，出的多进的少，如今若不省俭，必至后手不接。”因此可以断定，她对今后如何持家也是有想法的。但在她的骨子里，却又充满了浪漫主义思想。因而她想事做事很少像探春那么周密盘算。不说别的，只说探春计划成立海棠社时，就是瞅准了贾政外放之后才向宝玉发出的花笺。探春深知凭贾政的性格，如果让他知道宝玉成天跟着一帮女孩吟风弄月，绝不可能给这些人好脸。所以她选择了那么个时机。而黛玉压根儿就不想这些，也不关注贾政的动态，只是想到哪儿就做到哪儿。因而她这里刚把桃花社建起来，贾政即将回府的书信就到了——看看她选的时候！

如果把第三十七回与第七十回对照着看，几个细节尤其耐人寻味：探春建海棠社时，为解决日常经费问题，她敢找个理由，约一帮人到凤姐那里“拉赞助”；黛玉的桃花社头一次活动，就只能自己“预备了几色果点”，草草开了一社。海棠社刚成立，湘云就主动要求做东，宝钗更是把湘云叫到蘅芜苑，连夜商议如何设东拟题。而桃花社首次开社，非但无人襄助，在黛玉刚提出“大家就要桃花诗一百韵”时，就见宝钗第一个站出来反对：“使不得。从来桃花诗最多，纵做了必落套，比不得你这首古风。须得再拟。”再看这两回的题目也很有意思：一个是《秋爽斋偶结海棠社　蘅芜苑夜拟菊花题》，另一个是《林黛玉重建桃花社　史湘云偶填柳絮词》。曹雪芹在这两回中，分别用了一个“偶”字。我以为，这个“偶”字，除了其本意之外，似乎还有“随意”“临时”和“不经意间”等相近之意。如果这种推断成立的话，则可以这么理解曹公的意思：探春不经意间发起成立的海棠社，却收到了高于预期的成果；而黛玉郑重其事建立的桃花社，也只有不经意间的一点小收获。两相对比，甚至可以将其看作曹雪芹从做事层面对探春和黛玉的基本评价。

浪漫主义和现实主义的碰撞，结果往往就是这么令人唏嘘。

凸碧堂与凹晶馆

凸碧堂，实名为凸碧山庄。凹晶馆，全名凹晶溪馆。按黛玉的说法，它们是大观园里“没有名色”的两处建筑。因为“没有名色”，才不大引人关注。而自从两个地方分别有过一次重要活动之后，不少“红迷”对它们就难以忘怀了。

第七十五、七十六回，适逢八月十五，月上中天之时，贾母与众儿孙于嘉荫堂前的月台焚香拜过，便在众人的簇拥下来到凸碧山庄，过了前八十回的最后一个中秋节。当晚，尽管贾母想方设法营造氛围，众儿孙又百般哄老太太高兴，然终因刚经历过抄检大观园，晴雯、司棋、芳官等好几个丫鬟被撵了，凤姐和李纨也病了，宝钗姐妹则干脆回避，在场的人也因各有心事只能强颜欢笑。末了，也只给读者留下一个“凸碧堂品笛感凄清”的惨淡景象。其间，黛玉对景伤怀，独自来至一僻静处俯栏垂泪。湘云过来宽慰她，说了会儿心里话，便商量到凹晶馆联诗。这回联诗倒是不乏佳句，只因大观园的好景不再，两人的心情也十分压抑，故而曹雪芹把这一片段命名为“凹晶馆联诗悲寂寞”。

不说黛玉湘云如何联诗，只说两人一开始谈到这两处建筑时的一番对话，倒也有些意思。湘云在这里似乎想展示一下自己的见识和学问，也没顾得多想，就抛出了个人见解：

这山上赏月虽好，终不及近水赏月更妙。你知道这山坡底下就是池沿，山坳里近水一个所在就是凹晶馆。可知当日盖这园子时就有学问。这山之高处，就叫凸碧；山之低洼近水处，就叫作凹晶。这“凸”“凹”二字，历来用的人最少。如今直用作轩馆之名，更觉新鲜，不落窠臼。可知这两处一上一下，一明一暗，一高一矮，一山一水，竟是特因玩月而设此处。有爱那山高月小的，便往这里来；有爱那皓月清波的，便往那里去……

湘云那里滔滔不绝，黛玉并不打断她，只静静地听着。待她说完，却听黛玉慢条斯理地说——

实和你说罢，这两个字还是我拟的呢。因那年试宝玉，因他拟了几处，也有存的，也有删改的，也有尚未拟的。这是后来我们大家把这没有名色的也都拟出来了，注了出处，写了这房屋的坐落，一并带进去与大姐姐瞧了。他又带出来，命给舅舅瞧过。谁知舅舅倒喜欢起来，又说：“早知这样，那日该就叫他姊妹一并拟了，岂不有趣。”所以凡我拟的，一字不改都用了。

黛玉说完，也不顾湘云的反应，只说了句“如今就往凹晶馆去看看”，就把这一篇翻过去了。看罢这一段，难免又拿宝钗和黛玉的性格相比。宝钗性格内敛，从不与人争锋，可该显示个人才华的时候，一点也不含糊。看看她在书中多处谈养生，在第二十二回同宝玉说戏，在第四十二回同惜春论画，看似随口一说，却把自己的学问都展示出来了。黛玉则不同，明明想让人家知道自己能耐，却总是犹抱琵琶半遮面。第三十七回，探春提议成立海棠社，黛玉心里是喜欢的，嘴上却说：“你们只管起社，可别算我，我是不敢的。”待一听迎春说“你不敢，谁还敢呢”之后，不仅再不说什么了，还参与了为诗社出谋划策。敢情，她正等着有人说这样的话呢！就像有些人喝酒，本来能喝，也很想喝，偏要等人劝了才喝。这样，既有了面子，还过了酒瘾，心里是很受用的。小儿心性，也挺好玩的。

要了解黛玉的心思，还应把上述一段同第十八回她和众人奉元春之谕作诗的过程对照着看。那回，黛玉原本是“安心大展奇才，将众人压倒”的。无奈元春只命一匾一咏，便也“不好违谕多作，只胡乱作了一首五言律应命罢了”。那次作诗，黛玉心里也是酸溜溜的。虽说她的那首五言律诗得到了元春的褒奖，但元春的一句“终是薛林二妹之作与众不同，非愚姊妹可同列者”，却将她排在宝钗之后，自然让她心生不快。她帮宝玉代笔的那首《杏帘在望》虽被元春封为宝玉名下的四首诗之冠，而且宝玉受到元春表扬也是她之所愿，但幕后枪手到底不是场上选手，诸多不爽也只可意会，真要言传开来，倒无趣了。

黛玉的心眼确实不少。很多时候，看着她在谦虚，其实她的真实想法就是既要让人看到她的态度，又不想因为自谦埋没了自己的才情。就像某人被邀到某处做客，本来是非常乐意前往的，但必要的客套话也是要说的，可这客套话也必须拿捏好分寸，既要让人看出你确实身处两难之境，还要给别人留出说服你必须前往的余地，否则就事与愿违了。就拿凸碧堂和凹晶馆命名一事来说，在此之前，读者和书里好多人都不知道是她的手笔，她既不肯在人前郑重其事地说出来，却又还想让人知道。可她在此时不说，再碰这样的机会还真有点难。于是，她就对湘云说了。

话说回来，黛玉取的这两个名字确实不俗，真的是名为景设，景因名扬，相得益彰。凸碧山庄位于山脊之上，便于登高赏月。又因贾母说“赏月在山上最好”，所以，一家子都到了凸碧山庄。可湘云却认为，“这山上赏月虽好，终不及近水赏月更妙”。恰凹晶溪馆就在近水低洼处，最宜临水赏月。因此，她和黛玉先陪贾母热闹一阵子，看黛玉在一旁感时落泪，就带她来到了凹晶溪馆。看那回二人“在两个湘妃竹墩上坐下，只见天上一轮皓月，池中一轮水月，上下争辉，如置身于晶宫鲛室之内。微风一过，粼粼然池面皱碧铺纹，真令人神清气静”。此情此景，还让人想起第十七回几个清客论大观园景色时说的“非胸中大有丘壑，焉想及此”一番话，是啊，若非胸藏锦绣，哪能想出这等清雅的名字？

孔子曰：名不正则言不顺，言不顺则事不成。景点取名，也同人名一般重要。可现如今的许多旅游景点取名，只一味地求洋求怪求时髦，至于雅俗，已然顾不得了。我的老家湖北南漳境内有个著名的景点叫香水河，景区遍布风采各异的瀑布，尤以七彩瀑遐迩闻名。据说，该景点原名响水河，因众多瀑布日夜在山间作响而得名。20世纪80年代开发这一景点时，当地一位官员说：山里人本来就土，响水河更土，干脆改字不改音，就叫香水河吧！从此，这一景点就叫了这么个俗不可耐的名字。每回陪客人游香水河，我总在想，古人说，真水无香，直以香水为一条小河命名，不光是俗，而且还丑。原来那个名字多好啊，清幽、自然，还传神。而现在这个名字，太扭捏、太做作，还多了脂粉气，简直是暴殄天物。最气人的是，自景点开放以来，经口口相传，已然俗名远扬，想改也改不回去了。

没文化却有权力，太可怕了。

●职场红楼

贾府是个大职场，身处其间，同样要面临两个考验：做人与做事。不会做人，没有立足基础；不会做事，没有立身本钱。人品好但能力不济，发展空间有限；能力强但做人欠佳，个人前景堪忧。谓予不信，可细品职场三昧。举凡如鱼得水者，做人做事，皆无可挑剔。

鸳鸯：把工作做得无可替代

20世纪五六十年代，在那场轰轰烈烈的“评红”运动中，有一派拿“金鸳鸯三宣牙牌令”那回说事，说鸳鸯与凤姐合谋戏弄刘姥姥，就是在“侮辱劳动人民”。这顶帽子着实不小。但另一派也有明白人，他们翻出鸳鸯的身世，说鸳鸯是荣国府奴仆里的“家生子儿”，属于不折不扣的劳动人民。真要那么说，岂不是劳动人民在侮辱劳动人民？前一派想想，觉得也是这么个理儿，就跟后一派商量：鸳鸯侮辱劳动人民证据确凿，可她出身劳动人民也没有掺假，往后能否不再提这个茬儿了？对立双方最终达成协议，鸳鸯得以逃过一劫。

这是个笑话，且按下不提。这里只说鸳鸯在职场里的表现。把工作做得无可替代，是职场的最高境界——鸳鸯就达到了这种境界。

鸳鸯是贾母屋里的大丫鬟，她直接服务于贾母，按现在的情形，她就是“董事长秘书”。这个岗位，没有能力干不了，有能力没品行干不长。鸳鸯两方面都具备，她的工作就无可替代了。这话不是我说的，是贾府的人的定论。在第三十九回，李纨就说过：“大小都有个天理。比如老太太屋里，要没那个鸳鸯如何使得。从太太起，哪一个敢驳老太太的回，现在他敢驳回。偏老太太只听他一个人的话……”惜春也说过：“老太太昨儿还说呢，他比我们还强呢。”在第四十六回，因邢夫人要讨鸳鸯给贾赦做妾，凤姐劝邢夫人：“依我说，竟别碰这个钉子去。老太太离了鸳鸯，饭也吃不下去的，哪里就舍得了？”邢夫人也说过鸳鸯在女孩子里面是个尖儿之类的话，但她的话是当着鸳鸯的面说的，而且目的性很强，可不予采信。那么请看第四十七回，贾母在教训邢夫人时，先说了鸳鸯在她身边所起的作用，尔后又说：“我正要打发人和你老爷说去，他要什么人，我这里有钱，叫他只管一万八千的买，就只这个丫头不能……”请注意：贾赦欲求鸳鸯为妾而碰了一鼻子灰，最后只得遣人买了个十七岁的名叫嫣红的女子，共花了八百两银子。以第十九回袭人说的“当日原是你们没饭吃，就剩我还值几两银子，若不叫你们卖，没有个看着老子娘饿死的理”那番话作参照，那时候，买个丫头也就是几两银子的事。贾赦花八百两银子买嫣红，也算价值不菲了。但若以贾母开出的价钱和贾赦最终所花的银子做参照，说得俗一点，这就是鸳鸯的价值所在。最初看“鸳鸯女誓绝鸳鸯偶”的故事，只觉得痛快、解气。而今再看，眼前凸现的就是一个自尊、自爱、清醒、刚烈的职场女子。

鸳鸯做事无可挑剔，做人也令人敬服。在她那个位置，用位高权重来形容，也不为过。虽说只是个丫鬟，但她到了贾琏和凤姐屋里，这两口子也要请座上茶的。作为贾母的心腹，鸳鸯对人对事的看法，在某种程度上就代表了贾母的看法。换句话说，她的意见可以影响贾母对人对事的判断，可以影响贾母的最终决策。但我们从未见她恃宠而骄，也没听人说过她狐假虎威，她的骨子里透出的就是正直善良。就像李纨说的：“那孩子心也公道，虽然这样，倒常替人说好话儿，还倒不依势欺人的。”她也见不得人受委屈，在第七十一回，邢夫人当着众人给凤姐难堪，鸳鸯知道了原委，便巧妙地对贾母说了——这不叫打“小报告”，作为“董事长秘书”，收集信息、汇报情况，为贾母决策提供参考依据，也是其职责所在。再者说，世间有不平，而没人铲公道，小人必定更猖狂了。

鸳鸯冰雪聪明，虑事周全，处事也干练老到。也是在第七十一回，贾母要留喜姐儿和四姐儿在园子里玩两天，因这姐儿俩家境不好，老太太知道这里的人都是“一个富贵心，两只体面眼”，怕他们欺负这姐儿俩，就唤一个老婆子去各处嘱咐一番。鸳鸯知道那些婆子在姑娘跟前说话的分量，赶忙说：“我去说吧，他们哪里听他的话。”说完就去了。就这件事而言，贾母明明已安排人去做了，做得好与坏都与鸳鸯无关。但这事如果做得不到位，至少有两个结果：一是姐儿俩受委屈，二是有损老太太的威望。就因为想到了这些，站在她的角度，必须保证实际效果能达到老太太的心愿，所以她必须那么做。类似的事，鸳鸯做过不少，她的好人缘就是这样积累起来的。

在第七十一回，还有一个故事："鸳鸯女无意遇鸳鸯"。就是司棋与自己的表弟潘又安幽会，被鸳鸯遇见了。这在当时，可是一件不得了的事。见过这两人的可怜样儿，又听司棋苦苦哀求，鸳鸯的心软了，并发誓替这两个人保守秘密。随后，听说司棋病重，想着可能是因此事而起，又专门来看望她，劝她"只管放心养病，别白糟蹋了小命儿"。按照当时的礼教和贾府的规矩，鸳鸯那么做，性质是很严重的。一旦被人发现，后果实难预料。但她敢于冒那么大的风险保护司棋，只有一种解释：心地善良。

"金鸳鸯三宣牙牌令"的故事，也算是鸳鸯的一场重头戏。鸳鸯作为令官，不仅熟悉酒令，而且口齿伶俐，反应敏捷，表现相当出色。有人怀疑，她一个丫鬟，怎么懂得这些东西？这倒也不难解释，老太太是个爱热闹的人，喜欢行个酒令、猜个谜语、玩个击鼓传花的游戏什么的，鸳鸯见识多了，自然就学会了。这在职场，应该算是综合素质吧。

按照职场的一般规律，像鸳鸯这样的人，应该有个好结果的。但事实上，鸳鸯的结局非常不好。高鹗在后四十回给她安排的结局，是在贾母去世后"殉主登太虚"。按曹雪芹前八十回的提示，红学界有说贾母去世后，她出家当姑子的；也有说她被贾赦威逼而亡的。诸多推测，终无定论。但不管是上面的哪一种结局，跟她应该得到的回报都相差太多。因为此一时彼一时，先前一直没能消除的潜在风险尚存，而最能助她规避风险的老太太已经不在了。其余认可她的人因迫于情势，或爱莫能助，或自顾不暇，鸳鸯就只能是那么个结局了。现实如此，也奈何不得。

路遥的长篇小说《平凡的世界》里有这么一段话："正如辛劳一年营务的庄稼，还没等收获，就被冰雹打光了，难道能懊悔自己曾经付出的力气吗？”是的，身在职场，背离一般规律的意外谁也无法预料，但如果因为有可能遭遇这类意外便荒废了当下，也不足取。

袭人：做自己的事，让别人去说吧

当今职场，很多人都熟悉这么一种现象：某人得到上司赏识，有些人马上就会将其同溜须拍马、投机钻营挂号；某人被提拔了，也会有人刻意关注并罗织他的人脉背景；某人事业上有了成绩，又会有人在一旁挑毛病、说风凉话。如果遇到上述好事的是一位女性，除了不承认她自身的天赋与努力之外，还会有更多的不堪之词在那儿搁着。——这就是现实，这就是某些人的劣根性。在这类人的心目中，世界上压根儿就没有干净的人，也没有干净的事，所有的人和事必定与肮脏龌龊紧密相连。当然，他们自己必须排除在外。

大观园怡红院里的丫鬟花袭人，就是这样的一位女性。自《红楼梦》面世以来，袭人就一直被人误解和诟病。几百年后，还不时被人污水泼面。想想，一个十几岁的小姑娘，只知忠心做事，本分做人，而因其为人处事得到了众人称赞，得到了王夫人的认可，就被不少人以“莫须有”的罪名口诛笔伐，且字字锥心，刀刀见血，实令有良知的读者不忍直视。

袭人在第三回出场，书中介绍：“原来这袭人亦是贾母之婢，本名珍珠。贾母因溺爱宝玉，生恐宝玉之婢无竭力尽忠之人，素喜袭人心地纯良，克尽职任，遂与了宝玉。宝玉因知他本姓花，又曾见旧人诗句上有‘花气袭人’之句，遂回明贾母，更名袭人。这袭人亦有些痴处：伏侍贾母时，心中眼中只有一个贾母；如今服侍宝玉，心中眼中又只有一个宝玉……”

在这段文字里，最让人心动的，就是一个“痴”字。正是这个“痴”字，决定了她的职场走向：受人之托，忠人之事，心地纯良，克尽职任——哪个老板不厚待这样的职员？

袭人的长相并不出众，在第六回，作者倒是说过“宝玉素喜袭人柔媚娇俏”，但特殊情况下的小儿眼光，不能算数。到了第二十六回，作者又借贾芸的眼睛，说她“细挑身材，容长脸面”，也只是说了身材和脸部轮廓，并无细致描述。而在第七十七回，袭人说自己长得“粗粗笨笨”，这是自谦，也当不得真。她究竟长得如何，倒是可以从第三十六回薛姨妈说的“袭人模样自然不用说的”，以及第七十八回王夫人说她“放在屋里也算是一二等的”这两句话里得出个大概结论：既非绝色，亦不寒碜，总体中平。以此为据，基本可以说明一个问题：身在职场，长相固然重要，但更为重要的则是为人与做事。

能从一个小丫鬟做到怡红院的“首席大丫鬟”，袭人的工作态度和业务能力是毋庸置疑的。虽然贾母在第七十八回曾说过她是个“没嘴的葫芦”，但这并不等于她心里没数。仔细留意袭人的行为便可发现，凡是她本职范围内的事，该怎么做，做到什么地步，内中有哪些制约因素，又如何解决这些问题，她心里跟明镜儿似的。自然，她对自身的条件、所处的环境，以及未来的发展方向是非常清醒的。在怡红院，她的长相不及晴雯，口才不如小红，伶俐乖巧不如芳官、四儿，虽然她也知道“贾母已将自己与了宝玉的”，可在没“开脸放在屋里”之前，所有的变数都不能排除。在这种情况下，要想出人头地，或是不让“煮熟的鸭子”飞了，唯一的办法就是扬长避短。具体来说，就是在她们那个层级，不比长相比素质，不比口才比境界，不比乖巧比能力。她按照这个思路做下来，除过李嬷嬷、晴雯等极少数人对她略有微词之外，不论是高层、中层还是基层，对她在怡红院所发挥的作用都是普遍认可的。

“欲做事先做人”这句话，被许多教科书奉为职场宝典。袭人的成功秘籍，就在于充分领会并始终践行了这一宝典。凭她在贾母、王夫人、凤姐和宝玉心目中的地位，她在怡红院是有资格“拿一把”的。可你看看，她什么事不是想在前面、做在前面？再看她什么时候欺负过老婆子和小丫头？李嬷嬷动不动就骂她，而且骂得不堪入耳，可这老婆子几次惹事，哪一回不是她给巧妙遮掩过去的？晴雯时常对她指桑骂槐和冷嘲热讽，看看那回宝玉生气要撵晴雯，以及七十七回晴雯被王夫人撵出去后，她又是怎样对待晴雯的？在宝玉挨打后，茗烟直接告诉她是贾环使的坏，等王夫人找她证实这事时，再听听她是怎么回答王夫人的？关键时刻淡化矛盾，并想方设法给当事人留点体面，也给她自己积累了人缘。

袭人的努力与付出，最终得到了回报。鉴于她对宝玉的一片痴心，在第三十六回，王夫人吩咐凤姐：从自己月例里拿出二两一吊钱来给袭人。而且明确指示：“今后凡事有赵姨娘、周姨娘的，也有袭人的。”在第五十一回她回家探望母亲时，凤姐给她安排的礼遇规格，已然超过了周姨娘和赵姨娘。这在贾府丫鬟里，算得上独一份了。可也正因为她得到的这些回报，打翻了很多人心里的醋坛子。自《红楼梦》问世以来，说袭人心机莫测、告密讨好的人不绝如缕。就连当今一些颇有名望的红学家，也加入了声讨袭人的队伍，端的令人失望。

看过一些讨伐袭人的文字，我有这么一种感觉：内中除过歪曲事实、无端联想以外，剩下的就是人们常见的“恨人有笑人无”的妒妇心态。说袭人心机莫测的直接证据，就是她骗宝玉说家里要赎她回去，以及“娇嗔箴宝玉”那两件事。从那两件事的背景中，我只看出了“用心良苦”四个字。不说贾母和王夫人已经将袭人定为宝玉屋里人这个事实，单从侍候宝玉的职能来说，宝玉如果因为行事出格而身败名裂，她也是难辞其咎的。想个办法让他走正路、务正事，不好吗？可能有人会拿第六回她与宝玉的肌肤之亲来反驳：他俩那么做就不出格吗？请注意，曹雪芹在这里说得很清楚：“袭人素知贾母已将自己与了宝玉的，今便如此，亦不为越礼。”当时的社会形态就是如此，既然不越礼，也就不必在这件事上矫情。还有，很多人将晴雯被逐归咎于袭人告密，主要依据就是第三十四回她与王夫人的对话，以及随后王夫人对她的态度。还有就是王夫人在第七十七回说的“我的心耳神意时时都在这里”这句话。我建议持这种观点的人仔细读一读第三十四回，逐字逐句地推敲她与王夫人的那番对话，看看袭人在这一回何曾说过晴雯的不是。至于有人硬说袭人就是王夫人的“耳报神”，没有证据。仅听王夫人的这句话，实不足为凭。

说到心机，倒是有一个问题值得关注：袭人确实是一个有心机的人，可谁见过她用心机害人了？既然没害过人，这种心机就没什么不好。从某种意义上说，心机就是情商。职场青睐有灵性的人，如果不想成为职场傻大姐，就必须在提升情商方面下点功夫。在此基础上，一门心思地做自己的事，奔自己的前程才是正理。至于别人怎么说，那是他的事。如果因为听见喇喇蛄叫就不种庄稼了，最终耽误的还是自己。

平儿：站在上司的角度思考问题

王熙凤这人不好伺候。因她本人太强，能力不济的她看不上，能力超群的她又容不下。给这样的上司当下属，左不得，右不得，真不比风箱里的耗子舒服。如果你打心眼儿里佩服他倒也好说，只管言听计从就是了。如果你对他的所作所为还有些看法，那就得讲究点相处方法了。平儿跟凤姐多年，多一半是佩服她，但对她敛财无度、心狠手辣也是持批评态度的。但处在她那个位置，撂挑子不干等于自己砸自己饭碗，助纣为虐又失了她为人的原则，怎么办？平儿的做法是：站在凤姐的角度思考问题和处理问题，以保住自己的位置。然后设法全力转圜，尽可能消除凤姐的为人处事给她本人、给包括贾琏、平儿在内的利益相关人带来的负面效应。这可能就是平儿能够坐稳位置，并出人头地的重要原因。

职场有职场的通行规则，没有哪个上司会喜欢跟自己对着干的人。要想不被上司打入另册，就必须学会站在上司的角度思考问题。这么说，并不是让人不讲原则，一味地去当磕头虫，而是从拓展职场发展空间的角度考虑，以一种既能让上司认可、于自己又相对有利的态度和方法去认识问题、分析问题和解决问题。撇开特殊情况不论，一般而言，上司的职位决定了他比所有下属都更接近团队高层、更了解高层意图，也更知晓他属下各个环节的工作动态是否与高层意图合拍。因而他所发出的工作指令，自然代表了高层意图。站在上司的角度思考问题，就是在制定工作方案、筹划推进措施，甚至处理某些具体问题时，都要从上司那个层面权衡利弊和拾遗补阙。做到了这一点，你的职场生涯就会顺风顺水，脱颖而出也只是早晚的事。

平儿和凤姐的关系有点尴尬，从主仆身份来说，她俩既是压迫与被压迫的关系，同时又有着共同利益：凤姐好了，她跟着沾光；凤姐倒霉了，她也得不到好处（平儿扶正是高鹗给她安排的结局，在此不论）。从都是女人这一层来说，两人共同伺候一个男人，明显是彼此设防的对立关系，可从两人的家庭背景来说，又只有凤姐制约得了贾琏。而只有贾琏不出幺蛾子，她自己的利益才有保障。平儿是聪明人，她深知这里面的利害关系，也深知如何对待凤姐才能保证自己的利益最大化，所以她始终站在凤姐的角度思考问题，处处维护凤姐的形象和权威，即便经常受点委曲，也没见她私下发泄和抱怨。凤姐当初嫁到荣国府时，娘家曾陪嫁了四个丫头，平儿就是其中之一。纵观平儿做人做事的态度和方法，我们终于明白了为什么那三个丫头“死的死，走的走”，只有她熬到了这个地步。

站在上司的角度思考问题，需要同时具备两个前提：一是思想境界，二是认识水平。从主观上说，你必须情愿替上司着想，情愿替上司分忧，情愿使自己的工作与上司的意图准确对接。从客观上说，你对人对事的分析判断水平必须达到相应的高度。这两个前提，缺一不可。原因很简单：想做却做不了，做得了又不愿做，都不管用。因为平儿同时具备了这两个前提，所以她每次站在凤姐的角度思考问题时，不仅都能想到点儿上，按她的办法实施起来也能随方就圆。比如在第七回，凤姐在宁国府初会秦钟，因事先不知道秦钟也在这里，就没带见面礼。有丫鬟回来把这一情况告诉了平儿，平儿知道凤姐跟秦可卿要好，就估摸着凑了份礼物着人给凤姐送过去，让凤姐赚足了面子。再如第五十一回，凤姐让她拿一件雪褂子给袭人，她自作主张找出了两件。袭人不知道咋回事，平儿说另一件是送给邢岫烟的。并解释说：“昨日那么大雪，人人都穿着不是猩猩毡，就是羽缎的，十来件大红衣裳，映着大雪，好不齐整。只有她穿着那几件旧衣裳，越发显得拱肩缩背，好不可怜见的……”这一举动，既显出了平儿的善良，也让人觉得这丫头确实善于拾遗补阙。岫烟是邢夫人的侄女，也是凤姐的表妹，她这么做不管从哪个角度来说，都是在为凤姐树立形象。尽管凤姐嘴上说她拿自己的东西送人情，但心里对她这种善解人意的做法又是非常赞许的。还有第五十五回探春理事时，赵姨娘的弟弟赵国基死了，因赵姨娘嫌探春给发的“抚恤金”太少，就来跟探春闹了一通。恰在这时，平儿来给探春传话，见探春还在生气，就边侍候她洗脸边对她说：“姑娘知道二奶奶本来事多，那里照看的这些，保不住不忽略。俗语说，旁观者清，这几年姑娘冷眼看着，或有该添该减的去处二奶奶没行到，姑娘竟一添减，头一件于太太的事有益，第二件也不枉姑娘待我们奶奶的情义了。”听听，这是不是站在凤姐的角度思考问题和处理问题？能说出这样话的人，该有多少个心窟眼儿？就像宝钗和李纨说的：真怨不得凤丫头偏疼她。

到了第五十六回，探春推出了一系列开源节流的举措。按说，探春掌握的诸多管理漏洞都与凤姐有关，她要解决这些问题，无疑也会伤及凤姐的面子。但平儿的做法是，既要拥护探春的“改革”，又要保全凤姐的面子。在探春完整地抛出自己的“改革”方案之后，见宝钗和李纨都赞赏不已，她当然也觉得按这个方案实施起来，对整个荣国府只有好处，但显然也会触及一部分人的利益，同时因为凤姐在这部分人的心目中素有恶名，这个方案如果以凤姐的名义出台，对她的名声绝对是雪上加霜。考虑到这几层意思，她就提出了自己的意见：“这件事须得姑娘说出来。我们奶奶虽有此心，也未必好出口。此刻姑娘们在园里住着，不能多弄些玩意儿去陪衬，反叫人去监管修理，图省钱，这话断不好出口。”宝钗是何等聪明之人，先前听过平儿对这件事的看法，已然对她深为敬服，这会儿又听她这番话，禁不住走到她跟前，摸着她的脸说道：“你张开嘴，我瞧瞧你的牙齿舌头是什么作的……横竖三姑娘一套话出，你就有一套话进去，总是三姑娘想的到的，你奶奶也想到了，只是必有个不可办的原故……他奶奶便不是和咱们好，听他这一番话，也必要自愧的变好了，不和也变和了。”再往下面看，探春对她也是钦佩不已，甚而因为她的几番说辞，对凤姐素日的做法也不责怪了。

平儿对自己的身份有着十分清醒的认识，因而她随时随地都能摆正自己的位置。也是在第五十五回，因为她在协助探春理事时表现出色，凤姐一高兴，便不顾主仆规矩了。两人亲昵一阵，凤姐便让平儿“过来坐下，横竖没人来，咱们一处吃饭是正经。”这一节太好看了，揣摩平儿当时的心思：你抬举我是你的人情，但我却不能给鼻子上脸。于是，她先是领了凤姐的情——“屈一膝于炕沿之上”，又给了凤姐必要的尊严——“半身犹立于炕下，陪凤姐吃了饭……”每回看到这里，总禁不住在心里叫好：真是神来之笔！

平儿站在上司的角度思考问题，也有很多创造性思维。比如在第六十一回处理玫瑰露与茯苓霜问题，以及与之相关联的“小厨房政变”问题上，林之孝家的想法就是要以五儿为突破口，从根本上置柳家的于死地，以便让秦显家的取而代之。凤姐的意思就是：“将他娘打四十板子，撵出去，永不许进二门。把五儿打四十板子，立刻交给庄子上，或卖或配人。”平儿经过内查外调，在证明五儿确实是被冤枉的，又查出了真正偷东西的人和窝主，也知道了这事会连累很多人，还有宝玉愿意站出来“顶缸”之后，通过巧妙地说服凤姐，最终来了个“大事化为小事，小事化为没事”。这件事里面包含了很多考量，真要弄个青红皂白，事件主谋和实施偷盗的人自然难逃制裁，只怕凤姐也难辞其咎，因为这事虽然暴露在探春理事期间，但根子却是凤姐主事时留下的，处理起来还真不是那么简单。对于平儿在这件事里的作为，似乎也不能以当下的“原则”来判定是非，因为整个事件虽因玫瑰露而起，但实质却是有人想夺取小厨房的权力。平儿只抓主要矛盾：为蒙冤者昭雪，妥善处理“小厨房政变”。至于那些细枝末节，灵活变通，息事宁人即可。这里面体现出的已不仅仅是善良与机敏，最根本的则是一种智慧。

平儿处处维护凤姐的形象，维护凤姐的利益，但她并没放弃做人的底线。比如尤二姐被凤姐赚入大观园之后，眼见凤姐在精神上百般折磨她，平儿看不过去，就给了她一些力所能及的照顾与保护。后因秋桐在凤姐面前告状，凤姐虽然也表示了对平儿的不满，但她是聪明人，她深知秋桐的为人，也深知平儿的为人。在她眼里心里，秋桐的话说得再好听，打的却是自己的“小算盘”。平儿的事做得再离谱儿，内中却没有私心，大不了就是对她的做法有点小看法而已。纵然有这点小过节儿，她也并不怀疑平儿对自己的忠诚。经此一事，作为两人共同的上司，凤姐已经知道今后该向着谁、防着谁了。

晴雯：群众基础很重要

某单位选拔干部，笔试和面试两个环节过后，刘女士和赵女士顺利入围。刘女士学历高，业绩也突出，唯一的不足就是嘴上不饶人。赵女士学历不高，业绩也只能算个中不溜水平。但她有个突出的优点，就是见谁都是一脸笑。两人争一个职位，刘女士的优势非常明显。可在民主测评环节，赵女士却占了绝对优势。到班子研究决定的时候，也有领导为刘女士抱不平，但多数领导都觉得，既然设置了民主测评这一环节，就必须尊重民意，否则出了问题班子也难脱干系。因此，赵女士便顺理成章地“脱颖而出”了。有人说，赵女士能够反败为胜，胜在群众基础。反过来说，刘女士以明显优势落败，也败在群众基础。

刘女士的这番经历，很有点像《红楼梦》里的晴雯。论长相，凤姐在第七十四回说过：“若论这些丫头们，总共比起来，都没晴雯生得好。”不说怡红院了，就算在整个贾府的丫鬟堆儿里，如果她排第二，就没人敢排第一。论口才，那小红倒是跟她有一拼，可因为地位悬殊，却也不敢不让她三分。论业务能力，晴雯不干便罢，一旦出手，就没有不服气的。宝玉参加他舅舅的生日宴会时，不慎将雀金裘烧了个窟窿，外面那些能干的织补匠人、裁缝绣匠都不敢揽这活儿，晴雯略施小技，就给补得“天衣无缝”。再论关系背景，虽然她原本只是宁国府大管家赖大买来伺候他老娘的一个小丫头，因赖大的老娘经常带她进府，贾母见了她十分喜欢，赖大的老娘就又将她“孝敬”了贾母。贾母也是看中了她的模样好，人也机灵，想着“将来只她还可以给宝玉使得”，就将她派来侍候宝玉了。按她的这些条件，有个好前途应该是顺理成章的事，可她最终却落得个“抱屈夭风流”的下场，实在令人惋惜。晴雯的遭遇，似乎还不能用“劣币驱逐良币”的理论来解释，人性是复杂的，由人组合而成的职场必然也是复杂的。同样在职场谋生，条件不如她的人都干得风生水起，而她明明手里攥着一把好牌，却从一开始就没有用心打，结果是越打越被动，越打越窝囊，越打越不可收拾，末了便输了个一塌糊涂。出现这种结局，固然有外部因素的作用，但是否也应该从她自身找找原因呢？

晴雯最可悲的地方，在于她最终也不知道自己为什么会走到那个地步。第七十七回宝玉去探望她时，只听她说：“……我已知横竖不过三五日的光景，就好回去了。只是一件，我死也不甘心的：我虽生的比别人略好些，并没有私情蜜意勾引你怎样，如何一口死咬定了我是个狐狸精，我大不服。”晴雯的悲剧，说白了就是“墙倒众人推”的结果。头一个跳出来害晴雯的，自然是那王善保家的，但同时还有一股可怕的力量在推波助澜。关于这一点，书中说得明白：“原来王夫人自那日着恼之后，王善保家的去趁势告倒了晴雯。本处有人和园中不睦的，也就随机趁便下了些话，王夫人皆记在心中。”晴雯心直口快，哪里想得到这些曲曲弯弯，但现实就是现实，不由她不服。

晴雯无疑是一个聪明的女孩，但她的那些聪明与职场规则并不合拍。或者说，她的聪明没有用到正地方。贾母喜欢她，宝玉也喜欢她，这本来是别人求之不得的人脉资源，如果能够把这种资源有效运用于本职工作，以及维护人际关系，她的职场前景必定是一片光明。可她的很多做法所产生的负面影响，恰恰抵消了这种优势。甚至可以说，这些优势和她本人的性格一结合，对她的职场生涯倒产生了适得其反的效果。比如，很多红学家将“撕扇子作千金一笑”称为感人的行为艺术，恕本人浅薄，我第一次读到这个情节时，联想到作者在第五回给她的判词，就隐隐觉得这一张扬之举对她并无好处。同样的事，袭人做不出来，麝月做不出来，别的丫鬟也做不出来。她能做出来，并不证明她比别人出色，相反只能说明她没有别人成熟，没有别人稳重，没有别人心思缜密。不管社会如何宣扬尊重个性，但压根儿就不顾他人感受，只由着自己的性子说话做事却是职场大忌。很多时候，你快活了嘴巴，却给人落下了口实。你为出一口气做了某件事，却给一圈人留下个极恶劣的印象。关键时刻，很可能就会为这些行为付出代价。

王善保家的固然可恶，但身在职场，你既然不能杜绝这样的人，无法回避这样的人，消极的做法就是不惹这些人，积极的做法就是通过完善自己的行为，不给别人创造伤害自己的机会。晴雯的做法则恰恰相反，她不仅时常招惹这些人，还不断地授人以柄。比如，她在第二十七回教训小红时，说她“花儿也不浇，雀儿也不喂，茶炉子也不拢，就在外头逛”。小红告诉她：宝玉说了，花儿要隔一天一浇，今天不用浇。她喂雀儿的时候，姐姐你还在睡觉。茶炉子的事，又不该她当班儿。话已经说得很明白了，可她还要找碴儿跟小红过不去。在得知小红当时正要给凤姐取东西时，仍然不愿借梯下楼，反说出好多难听话来。再比如第五十二回，坠儿偷了平儿的虾须镯被查出来了，平儿的处理办法是先告诉凤姐：她自己不小心将镯子丢在草根底下，等雪化了才发现。然后让麝月跟袭人商量，变个法子打发坠儿出去算了。晴雯的处理办法却是一把抓住坠儿的手，又拿“一丈青”向她的手上乱戳，并立即唤她的母亲将她领回去。就这么处处树敌，处处结怨，其实就是在给别人创造伤害自己的机会。

晴雯不媚上，却爱欺下。对于比自己地位低的丫鬟婆子，逮住机会不是打就是骂，还老嚷嚷着要把人撵出去，从来就没想着给人留点体面。伤了别人的面子，也断了自己的后路。职场也是由若干关系链和利益链连接起来的，很多时候，你跟一个人为敌，就是与其所在的关系链和利益链上的人为敌。你得罪一个人，也就是得罪了一圈人。晴雯不明白这个道理，只仗着宝玉宠她，便谁都不放在眼里，谁都敢欺负。如此这般，等她走“背”字的时候，好多人不但不同情她，还在背地里念“阿弥陀佛”。这等教训，不可谓不深刻。

身在职场，群众基础太重要了。从自身的生存环境考虑，也必须谨小慎微处处留心，也必须维护好方方面面的关系。当然，维护关系并不是没有底线，也不能不辨是非和不讲原则。否则，你的职场前景也不会多美妙。但凡事与人为善，大抵是不会错的。

紫鹃：忠诚胜于能力

在红楼“四大丫鬟”里，紫鹃是最不显眼的一个。论聪明果敢，她不如鸳鸯；论机巧干练，她不如平儿；论沉稳圆融，她不如袭人。再论长相、口齿、针线活儿，她甚至连晴雯、小红、莺儿这些二等丫鬟都比不上。既然如此，她为什么又坐上了大丫鬟的位置呢？或者说，按照侍候贾府小姐的丫鬟排序，迎春的丫鬟司棋、探春的丫鬟侍书、惜春的丫鬟入画，似乎都应该排在她前面。在林黛玉还没进荣国府之前，她还只是贾母跟前的一个二等丫鬟，可为什么名列“四大丫鬟”的是她而不是别人呢？这么说，可能会有人站出来抬杠：曹雪芹他要这么写，谁能拦得住？那么问题又来了，明明有那么多丫鬟在曹雪芹的心里装着，为什么他偏要让一个看上去并不拔尖的人站到了前排呢？私下揣测，从曹雪芹对紫鹃这个人物形象的塑造手法来看，他似乎在刻意宣扬一个观点：忠诚胜于能力。

贾母看人，向来不会走眼。凡这老太太看中的人，基本上都会成为一个圈儿里的尖子。比如鸳鸯、袭人、晴雯，哪一个不是丫鬟堆儿里的人精？晴雯虽说最终未能升到丫鬟的最高位置，那是有人存心害她，而她自己又疏于防备的缘故，并不能说明老太太看人不准。有人曾撰文说，老太太派紫鹃去侍候黛玉，是她没把黛玉放在心里，随便派个二等丫鬟去，有那么个意思就行了。说这话的人，要么是没读懂《红楼梦》，要么就是心思孤拐，不通人情。不论是书里人物还是读者，谁都看得出，宝玉和黛玉是老太太的心肝儿宝贝，自然要派她信得过的人去为他们服务。正因为她对袭人和紫鹃知根知底儿，这两个人才成了第一人选。再者说，袭人在到宝玉身边之前，也只是贾母身边的一个二等丫鬟，难道老太太心里没有宝玉吗？请注意紫鹃被派到黛玉身边的背景：“黛玉只带了两个人来……贾母见雪雁甚小，一团孩气；王嬷嬷又极老，料黛玉皆不遂心省力的，便将自己身边的一个二等丫头，名唤鹦哥者与了黛玉。”黛玉在老太太心里的分量、老太太对紫鹃的信任度，这里说得再明白不过了。

现如今的很多老板，并不要求自己企业的职员能力超群，但对职员是否忠诚却特别看重。因为他们明白，能力这玩意儿，也是相对而言的，够用就行了。倒是忠诚这东西，万万轻视不得。而在现实生活中，能力超群的人，往往也是不好驾驭的人。如果他们把一身的本事用在与企业利益相反的地方，其破坏力将远远超过他为企业创造的价值，有时甚至可能给企业带来灭顶之灾。所以老板们宁可选择能力可以满足岗位需要，但对自己绝对忠诚的人。在贾府丫鬟里面，紫鹃就是这样的人，因而她以中平的能力赢得了一等的位置。

紫鹃的忠诚，表现在她对黛玉的贴心呵护。黛玉这人，是不太好相处的。因为她生性敏感，心眼儿又多，稍不如意便使小性儿、生闷气、抹眼泪。加之她身体羸弱，打小儿就没离开过药罐子。侍候这样的人，从日常起居、繁杂琐事，再到心理心情，但凡有一点疏忽，都可能滋生事端。但我们回忆一下，潇湘馆里什么时候吵过闹过？都知道黛玉不好相处，可紫鹃跟她却从无嫌隙。听她俩在一个被窝里说悄悄话，你甚至怀疑这两人究竟是主仆关系，还是姐妹关系。由此可以看出，紫鹃绝对是在心贴心地照顾黛玉。我还发现了一个有趣的现象：黛玉爱动小心眼儿，嘴上还不饶人，一般人的话她都听不进去，一般人也轻易不愿跟她唱反调。偏偏她事事都听紫鹃的，偏偏紫鹃就经常反驳她的意见。紫鹃每回反驳她，她虽然嘴上说得硬气，可最后却都依了紫鹃。究其原因，无疑是紫鹃的忠诚感化了她。她心里很清楚，紫鹃每回提建议也好，反驳她的意见也好，都是站在她的角度考虑问题，都是在维护她的利益。听不进这样的话，那才真叫缺心眼儿呢！

紫鹃这丫头，性格温顺，少言寡语，平日不显山也不露水，可蔫人也有个蔫主意。她见黛玉和宝玉相亲相爱，打心眼儿里替两人高兴。又见府里人都知道这两人有感情，却没一个说话算数的人给个准话儿，便又时常替两人着急。更要命的是，两人明明心里都装着对方，却动辄就为一两句话闹别扭。两人闹别扭她不怕，宝玉没心没肺好对付，只要把握好火候劝黛玉几句，她这边不纠结了，瞅个机会让他俩把话说开，也就满天云雾散了。让她揪心的是，两人都到了谈婚论嫁的年龄，里面有宝钗、湘云可跟黛玉竞争，外面又有张道士、傅秋芳的哥哥傅试在给宝玉提亲，在这种情况下，这两人最终能否走到一块儿，谁都不敢打保票。处在这个当口，两人还动不动就掐，动不动就说“撂开手”的话，谁又敢保证不会弄假成真呢？有了这些顾虑，紫鹃就自导自演了一出“情辞试忙玉”的大戏。

“慧紫鹃情辞试忙玉”这出戏十分好看。紫鹃在这出戏里共使了四招：第一招是无中生有：借着宝玉说她穿得太单薄了，又在她身上摸了摸，便说出“姑娘常常吩咐我们不叫和你说笑，你进来瞧他，他远着你还恐远不及呢”这番话，先把宝玉给说蒙了。第二招是借题发挥：听雪雁说宝玉在外面哭，便赶忙放下针线出来见宝玉，故意扯到前几天说给黛玉送燕窝的事。因宝玉说到贾母吩咐每天给黛玉屋里送一两燕窝，就乘机把宝玉往她设定的道上引：“在这里吃惯了，明年家去，哪里有这闲钱吃这个。”假作不经意地说了黛玉明年要回家的事。第三招是诱敌深入：宝玉一听说黛玉要回苏州，就笑紫鹃说白话，并摆出一大堆不可能的理由。感觉水到渠成了，紫鹃便使出第四招：速战速决——直接告诉宝玉，“早则明年春天，迟则秋天，这里纵不送去，林家亦必有人来接的。”并明确告知宝玉，黛玉已经做好回苏州的准备了：“前日夜里姑娘和我说了，叫我告诉你：将从前小时顽的东西，有他送你的，叫你都打点出来还他。他也将你送他的打叠了在那里呢。”四招用完，宝玉立马就傻了。

这出戏闹出的动静太大了，但因为试出了宝玉的真心，达到了自己的目的，所以不管是黛玉怪她、袭人怨她，还是老太太骂她，她一点都不在意。在随后她与黛玉的“潇湘馆夜话”，以及“慈姨妈爱语慰痴颦”等两个片段，紫鹃不但替黛玉把方方面面的问题都想到了，而且还求薛姨妈帮黛玉和宝玉牵线。就为这些，我把紫鹃称为大观园版的“小红娘”。

值得玩味的是，当“情辞试忙玉”这出戏以有惊无险的结局落幕时，贾母、黛玉虽然有些埋怨紫鹃，但话里话外似乎又没真责怪她。特别是黛玉，从听说宝玉“已死了大半个了”，到随后的两人“潇湘馆夜话”，嘴上说得厉害，听话音儿又还在格外心疼她：“你这几天还不乏，趁这会子不歇一歇，还嚼什么蛆？”听她这番话，就像一个老板对待好心办了坏事的下属一样，明里在狠狠地批评她，心里却在提醒自己：这丫头不赖，往后可不能亏待她！

司棋：小姐脾气要不得

《红楼梦》前八十回露过面的有头有脸的丫鬟，混得最惨的有三个人。头一个是金钏儿。——在王夫人身边多年，本职工作挑不出啥毛病，容貌身条也不赖，按说应该有个好归宿的。就因为说话做事不稳重，竟然在王夫人眼皮底下卖弄“八卦”，当时就挨了一嘴巴，自己想不开，跳井了。第二个是晴雯。——长得好，人也聪明，还挺能干。老太太看好她，宝玉喜欢她，手里分明攥着一把好牌，却让她自己给打得乱七八糟。第三个是司棋。——本来自身条件有限，却又少点自知之明，时不时还要摆个谱儿，关键时刻无人回护，便把自己的前途毁了。

司棋是迎春屋里的大丫鬟，她长得如何，曹雪芹只在第七十一回随便提了一嘴，说她的身材“高大丰壮”。到了第七十二回，在介绍她和她表哥潘又安的关系时，又说了这两个人“近年大了，彼此又出落的品貌风流”。按照通常的审美观来衡量，说一个女孩儿高大丰壮，并不算夸人的话。“品貌风流”倒是不错，可这里说的是两个人，况且也没具体说她长得怎么好，相当于现如今人们见着个女子就叫人家“美女”，不可当真。据此看来，司棋的长相大概不会太出众。她的能力如何，曹雪芹也没明说，但有一个事实可以参考：她是贾府的家生子，自小同鸳鸯、紫鹃和侍书这些人一块儿长大，鸳鸯、紫鹃后来都被委以重任，而她却在原地踏步，不能说她的能力低下，至少不在贾府丫鬟的“第一方阵”是毋庸置疑的。

在职场上，形象气质不出众、业务能力不拔尖的女子，如果想干出点名堂，有一个虽不高明但很实用的方法：高调做事，低调做人。司棋不仅没有领悟到这么做的必要性，而且把这个方法倒了个过儿，因而她的遭遇看起来是由一个偶然事件造成的，事实上却包含了很多必然因素。

司棋首次出场是在第七回，首次有她的台词是在第二十七回，但也仅仅只有三个字——小红找凤姐，因见司棋从山洞里出来，站在那儿系裙子，便问她知道不知道二奶奶往哪儿去了，司棋回答道："没理论。"在随后的三十余回里，倒是经常能见到她的身影，但基本上属于列名单式地一笔带过。我经常琢磨曹雪芹的写作手法，而且越琢磨越佩服：不管是他喜欢还是不喜欢的人，只要他想让读者记住这个人，戏份再少，也能让这个人物形象立起来。他给司棋安排的重头戏在第六十一回，司棋当时也着实表现了一回，但读者不仅没从她的表现中看出丝毫光彩，倒真心为这丫头的职场前途捏了一把汗。

司棋在这一回的戏码，人称"大闹小厨房"。起因是小丫头莲花儿给小厨房领班柳家的传话："司棋姐姐说了，要碗鸡蛋，炖的嫩嫩的。"柳家的以当时鸡蛋太贵，而且不好买为由，婉转地拒绝了她。也是柳家的这人嘴碎了点，加之莲花儿的嘴也不饶人，两人就在那儿掰扯了半天。司棋久等莲花儿不回，就派人来催。莲花儿赌气回去，把上述情况添油加醋地说给司棋。司棋一听，立马火了。当即带着两个小丫头来到小厨房，"喝命"两个小丫头："凡是箱柜里所有的菜蔬，只管丢出来喂狗！"小丫头得了命令，就七手八脚地乱翻乱扔，直把小厨房折腾得一片狼藉。后经这里其他人打圆场儿，小丫头们才罢手。其实，就在莲花儿刚走那会儿，柳家的和小厨房的人都"悟过来了"，鸡蛋也给她炖上了。后来着人给她送去，司棋哪里会领这个情，当着小厨房来人的面，就将鸡蛋泼了一地。

"大闹小厨房"风波，起因在于司棋点菜。这事要认真说起来，还是司棋没摆正自己的位置。从书里看得出，姑娘和丫鬟们也经常点菜，但这个待遇不是每个人都能享受的。探春和宝钗可以点个油盐炒枸杞芽儿，晴雯也可以点个清炒芦蒿。按小丫头莲花儿的说法，晴雯点了菜，柳家的炒好了还要“狗颠儿似的亲捧了去”。即便如此，并不意味着司棋也有这个面子。既然人家不可能买你的账，最聪明的做法，就是不要自找没趣。但司棋的思维方式跟别人不同，她自个儿在那里想着：三姑娘和宝姑娘我比不了，难道我还比不上晴雯那小蹄子吗？于是她偏要争这口气，前番点了个豆腐，柳家的倒是给做了，她吃着只是觉得味道不好，也没想想人家为什么不给她精心做。她光想着跟晴雯比了，最终却将自己弄得灰头土脸的。就这样，她还不知道收敛，反而参与了随后的“小厨房政变”：叫柳家的靠边站，让自己的婶娘秦显家的上位。结果，却又是空欢喜一场。

需要说明的是，司棋是否参与了“小厨房政变”，曹雪芹没有明写。但在此过程中，司棋手下的小丫头莲花儿跳得最欢却是有目共睹的。而在秦显家的掌管小厨房还不满一天，又被退回园子里上夜之后，原著先是说“司棋等人空兴头了一阵”，接着在秦显家的因打点林之孝家的和账房先生而造成了亏空，再次交接必须赔补时，原著又说“连司棋都气个倒仰”。据此看来，她的确卷入“小厨房政变”了，而且在其中没起好作用。

第七十四回抄检大观园时，深受其害的是晴雯和司棋。但时至今日，好多人都在为晴雯叫屈，却很少有人为司棋喊冤。这里面除了她是王善保家的外孙女，又因人们痛恨王善保家的而忽视了司棋本人也是受害者以外，从她箱子里搜出的东西与绣春囊的关联性最大，而她之前与她表哥潘又安幽会的证据确凿等等，也是很少有人为她喊冤的重要原因。从两个方面可以断定，司棋原本是可以逃过那一劫的：一是她与她表哥幽会时只有鸳鸯看见了，而鸳鸯在此之前并没对任何人说过，这个情况不能构成她的“罪证”。二是从凤姐和周瑞家的态度来说，尽管在司棋的箱子里翻出了男人的鞋袜和书信，但如果这事发生在一个人缘好、招人疼的丫头身上，这两个人很可能就替她遮掩过去了，甚至压根儿就不会暴露。谓予不信，不妨再看一遍当时的现场回放——

因司棋是王善保的外孙女儿，凤姐倒要看看王家的可藏私不藏，遂留神看他搜检……及到了司棋箱子中搜了一回，王善保家的说：“也没有什么东西。”才要盖箱时，周瑞家的道：“且住，这是什么？”说着，便伸手掣出一双男子的锦带袜并一双缎鞋来……

看看，这个过程里面有没有操作空间？

还有个情况可直接证明我的上述观点。在惜春的丫鬟入画的箱子里，也发现了一包男人的鞋袜和三四十个金银锞子。虽然惜春因为不愿受牵连，当时就让凤姐发落入画，但得知这些东西是贾珍赏她哥哥的，并寄存在她这里时，凤姐固然也指出了入画私自传送东西的错误，但同时又替她开脱：“素日我看她还好，谁没个错，只这一次。二次犯下，二罪俱罚……”到了第二天，惜春给尤氏说了这事，仍然让尤氏处罚入画，但尤氏不仅证明那些东西确实是贾珍赏的，而且也在给入画求情，让惜春留下她。读者不妨想想，假使入画的为人也跟司棋一样，凤姐只抓住她私藏男人东西这一条，给她来个屈打成招也不是没有可能。虽然因惜春态度坚决，入画末了还是被尤氏带回宁国府了，但从尤氏为人和她对入画的态度来看，断然不可能太为难她，虽然不再是小姐的贴身丫鬟，但也远远强于司棋被逐出大观园的结局。

丫鬟身份，小姐脾气，既是司棋的悲剧，也是职场女子的忌讳。

麝月：付出总有回报

麝月在怡红院里的地位，应该排在秋纹、碧痕之前，袭人、晴雯之后，算个二等丫鬟。她在荣国府的丫鬟堆儿里，大致也是这么个座次。按鸳鸯在四十六回说的，麝月和袭人、琥珀、素云、紫鹃、彩霞、翠墨、翠缕、茜雪、可人，以及金钏儿、玉钏儿姐妹，加上鸳鸯本人等十几个女子，打小就在一起，也算得上老资格了。以她的这种履历，之所以没能进入荣国府丫鬟的“第一方阵”，综合实力是一个原因，另一个原因也与她本人老实本分、与世无争的性格有关。

麝月这人，说不上漂亮也不难看；算不得精明可也不傻；不是太能干却也不笨；虽非人见人爱倒也不讨人嫌。在怡红院里，论及温柔贤惠，人们首先想到的是袭人；比起心灵手巧来，排在头一个的又是晴雯；要论嘴巴甜会说话，读者可能想到小红、四儿这些小丫头，也不一定能想到麝月。总之，麝月就是那种好歹都不冒尖、里外都不显眼，好事轮不上她、坏事找不着她，扔到人堆儿里就再也寻不见的姑娘。在职场上，这样的人不可能大红大紫，可也有一大好处：安全。这种安全是双向的，她威胁不到别人，别人也不会威胁她。至于个人前景，但凭命里定数，抑或顺其自然。

这么说，是否意味着麝月就是一个没心没肺，只想着混一天算一天的丫头呢？不是。麝月不傻也不笨，在很多问题上，她是嘴上不说，心中有数。比如在处理与怡红院几个丫头关系的问题上，她的办法是紧跟先进分子，也不得罪落后分子。在贾府主事人层面以及绝大多数读者心目中，袭人无疑是怡红院的正能量符号。晴雯那丫头固然也有不少优点，但她的毛病也是贾府很多人包括很多读者不喜欢的。虽然不能因此就说她是怡红院的负能量符号，但她至少算不上其中的先进分子。对于这两个人，麝月表现出了两种态度：一是始终与袭人保持高度一致，并积极支持配合袭人的工作；二是她深知晴雯的很多做法不被多数人认可，所以，但凡晴雯有什么离谱儿的主意，她是既不迎合也不参与。同时她还把握着一条原则：绝不跟晴雯作对和结怨。这两种态度，似乎还不能说是麝月的性格使然，我宁肯相信，这其实就是麝月经过审时度势之后所采取的人际策略。因为按照宝玉的说法，麝月和秋纹都是袭人调教出来的，而袭人又深受高层重视和基层好评，跟她保持良好关系对自己只有好处没有坏处。相反，因为晴雯这丫头不仅歪点子多，嘴巴还不饶人，得罪了她对自己只有坏处没有好处。就凭这里面透出的权衡考量，还真不能小看了麝月。

看了我的这种分析，有人很可能不以为然，或者干脆就认为这是笔者的主观臆断。但我还要说，麝月在处理人际关系上，不仅不与晴雯这样有些体面的丫头为敌，对于没有地位的小丫头，麝月既不欺负她们，也绝不跟她们结仇。请看第二十七回的一个情节：大观园的姑娘们举办饯花盛会，宝玉屋里的小红也耐不住寂寞，跑到滴翠亭跟坠儿说闲话。因凤姐出门时没带丫头，就吩咐小红回她屋里给平儿传个话并取个荷包来。小红传完话取了荷包回来找凤姐时，发生了一个小波折——

……红玉听了，才往稻香村来，顶头只见晴雯，绮霰，碧痕，紫绡，麝月，侍书，入画，莺儿等一群人来了。晴雯一见了红玉，便说道：“你只是疯罢！院子里花儿也不浇，雀儿也不喂，茶炉子也不拢，就在外头逛。”红玉道：“昨儿二爷说了，今儿不用浇花，过一日浇一回罢。我喂雀儿的时候，姐姐还睡觉呢。”碧痕道：“茶炉子呢？”红玉道：“今儿不该我的班儿，有茶没茶别问我。”绮霰道：“你听听他的嘴！你们别说了，让他逛去罢。”红玉道：“你们再问问我逛了没有。二奶奶使唤我说话取东西的。”说着将荷包举给他们看，方没言语了，大家分路走开。晴雯冷笑道：“怪道呢！原来爬上高枝儿去了，把我们不放在眼里……”

请注意：小红顶头遇上的这几个人，除了侍书、入画、莺儿之外，那五个可都是怡红院里的丫鬟。这五个人中，除了麝月和紫绡，哪一个没有为难小红？紫绡在怡红院还没小红的地位高，自然轮不到她训斥小红。可麝月不同，这里除了晴雯就数她地位最高，可她就是不伸这个头。麝月并不是“没嘴的葫芦”，相反她的嘴也很厉害，在第五十八回，芳官的干娘打她，袭人和晴雯说了都不管用，最后还是袭人搬出麝月来，才镇住了这老婆子。因而我认为，曹雪芹在这里这么写，只怕也不是随意为之。

麝月不光在处理人际关系上有自己的准则，对待本职工作也是尽职尽责。她从第五回出场，直到前八十回结束，也没见她有特别出彩的作为，但她对待工作不消极、不敷衍、不推诿，也是她能够在怡红院站住脚的重要原因。更可贵的是，遇上特殊情况，她还乐于担当，并主动拾遗补阙。这种品质，正是职场上最受青睐的优秀素养。在《红楼梦》第二十回，有一个宝玉为麝月篦头的情节。就为这个情节，不仅招来晴雯的冷嘲热讽，还引发了好些读者的猜测和联想。我看这一回，则更关注在此之前的一个情节：袭人病了，宝玉从贾母那边吃饭回来，因见晴雯、绮霰、秋纹、碧痕都去找鸳鸯、琥珀玩牌去了，独麝月自己在屋里抹骨牌。宝玉问她怎么不跟她们出去玩，麝月先说没钱。宝玉自然知道麝月的家底，就说，床底下堆着那么些钱，还不够你输的？只听麝月说：“都顽去了，这屋里交给谁呢？那一个又病了。满屋里上头是灯，地下是火。那些老妈妈子们，老天拔地，伏侍一天，也该叫他们歇歇，小丫头子们也是伏侍了一天，这会子还不叫他们顽顽去。所以让他们都去罢，我在这里看着。”麝月的这番话，让宝玉深为感动。也就从这时起，麝月虑事周全、恪尽职守的品格，已然在宝玉的心里扎下根了。因而在他眼里，麝月则“公然又是一个袭人”。

麝月的结局，曹雪芹在这一回已经给她安排好了。就在宝玉为麝月篦头的那个情节之后，脂砚斋有一则很长的批语：“闲上一段女儿口舌，却写麝月一人。在袭人出嫁之后，宝玉宝钗身边还有一人，虽不及袭人周到，亦可免微嫌小弊等患，方不负宝钗之为人也。故袭人出嫁后云‘好歹留着麝月’一语，宝玉便依从此话……”在第六十三回宝玉的生日夜宴上，麝月所掣花签为荼蘼花，题后所注“开到荼蘼花事了”，乃宋代王淇的诗句。苏东坡也有诗云：“荼蘼不争春，寂寞开最晚。”所以，麝月的花签题注便可解释为：等到荼蘼花开的时候，百花都该凋谢了。有红学家综合脂砚斋的上述批语和麝月的花签题注分析：曹雪芹原作的八十回之后，先是黛玉亡故，后有宝玉宝钗成婚。而在贾府被抄时，所有丫鬟多被官家所卖。在此过程中，袭人为保护宝玉而无奈嫁人，临出门时嘱咐宝玉宝钗：“好歹留着麝月。”

这么安排，虽然实在算不得多么理想，但相对于被人买卖和随便配人，这已经是最好的结果了。再者说，在整个贾府家亡人散的大背景下，还有人在惦记她、呵护她，对于麝月来说，无疑就是寒冬里的一簇火苗儿。如果把这簇火苗儿视为对麝月多年付出的一种回报，大概也不为错吧！

小红：做一个有准备的人

小红在怡红院期间，就像一个刚入职的小姑娘，高层领导她够不着，体面的工作轮不上她。跟她地位相等的丫头不抬举她，比她地位高的丫头又处处打压她。干得好了没人表扬，干得差了难逃责罚。就算没有过失，也有人没事找碴儿跟她过不去。往前看看，希望渺茫。往后想想，没有退路。其憋屈之状，一时难以尽述。

按说小红也是有些背景的。她的父亲林之孝在荣国府里负责田庄和房舍收租，她的母亲在府内管些勤杂事务，经常在王夫人和凤姐跟前走动，在很多场合都是说得上话的人。在大观园竣工之后和宝玉跟众小姐入住之前，小红被派在怡红院看管房子（很可能也是她母亲的刻意安排）。等到宝玉和姑娘们进园之后，她又被就地安置在怡红院，做些浇花、喂鸟、生火烧水等粗使活计。兴许正是知道了她的背景，晴雯、秋纹、碧痕等丫头才处处防着她，压着她。因为这几个人知道，像小红这种情况，一旦让她冒出头来，凭她们几个人的能力，很可能想压都压不住了，甚至反过来压自己一头也说不准。所以，晴雯她们的办法就是防微杜渐，一开始就死死地压住她，根本就不给她出头的机会。

晴雯等人对小红的打压，虽然方法简单，但效果却十分明显。在第二十四回，宝玉晚间从北静王府上回来，换了衣服说要洗澡，因袭人被宝钗叫到蘅芜苑打结子，麝月又生病回了自己家，檀云因她母亲过生日被接了出去，几个粗使丫头也出去找伙伴儿玩去了。那日大概是秋纹和碧痕当班，听宝玉说要洗澡，两人就到水房催水去了。偏偏这时候宝玉要吃茶，一连叫了几声，才有几个老嬷嬷应声。宝玉不想让她们侍候，就让老婆子们出去，自己拿了碗去倒茶。小红这丫头眼尖，赶忙进去给宝玉倒了茶。直到这时，宝玉才认识她，她也才第一次跟宝玉说话。不想刚说了几句，秋纹跟碧痕抬着一桶水进屋，见小红从宝玉屋里出来，放下水就跑到里屋左瞅瞅右瞅瞅，见屋里除了宝玉并无别人，想着她可能跟宝玉说上话了，二人“便心中大不自在”。

待把宝玉安顿好了，秋纹和碧痕便带上门，一齐来找小红。先问小红刚才在屋里说什么，听小红说：“只因我的手帕子不见了，往后头找手帕子去。不想二爷要茶吃，叫姐姐们一个没有，是我进去了，才倒了茶，姐姐们便来了。”从当时的情况来看，小红并没撒谎。秋纹一听这话，兜脸就啐了小红一口，并骂道：“没脸的下流东西！正经叫你去催水去，你说有事故，倒叫我们去，你可等着做这个巧宗儿。一里一里的，这不上来了。难道我们倒跟不上你了？你也拿镜子照照，配递茶递水不配！”碧痕也觉得，小红此举已经威胁到了自己的利益，便赶忙火上浇油：“明儿我说给他们，凡要茶要水送东送西的事，咱们都别动，只叫他去便是了。”两个人你一句我一句，直把小红骂得“心内早灰了一半”。

小红这丫头，长得不错。以宝玉的眼光来看，虽然她“穿着几件半新不旧的衣裳，倒是一头黑鬒鬒的头发，挽着个纂，容长脸面，细巧身材，却十分俏丽干净”。按曹雪芹的说法，她也确实是个一心想着“往上攀高”的女子。这也不为错，人在职场，哪个不想出人头地？小红是贾府丫鬟里面少有的清醒的人，这回被秋纹和碧痕欺负，虽说有点心灰意冷，但她仍未放弃，而且据我们对这丫头的了解，她肯定还会在私下里“苦练内功”，还会悄悄地等待机会。

小红的准备，让她在第二十七回得到了一次精彩绽放。这一回，小红可谓经历了冰火两重天。那天是芒种节，姑娘们都在园子里饯花，小红先是跟坠儿在滴翠亭闲聊，因被宝钗搅了，又见文官、香菱、司棋、侍书几个丫头也往亭子来了，就放下先前的话题，同这些人玩笑起来。就在这时候，老远看到凤姐在对面山坡上向这边招手，小红便离开众人，向凤姐跑去。原来，因为凤姐临时想起一件事要让平儿处理，但平儿当时不在身边，而凤姐那天又没带别的丫头，就派她去给平儿传个话，顺便把自己的小荷包拿来。

注意，凤姐向这边招手时，文官、香菱、司棋、侍书，加上小红、坠儿，至少有六个人，但除了小红，别的丫头都没有反应。这里面，香菱不是贾府的人不算，文官是戏班的人，听人使唤跑腿传话不是她的专长也不算，剩下的司棋、侍书、坠儿可都是伺候公子小姐的人，可独有小红有所反应，并“连忙弃了众人，跑至凤姐跟前”听从吩咐，其心思机敏和手脚勤快由此可见一斑。

令小红不爽的是，待她给平儿传完话，拿了荷包往稻香村里找凤姐时，迎面碰上了晴雯、绮霰、碧痕、紫绡、麝月等一干丫头，又被晴雯、绮霰、碧痕三人训斥一通。小红因有任务在身，加之她也知道晴雯这几个人是没事找事，就不跟她们分辩，只忍着一肚子的气来找凤姐。因小红回话说“才旺儿进来讨奶奶的示下，好往那家子去。平姐姐就把那话按着奶奶的主意打发他去了”，凤姐想知道平儿处理那事是否妥当，就问小红，平儿是怎么按她的主意打发旺儿的？只听小红回道：

平姐姐说：我们奶奶问这里奶奶好。原是我们二爷不在家，虽然迟了两天，只管请奶奶放心。等五奶奶好些，我们奶奶还会了五奶奶来瞧奶奶呢。五奶奶前儿打发了人来说，舅奶奶带了信来了，问奶奶好，还要和这里的姑奶奶寻两丸延年神验万全丹。若有了，奶奶打发人来，只管送在我们奶奶这里。明儿有人去，就顺路给那边舅奶奶带去的。

小红刚说完，先是把李纨听傻了，又听凤姐说这是四五门子的话，也把读者听糊涂了。著名红学家周思源先生为弄清这段话的意思，先是把其中所有的“奶奶”按照不同身份和话语主体用 1、2、3、4、5 标上号码，接着再将里面的各个事项列出条目，并与各个“奶奶”分别对应，最终得出如下结论：凤姐是这番话的原始主体，平儿是第一个转述者，是平儿将凤姐的意思让旺儿这个第二转述者去禀告那家子的“奶奶”，而中间又插进一段话中话，就是“五奶奶打发人”来说，话中话里还有话，内容就是“舅奶奶”问“这里奶奶好”并讨药的事。最后，这个内容和人物关系、叙述关系极其复杂的过程，由第三转述者小红向话语的原始主体凤姐汇报，把“我们奶奶（即凤姐）”“这里奶奶”“五奶奶”“舅奶奶”“姑奶奶”等五个都被称为“奶奶”的少妇的事报告清楚。就是这番回话，从此改变了小红的命运。听小红说完，凤姐先是夸她“好孩子，难为你说得齐全”，接着便对小红说：“你明儿伏侍我去罢。我认你作女儿，我一调理你就出息了。”当凤姐得知小红就是林之孝的女儿，而林之孝家的早已被她认作干女儿时，便不再认小红为干女儿，只想着把她要到自己身边使唤。第二十八回，凤姐果然跟宝玉说定了这事。至此，小红总算是熬到头了——身在职场，不怕被埋没，就怕没准备。

小红跟了凤姐之后，似乎再也没有特别出彩的故事。但脂砚斋在甲戌本《石头记》的第二十七回，有一则回后批语：“凤姐用小红，可知晴雯等埋没其人久矣。无怪有私心私情，且红玉后有宝玉大得力处，此于千里外伏线也。”众多红学家依据第二十四回、第二十七回的脂批推断，贾府败落后，凤姐和宝玉被拘押在狱神庙，巧姐被王仁、邢德全等人所卖，小红与贾芸不仅托人走门子照顾凤姐和宝玉，并在搭救巧姐过程中也发挥了重要作用。这是后话。

至于有人说小红投机钻营，就看你站在哪个角度看待这一问题。人往高处走，古今皆然。难道小红只有任人欺负、逆来顺受，长久被人压制才能遂人心愿？人在职场，所有为摆脱个人困境、争取更好前途的努力，都是合理的，都是无可指责的。当然，这里面有个原则：不损害团队利益，不伤害他人。还有一个前提：必须做一个有准备的人。

莺儿：前车之鉴不可忘

第一次看到宝钗的丫鬟莺儿，我就给这小丫头做了一个形象定位：阳光女孩。这女孩第一回露面是在第七回，那会儿她和宝钗正伏在小炕桌上描花样子。她正式出场是在第八回，也就是宝玉到梨香院看望宝钗那一回。因宝钗手托通灵宝玉，但见其大如雀卵，灿若明霞，莹润如酥，翻来覆去地看了好半天，便随口念出上面的字："莫失莫忘，仙寿恒昌。"莺儿素来乖巧灵敏，此时也被这两句话吸引住了，以致忘了宝钗吩咐她给宝玉倒茶的事。听宝钗责怪她发呆，莺儿也不慌忙，只嘻嘻笑道："我听这两句话，倒像和姑娘项圈上的两句话是一对儿。"因此便引出"比通灵"的故事，也捅破了"金玉良缘"的那层窗户纸。

莺儿的第二次出场是在第二十回。那一回，贾环进了梨香院，见宝钗、香菱、莺儿三个人在那儿赶围棋，一时手痒，也要参与进来，宝钗就让他也坐上来玩。原来三人玩，旨在消遣，玩得很愉快。贾环参与进来，抱的就是"捞一把"的心态。双方目的有冲突，就闹出个小风波。贾环一上来，先赢了一盘，顿时心花怒放。接着又连输好几盘，这环三爷就急了。再掷骰子时，眼看又输了，便要赖抢起钱来。莺儿与他分辩，无奈有宝钗拦着，只好忍着委屈把钱放下，眼睁睁地让贾环占了便宜。莺儿丢了钱，嘴上却不愿吃亏，只听她低声嘟囔道："一个作爷的，还赖我们这几个钱，连我也不放在眼里……"这是贾环在全书中首次正式亮相，就为莺儿这一番话，使环三爷从此再也没有翻过身来，也让读者领教了这丫头嘴巴的厉害。

宝钗待人宽容，莺儿跟着她，既没受过罪，也极少受气。加之她本人也没有那么多小心眼儿，所以在人们的印象里，莺儿始终就是一派天真烂漫。在第三十五回，因宝玉请她帮忙打络子，我们才知道了这丫头不但心灵手巧，还具有相当高的美学水平——

如今且说袭人见人去了，便携了莺儿过来，问宝玉打什么络子……宝玉见问，便笑道："不管装什么的，你都每样打几个罢。"莺儿拍手笑道："这还了得！要这样，十年也打不完了。"……袭人笑道："那里一时都打得完，如今先拣要紧的打两个罢。"莺儿道："什么要紧，不过是扇子，香坠儿，汗巾子。"宝玉道："汗巾子就好。"莺儿道："汗巾子是什么颜色的？"宝玉道："大红的。"莺儿道："大红的须是黑络子才好看的，或是石青的才压的住颜色。"宝玉道："松花色配什么？"莺儿道："松花配桃红。"……宝玉道："共有几样花样？"莺儿道："一炷香，朝天凳，像眼块，方胜，连环，梅花，柳叶。"

上面说的这些，可算作莺儿的美学理论。中国台湾红学家蒋勋说，莺儿与宝玉的这番对话，可以作美术学院的教材。而莺儿对色彩的把握，不输当今世界顶级服装设计大师。她的络子究竟打得怎么样，读者也没见着，多少有些遗憾。但如果你看过莺儿编的花篮，对她的手艺就能有个较为全面的认识了。在第五十九回，她和蕊官去潇湘馆找黛玉讨蔷薇硝，因见柳叶才吐浅碧，丝若垂金，便想着要编个花篮给黛玉。只见她和蕊官"一面行走，一面说笑……且伸手挽翠披金，采了许多的嫩条，命蕊官拿着。他却一行走一行编花篮，随路见花便采一二枝，编出一个玲珑过梁的篮子。枝上自有本来翠叶满布，将花放上，却也别致有趣"。黛玉见到这个花篮，也是欢喜不尽，夸赞不止，忙命紫鹃挂在屋里，好慢慢地欣赏。

莺儿的手巧，比得上“补裘”的晴雯。莺儿的嘴巴，同样不输晴雯。听她教训贾环，句句戳在要害，臊得环三爷没法反驳，只得拿混账话遮脸。也是在第五十九回，她和蕊官、藕官从潇湘馆出来，又采了些柳条，坐在路边的石头上接着编花篮。宝玉屋里的小丫头春燕过来告诉她，这个地方被她妈和她姨妈“承包”了，一根草也不许人动。让她小心点，别让这俩老姐妹看见了。莺儿听了，压根儿就没当回事，还说“别人乱折乱掐使不得，独我使得”，并摆出一堆道理来。正说着，春燕的姨妈就过来了，这老婆子见莺儿身边有许多嫩柳条，又见藕官、蕊官手里还拿着好些鲜花，心内便不受用。因为她不敢说莺儿，就只好拿春燕出气。见这老婆子动手了，莺儿劝也劝不住，便红着脸教训这老婆子：“你老人家要管，那一刻管不得，偏我说了一句顽话就管他了。我看你老管去！”说完，仍旧坐下编柳篮子。这一画面，别人看着是莺儿在编花篮，我看就是她在跟老婆子赌气、示威。其撇嘴瞪眼、摇头晃脑之状如在眼前。

我之所以拿莺儿和晴雯比较，是因为这丫头跟晴雯太相似了：都有一双巧手，也都有一张利嘴。身在职场，手巧不至于得罪人，嘴厉害则难免伤人，再过一点就是跟人结怨。莺儿没有在这方面吃过亏，自然不知道其中的利害，这是非常危险的。就说她教训贾环那回，人家在她那儿受了奚落，当场就被宝玉教训一番，回去又让赵姨娘臭骂一通，接着再被凤姐收拾一顿，凭那环三爷的心性，能不忌恨她？她折柳摘花本来就是侵犯了两个老婆子的利益，人家不便说她，只好拿自己的孩子出气。她看不过去，又站出来教训两个老婆子，人家当面不敢把她怎么样，背地里还能说她好？莺儿没吃过嘴巴太厉害的亏，是因为她不是贾府的人。按照通常情理，她也是贾府的客人。又因这边没有将她纳入内部管理体系，她本人的工作跟这里丫头婆子的工作既无关联，也不交叉，纵然别人对她有什么看法，看在薛姨妈和宝钗的面子上，也不便跟她计较。再想想这两家的关系，也不敢跟她计较。设若换一个环境，凭她的性格，难保不跟身边人发生矛盾冲突。

那时候，是个什么结果就不好说了。

在职场上，攥着一把好牌却输得很惨的，并不少见。我就认识这么一个小伙子，刚参加工作时，因为学历高，人也聪明，单位领导很器重他。时间一长，有了点成绩，这小伙子就飘飘然了。说话没轻没重，见人没大没小，走到哪里都是趾高气扬的，整个单位似乎就没有他看得上的人。这时候，就有人准备算计他了。平时工作不配合他不说，还有人故意给他挖坑儿设套儿，瞅准他一个失误，便群起而攻之，硬是把他治得狼狈不堪。领导见这小伙子稀泥巴糊不上墙，又想起往日很多人说他的长长短短，对他的看法就发生了变化。打那会儿起，这小伙子就彻底趴下了。直到现在，单位的老人说起他来，还有个话把儿：“一截好材料，箍了个粪桶子。”想想，太冤了。

就莺儿来说，晴雯的教训就是她的前车之鉴。当然，从《红楼梦》的前八十回来看，莺儿并没像晴雯那么尖刻，也没有晴雯那么张狂，更没像晴雯那样跟好多人结怨，但谨慎小心终无大错。用别人的教训警示自己少走弯路，对于刚进入职场的人来说，到底没有坏处。

兴儿：管住自己的嘴巴

《红楼梦》里应该有两个兴儿，一个是宁国府的小厮，一个是贾琏跟前跑腿的那个小厮。为什么说“应该”呢？《红楼梦》里虽然人物众多，但曹雪芹在前八十回除了故意重名，比如贾宝玉和甄宝玉，比如第五十四回说书人说残唐有个王熙凤，以及第四十回贾母说过“两个玉儿”之外，再也不见重名的人物。所以说是“应该”。至于为什么会出现两个兴儿，可能是曹公一时疏忽，或是还没顾得上仔细打磨之故。宁国府的兴儿仅在第五十三回出现过一次——

这日宁府中尤氏正起来同贾蓉之妻打点送贾母这边针线礼物，正值丫头捧了一茶盘押岁锞子进来，回说：“兴儿回奶奶，前儿那一包碎金子共是一百五十三两六钱七分，里头成色不等，共总倾了二百二十个锞子。”说著递上去。尤氏看了看，只见也有梅花式的，也有海棠式的，也有笔锭如意的，也有八宝联春的。尤氏命：“收起这个来，叫他把银锞子快快交了进来。”

从尤氏跟丫鬟的对话来看，似乎证明了我的判断：此兴儿不是彼兴儿。这篇文章要说的，不是此兴儿而是彼兴儿。

说起贾琏的小厮兴儿，那可是个人物。这个兴儿在全书里面的作用，比那古董商冷子兴一点不差。冷子兴在第二回演说过荣国府（当然也包括宁国府），兴儿在第六十五回也把荣国府演说一遍。这两回演说，冷子兴是正说，兴儿是戏说。冷子兴长于客观叙述，兴儿善于刻画描述。冷子兴侧重于介绍人物的年龄相貌，兴儿偏重于人物的脾气秉性。因为曹雪芹的刻意安排，看过这两回，读者对两府的重要人物就有了一个全面了解。

红学家胡文彬先生说：《红楼梦》的小人物中有两个“语言学家”，一个是小红，另一个就是兴儿。兴儿虽然地位低下，但这小子生了一张好嘴，加之他对府里的情况知道得多，又善于形象比喻，说出话来倒也有几分风趣。在第六十五回，兴儿在尤二姐屋里吃饭，因二姐问起府里“奶奶多大年纪，怎个利害的样子，老太太多大年纪，太太多大年纪，姑娘几个，各样家常”，这小子两杯酒下肚，管不住嘴巴，就竹筒里倒豆子似的，把他知道的都说了。在他的嘴里，迎春成了“二木头”，探春成了“玫瑰花”，凤姐就个是“醋缸”。而黛玉就是“多病西施”，宝钗也是“雪堆出来的”。这小子跟说相声的一样，还会卖关子，说他们一干小厮见了黛玉和宝钗，都不敢出气儿——生怕气大了，吹倒了姓林的；气暖了，吹化了姓薛的。一番绘声绘色的戏说，把满屋的人都说笑了。

兴儿说得很生动，他所说的情况也大都属实。但他犯了职场的一大忌讳：嘴巴不严，信口开河。不仅随便臧否人物，而且把他对“领导”的看法一股脑儿地全说了。比如他说凤姐那些话，在当今职场，那可真是要丢饭碗的。最要命的是，他不光当着尤二姐说，还恨不得见个人都说。在第六十七回，平儿对凤姐说了贾琏偷娶尤二姐的事以后，问平儿是怎么知道的。平儿说：“就是头里那小丫头子的话。他说他在二门里头听见外头两个小厮说：‘这个新二奶奶比咱们旧二奶奶还俊呢，脾气也好。’”一听这话，就是兴儿的口气。因为他除了在贾琏外出时跟班之外，平时就在二门上当差。果然，凤姐让人传过旺儿，还没开审，旺儿就把他给供出来了：“就是头里兴儿和喜儿两个人在那里混说……求奶奶问兴儿，他是长跟二爷出门的。”及至审兴儿时，被凤姐一顿喝骂后，他先是左右开弓，自己打了十几个嘴巴子，接着便把这事的前前后后和盘托出。因为当时贾琏正在平安州办事，凤姐想赶在他回家之前把这事了过，这才暂时饶了兴儿。

兴儿的结局，曹雪芹前八十回没说，但这个污点却是记下了。因为喜欢乱说，凤姐疑他，贾琏嫌他，周围人防他，他的职场前景估计也好不到哪里去。至此，又有两个问题需要解答：一是兴儿在整个事件中该负哪些责任？二是如果换位思考，兴儿该怎么做？

关于第一个问题，兴儿在整个事件中至少应该承担三个方面的责任：一是信口编排府里的人。凤姐、李纨、元春、迎春、探春、惜春、宝玉、黛玉、宝钗、平儿，凡他知道的，能说不能说的他都说了。除了元春、平儿，他传播的都是那些人的负面消息，而且还极尽添油加醋之能事，使这些人的形象在尤二姐心目中打了折扣。二是说“领导”坏话。他说凤姐那些话，基本上也算得上实话实说，但站在他的角度，这些话就是不该说。既然说了，而且明显是带着个人动机说的，那他就要承担相应的责任和付出相应的代价。三是到处传播小道消息。贾琏偷娶尤二姐的事，如果不是兴儿到处乱说，事情也许就不会那么早暴露。如果兴儿不将自己对凤姐和二姐的比较四处散布，凤姐的反应也许就没有那么激烈。比如他逢人就说“新二奶奶比咱们旧二奶奶还俊呢，脾气也好”这些话，作为被比较对象，哪个女人听了心里会舒坦？不舒坦怎么办？搁在没有背景、没有势力、没有手段的女人身上，就只能忍气吞声了。可凤姐是谁？她能够善罢甘休吗？换句话说，正是兴儿的这一行为，导致了凤姐对自己感觉中的威胁和对尤二姐的仇恨的加码，最终促使她对二姐下了狠手。因此，兴儿在尤二姐吞金自尽的问题上，至少负有间接责任。

关于兴儿该怎么做的问题，既不能撇开当时的社会环境，也不能忽略普遍意义上的人之常情。兴儿的问题，既不在于她帮贾琏做了什么，也不在于他慑于凤姐的威严而全盘招供。站在他那个位置，这两个人谁让他做什么，他都只有听招呼的份儿，几乎就没有选择。他的问题就是没管住自己的嘴，或者说他那张嘴既害了别人也害了自己。在这个问题上，不能用如今的纪律原则来评判。尽管事发之后，凤姐摆出一堆诸如“国孝家孝之中背旨瞒亲、强逼退亲、停妻再娶”等理由，那都是她先在察院运作好了，为了挟制贾琏、二姐和尤氏而编出的罪名。那段时间宫里确实有个老太妃没了，府里也确实才办了贾敬的丧事，但老太妃毕竟不是太后或皇后，从察院堂官办案的情况来看，即便贾琏在那时候娶尤二姐也算个事，但宫里也没太过较真儿，顶多也就算个“民不告官不究”的案子。至于家孝，贾敬是宁国公贾演的孙子，到贾琏那儿已经隔了好几层了。认真说起来，倒也能挨上边，标准松一点，也能忽略过去。说到“停妻再娶”，贾琏的理由也很充分：凤姐没能给他生养儿子，他娶尤二姐就是为了传宗接代。说来说去，也算不了什么大事。他在凤姐这里招与不招，都改变不了这一事件的性质，也洗不清他口无遮拦的污点。

那么，在贾琏偷娶尤二姐这件事上，兴儿究竟该怎么做呢？从保护自己和不伤害别人的角度来说，管住嘴巴、静观其变，就是最佳办法。因为从贾母后来对这件事的态度来看，她并没觉得这件事是多么不得了的事，不是兴儿到处乱说，这件事最终是个什么结果都存在变数。如果机缘凑巧，有个相对圆满的解决办法，也是皆大欢喜的事。即便结果仍旧不好，这个消息不是他走漏的，所有的责任也不与他相干。可这小子偏偏只图嘴巴快活，伤害了别人，不但没落到好，反把自己弄得里外不是人。说他是“职场笨蛋”，一点也不冤枉他。

●悲情红楼

少时，看罢徐玉兰、王文娟主演的《红楼梦》，心中再也放不下林妹妹、宝姐姐等一干女子了。年稍长，接触原著，思虑尤深。越数年，读罢多个版本之《石头记》，先前的那般心思少了，却又无端生出些感慨。既久，少不得也要以自己的眼光，品一品那些令人牵挂的女子。

悲黛玉

一个是阆苑仙葩，一个是美玉无瑕。若说没奇缘，今生偏又遇着他；若说有奇缘，如何心事终虚化？一个枉自嗟呀，一个空劳牵挂。一个是水中月，一个是镜中花。想眼中能有多少泪珠儿，怎经得秋流到冬尽，春流到夏！

—— 红楼梦曲《枉凝眉》

一

隔着两百多年的距离，去探究曹雪芹的心绪，让我得出这么个结论：先生在写《红楼梦》时，必定始终经历着非人的自虐。要不，凭他总以为“女儿是水做的骨肉”的那份柔情，为什么偏偏让自己笔下那些可爱的女子个个结局黯淡？拼却十年工夫，写出一个冰清玉洁的林妹妹，一狠心，又把她给写没了。凡此种种，需要承受多么痛苦的精神煎熬？

林黛玉这个人物，曹雪芹是蘸着血泪写出来的。她的带着神话色彩的出身暂且不说。先说他为她画的“肖像”：

两湾似蹙非蹙罥烟眉，一双似泣非泣含露目。态生两靥之愁，娇袭一身之病。泪光点点，娇喘微微，闲静时如娇花照水，行动处似弱柳扶风。心较比干多一窍，病如西子胜三分。

活脱脱一个绝色美人。王熙凤第一次见她时，不禁惊叹：“天下真有这样标致人物，我今日才算见了。”脂砚斋在此批曰：“真有这样标致人物出自凤口，黛玉风姿可知，宜作史笔看。”曹雪芹给她的评价是，不光美如西施，还聪明非常。比干是何等人物？心眼儿比他还多的人，岂是凡俗之辈？

我对林姑娘的态度，大至经历了三个阶段。最早在银幕上认识她时，除了喜欢之外，还萌生出点甜蜜的想法儿。过年时，从大队代销店买回几张用剧照翻印的年画，贴在家里黑乎乎的土墙上，一天到晚看，总也看不够。十九岁那年，第一次读原著。一百二十回没读完，对林姑娘的态度已然变了：过日子，就图个清静安然，似这般终日里撒娇使性，哭哭啼啼，哪个男人扛得住？后来每每开读，总是心有不甘：曹公倾尽心力塑造这么个人物，断不会存心给男人添堵的。于是，边读边悟，对林姑娘的看法也不再忽左忽右了。

二

说黛玉，断然不能绕过她的才情。最初领略她的才情，是在元春省亲那一回。当迎春、探春、惜春、李纨、宝钗、黛玉按元春的意思，各赋一律时，黛玉原想好好表现一番的，不想元春只命一匾一咏，不便违谕多作，只得胡乱作了一首五言诗应景。岂料，就是这“胡乱”之作，已让元春刮目相看。只听她道：“终是薛林二妹之作与众不同，非愚姊妹可同列者。”锋芒小试，未能尽兴，这也不当紧。就在元春命宝玉为潇湘馆、蘅芜苑、怡红院、浣葛山庄各赋五言律一首，而宝玉为此费了老大的劲儿，才有了前三首时，黛玉有心替他分忧，只低头一想，早已吟成一律：

杏帘招客饮，有望在山庄。

菱荇鹅儿水，桑榆燕子梁。

一畦春韭绿，十里稻花香。

盛世无饥馁，何须耕织忙！

在宝玉看来，这首《杏帘在望》，比他的前三首高过十倍。元春一并看了，也是喜之不禁，称赞宝玉“果然进益了”。仔细比较《杏帘在望》与《有凤来仪》《蘅芷清芬》等四首诗，不得不承认，宝玉的评价是正确的。若非《杏帘在望》压轴，断无上述效果。

纵观黛玉诗作，不论是《咏海棠》《菊花诗》，还是《葬花吟》《秋窗风雨夕》，以及在芦雪庵和凹晶馆的两次联诗，都不难看出她的非凡才情。她于诗词创作上，见解也高。在四十八回香菱向她学诗时，她道：词句究竟还是末事，第一立意要紧，若意趣真了，连词句不用修饰，自是好的，这叫作“不以词害意”。当香菱称赞陆放翁“重帘不卷留香久，古砚微凹聚墨多”说的真有趣时，黛玉又告她：

断不可学这样的诗，你仍因不知诗，所以见了这浅近的就爱，一入了这个格局，再学不出来的。你只听我说，你若真心要学，我这里有《王摩诘全集》，你且把他的五言律读一百首，细心揣摩透熟了，然后再读一二百首老杜的七言律，次再李青莲的七言绝句读一二百首，肚子里先有了这三个人作了底子,然后再把陶渊明,应玚,谢,阮,庾,鲍等人的一看……不用一年的工夫，不愁不是诗翁了。

一个十三四岁的小姑娘，竟有这般学问，读者不免生疑。诚然，黛玉的诗，都是曹雪芹“代”作的；黛玉的见识，也是曹雪芹的观点。但不可因此就认定，黛玉的才气也是曹雪芹情之所至，“胡乱”加给她的。《红楼梦》中的诗词歌赋，绝对是量身定做的。诗与人，既密切相关，又相得益彰。不说黛玉与薛蟠的诗格之别，只说黛玉与宝钗的诗词，就不易混淆。同是才女，同是咏柳絮，黛玉断写不出“好风凭借力，送我上青云”的词句，宝钗也写不出“嫁与东风春不管，凭尔去，任淹留”的词句。若要细究十三四岁的小姑娘能否有那么大的学问，倒也不必存疑。封建社会，孩子从小都读“三百千”，从小就咏诗作词。因此，黛玉有这样的水平，也不足为奇。更有说服力的例子也有：明末文人叶绍袁的女儿叶小鸾，十二三岁就作出脍炙人口的好诗，时人莫不称绝。邓云乡先生在《宝玉的学问》一文中，从明清时代的科考教育体制到旧时家塾的教学方法步骤，再到宝玉的自身禀赋和受教育经历，论证了在宝玉那个年龄，具备那些学识并不奇怪。黛玉冰雪聪明，进荣府之前，受教育经历与宝玉相仿，她的蒙师贾雨村也说她“言行举止另是一样，不与近日女子相同”，并“度是其母必不凡，方得此女”。故而，上述疑问，大约也解得开了。

三

大观园众女子中，黛玉的机敏是人所共睹的。在第八回，宝钗微染小恙，宝玉前往探视。二人正说得热闹，黛玉翩然而至——

一见了宝玉，便笑道：“嗳哟，我来的不巧了！”宝钗因笑道：“这话怎么说？”黛玉笑道：“早知他来，我就不来了。”宝钗道：“我更不解这意。”黛玉笑道：“要来一群都来，要不来一个也不来。今儿他来了，明儿我再来，如此间错开了来着，岂不天天有人来了？也不至于太冷落，也不至于太热闹了。姐姐如何反不解这意思？”

分明是酸溜溜的话，却偏偏笑着说出来，且入情入理，滴水不漏，还透着与众不同的“关心”，让宝钗也无以应对了。这等机锋，除却黛玉，更有何人？难怪脂砚斋心生疑问：“吾不知颦儿以何物为心、为齿、为口、为舌。实不知心中有何丘壑？”

黛玉不仅善机辩，调侃起来，也不让凤姐、尤氏等人。在四十二回，宝钗给惜春开具绘画材料，三百多字的一笔流水账，宝钗说得口干舌燥，大伙也听得头昏脑涨。当说到“生姜四两，酱半斤”时，黛玉冷不丁蹦出一句：“铁锅一口，锅铲一个”。如同两人说相声，宝钗使了好大的劲儿才铺平垫稳，她毫不费力就抖了个“响包袱”。看到这里，想想当时情形，由不得你不笑。

也是在这一回，惜春因为老太太让她画园子，向诗社告假一年。李纨觉得假期太长，给她批了一月。惜春又嫌少，李纨来征求大家意见。只听黛玉说：

论理，一年也不多。这园子盖才盖了一年，如今要画，自然得二年工夫呢。又要研墨，又要蘸笔，又要铺纸，又要着颜色，又要……又要照着这样儿慢慢的画，可不得二年的工夫！

对于黛玉的伶牙俐齿，还是宝钗评的到位：“世上的话，到了凤丫头嘴里也就尽了。幸而凤丫头不识字，不大通，不过一概是市俗取笑。惟有颦儿这促狭嘴，他用春秋的法儿，市俗的粗话，撮其要，删其繁，再加润色，比方出来，一句是一句。”

四

曹雪芹塑造人物，绝不像此前的一些小说作者，说一个人好，必是好上了天，说一个人坏，定然坏透了顶。即如贾琏，虽不喜读书，于女色上又像个“馋嘴猫儿”，但曹雪芹也肯定了他“于世路上好机变，言谈去的”。在贾赦为夺取石呆子的二十把扇子而不择手段时，贾琏的话也不失正义感：“为这点子小事，弄的人家坑家败业，也不算什么能为。”就连呆霸王薛蟠，在曹雪芹眼里，也并非一无是处。在第三十四回，为宝玉挨打一事，薛蟠说了许多混账话，气得宝钗哭了一夜。次回，薛蟠想过来了，只听他说道：

……何苦来，为我一个人，娘儿两个天天操心。妈为我生气还有可恕，若只管叫妹妹为我操心，我更不是人了。如今父亲没了，我不能多孝顺妈，多疼妹妹，反教娘生气妹妹烦恼，真连个畜牲也不如了。

这回，薛蟠自己也落泪了。在曹雪芹笔下，薛蟠固然行事荒唐，说与做，固然也是两回事，然听其言，度其心，我不怀疑这是他的真情流露。可见，薛蟠的人性还未曾泯灭。曹雪芹是深谙辩证法的，所以，对于他珍爱无比的林妹妹，同样不回避她的毛病。

黛玉生性多疑，言语刻薄，再加上孤高自许，目下无尘，是她人缘不及宝钗的重要原因。在她刚进荣府那一回，读者从老嬷嬷和王夫人请她入座，她自度位次，小心落座；再到她漱口、盥手、吃茶等一系列举动中，已然看出她心细如毫。这本是优点，可走到极端，便成缺点了。在第七回，薛姨妈让周瑞家的给姑娘们送宫花时，其他人都高高兴兴地收了，独她偏要弄个明白："还是单送我一个人的，还是别的姑娘们都有？"得知别人都有了以后，她心里又不舒服了："我就知道，别人不挑剩下的，也不给我。"细读文本，何曾见过别的姑娘略有挑选？她多心了。

黛玉由着自己的性子说话、行事，自然代表了曹雪芹的一种情绪，自然也是宝玉将她引为知己的基本因素。可在一个团体里生活，信口开河，动辄伤人，终是无益。如果说拿湘云的口吃打趣，还属姑娘间玩闹的话，那么，给刘姥姥起绰号，就是在伤人了。平儿好容易平息了玫瑰露和茯苓霜那个风波，可在宝玉、平儿、宝琴、岫烟过生日那回，她又给挑了出来，弄了彩云个大红脸，很是无趣。不怪李嬷嬷说她："真真这林姑娘，说出一句话来，比刀子还尖。"

五

同是读莎士比亚的人，一千个读者眼中就有一千个哈姆莱特。读《红楼梦》，只怕也是如此。别的先不说，就我看到的越剧版、电影版、电视剧版《红楼梦》来说，三个黛玉就不尽相同。王文娟版的黛玉飘逸清雅，有书卷气，有古典美。陈晓旭曾说："王老师演的葬花，如果定格，就是一幅画。"陶慧敏版的黛玉清纯灵慧，含蓄婉约。更难得的是，以成年人演黛玉，她在台词处理上自然贴切，不见扭捏做作。再加上她略带姑苏口音的普通话，让人觉得她更像黛玉了。陈晓旭版的黛玉，虽在台词上略逊于陶慧敏，好在形神兼备，与生俱来的那种忧郁美，让大多数读者觉得，她就是自己心目中的林妹妹。未料她英年早逝，引人唏嘘。

说到三个版本的黛玉，少不得也要说说上述三个作品。就舞台艺术而言，越剧版《红楼梦》堪称空前。人物命运安排虽说依据的是程高续本内容，但特殊年代有特殊需要，不便苛求。从 20 世纪 80 年代末期开始，我国电影已经开始走下坡路，加之电视剧先入为主，电影版《红楼梦》生不逢时，未能走红。但它运用电影艺术手法，将故事情节从时间、空间上巧妙穿插、交错，弥补了电视剧版平铺直叙的不足。陶慧敏、赵丽蓉、马晓晴等几个演员的表现也可圈可点。1987 版电视剧《红楼梦》总体来说是成功的，但也有遗憾，比如在台词处理方面，尊重原著固然不错，芹翁文字读起来也确实很美，但在影视人物对话中原样照搬，有时就略显生硬。加之个别演员对原文的理解又不甚到位，难免别扭。

新版电视剧《红楼梦》尚未杀青，不便评论。但有这么两种情况值得关注：王扶林导演在开机之前，把所有演员集中起来，让沈从文、李希凡、周汝昌、邓云乡、吴祖光等专家学者给他们讲红楼人物、讲明清风俗、讲表演理论，硬是花了好几个月时间；李少红导演在开机之前，也挺忙的，但她在运作选秀。仅凭这一点，我对新版《红楼梦》不抱期待。

六

回过头来还说黛玉。喜欢她的人和不喜欢她的人，几乎各占一半。喜欢她的人，对她的毛病也忽略不计。甚而觉得，正因为那些毛病，才让这个人物清纯可人，真实可信，并令读者望之生怜。不喜欢她的人，又将她尖酸刻薄、爱使小性的毛病无限放大，甚至无中生有，说出些不堪入耳的话来。苏叔阳是20世纪80年代较有影响的作家之一，但他在自己的长篇小说《故土》中，借用书中人物“老夫子”之口，对黛玉极尽轻薄，却让我深为不满。那位写过几篇诸如《烫手的太阳·她和他》的“老夫子”，如同时下某些自我感觉良好，而别人并不拿他当回事的所谓作家，口气大得吓人。那厮曾多次当众宣布，他最瞧不上的作品就是《红楼梦》。更气人的是，他说他通过研究，证明黛玉是“蜡黄脸儿，搓板儿胸脯儿，柴火棍儿腰，外加满嘴大黄牙……”最初看到这里，心里就不是滋味儿。时至今日，我仍然对苏老先生耿耿于怀。

我品黛玉，既喜欢她的才情，喜欢她的机敏，又对她的多疑、刻薄持批评态度。但看人要看主流，相对于她的优点，那些小毛病毕竟无伤大节。一个十三四岁的小姑娘，父母双亡，寄人篱下，偶尔触景伤怀，生出点小情绪，也应予以理解。再说，黛玉也不是钻“牛角尖”的人，思想疙瘩儿解开了，也是很通情达理的。不信请看，自打《金兰契互剖金兰语 风雨夕闷制风雨词》那回与宝钗一番晤对之后，她从此是不是变得宽容多了？还需要说明白一点，对于黛玉，万万不能以世俗的眼光看她。有人说，曹雪芹塑造黛玉这女子，就是让人来疼的，不是让人爱的，更不是让人娶回家烧火做饭带孩子的。这话，很有点意思。过去，男人们对她的认识，原是走入了一个误区：黛玉本来就不是凡胎俗体，她来到大观园，是为完成一桩心事的。作为世外仙姝，她自然可以不受世俗观念羁绊，可以由着心性嬉笑怒骂，可以不拿仕途经济当回事，可以藐视为官作宰的人。可你偏要按照找媳妇的标准苛求她，弄岔了。

而作为一个文学形象，黛玉身上的那些毛病，到底只是白璧微瑕，并不淹没她的风采。在读者心目中，她仍是一个浑身都散发着诗意的女孩。按曹雪芹的思想，她的爱情悲剧，她的生命悲剧，都是那个时代的悲剧。现如今，我们聆听《枉凝眉》，纵有些哀惋心绪，想想鲁迅先生说的，悲剧，就是把人生有价值的东西毁灭给人看，没准儿就悟透了。实在不行，还可往回看：她的前身，本是灵河岸边的绛珠仙草，来至人间，原是为报恩的。了罢心愿，自然要回家了。我们甚而不妨拿她当邻家妹子，她的结局，不管是“焚稿断痴情”“冷月葬花魂”，还是“泪尽证前缘”，都不必细究。此一去，只当她出了远门。这么想，或许就不再终日放不下了。

叹宝钗

都道是金玉良姻，俺只念木石前盟。空对着，山中高士晶莹雪；终不忘，世外仙姝寂寞林。叹人间，美中不足今方信。纵然是齐眉举案，到底意难平。

——红楼梦曲《终身误》

一

朋友W君，年逾不惑。自己开着一小公司，名下有房，有车，肚里也有些文墨，却至今无妻。热心人屡为其牵线搭桥，见面的女子究竟有多少，他自己也说不清了。然每回见面，皆怏怏而散。那一日，我俩对酌，兴甚浓。可一谈及此事，他便摇头做无奈状。禁不住我深问，W君豪饮一杯，趁着酒劲，慨然叹曰："薛宝钗去矣，W某此生，怕是只得孑然虚度了。"

这W君，眼光委实不低。论长相，宝钗"唇不点而红，眉不画而翠，脸若银盆，眼如水杏"，必是美人无疑。论性格，她"罕言寡语，安分随时"，当得起"贤淑"二字。她对人对事的那种体贴周到，在如今与她当时同龄甚或还大一些的女子中，哪里寻去？更难得的是，这么一个人儿，腹中才学也十分了得。"娶妻当如薛宝钗"之论，在《红楼梦》问世之初，就已流传开来。感于时下风气，男人们存这个念想，倒值得同情了。我却为W君发愁：若只管按照宝钗的标准一路找去，他的那番感叹，保不齐就成了谶语。

令人想不到的是，这个让天下男人梦寐以求的宝姑娘，在一场声势浩大的“评红”运动中，却遭到了空前的诘难。她的那些可贵品质，被一些人按照自己的需要先肢解分析，再上纲上线，最后都成了罪状。阴险、虚伪、狡诈等诬枉之词，按这些人精心组织的证据链，在她身上竟一一坐实了。我只是可怜，照正常人的心理，宝钗的品行，这些人分明也是喜欢的，就因为非常年代的非常需要，不得不屈意违心，说出些不着四六的话来。此乃陈年旧账，不提也罢。

二

曹雪芹评价人物，从来不偏不倚，还要留些空间，让人去想象。在宝钗、黛玉的判词里，“可叹停机德，堪怜咏絮才”两句中的一叹一怜，也是值得琢磨的。他对于宝钗的娴静温良，必定是赞叹的。可在她和宝玉成婚后，宝玉却“空对晶莹雪，不忘寂寞林”，并最终“悬崖撒手”，她自小修来的贤淑品德，已然没了寄托，岂不令人叹息？对于黛玉虽有那般才气，却又是那么个结局，除了怜悯之外，有无怜惜之意？再如他说黛玉“心较比干多一窍”，除了夸她心思缜密、灵性超凡以外，是否也暗示了对她小心眼儿太多的些微包弹？故而我以为，曹雪芹对宝钗的评价，绝非六七十年代那种简单而又极端的概念。还有，品评大观园女子，断不可拿程高续书为她们安排的命运为依据。否则，费老鼻子劲得出的结论，多不靠谱。

男人们喜欢宝钗，并不是没道理的。在第三十五回，莺儿对宝玉说：“你还不知道，我们姑娘有好几样世人都没有的好处呢，模样还在次……”莺儿正说着，宝钗来打了个岔。究竟有哪些好处，读者未能听到。据我想，凭莺儿那么伶俐的小丫头，绝不至于当着一个男人，泄漏她主子过于私密的情况，左不过是说她品行端方、性格豁达、温柔体贴、善解人意，外加博学多才这些好话，她当然不会像笔者这么总结，大约也离不了这些意思。至于说那些好处“世人都没有”，当是强调好的程度，不宜咬文嚼字。试想，这样一位女子，天下男人，哪个不喜欢？

史上出现“尊林抑薛”现象的缘故，根子在于不少读者把程高续书设计的“调包计”当真了。这么一来，就使宝姑娘得到了婚姻，失去了人心。其实，人们冤枉宝钗了。对于宝钗为得到“宝二奶奶”的位置而不择手段的说法，我不同意。宝钗乃大家闺秀，素日接触男人有限，对于身边这个聪明乖觉、且偏爱在女儿身上用心的公子有些好感，是可能的。再者，她一贯严守礼教规范，对王夫人、薛姨妈、元春她们对她的婚姻安排未置可否，也不便排除。若硬说她在这个问题上机关算尽，却查无实据。在第二十五回，王熙凤当着众人的面问黛玉：“你既吃了我们家的茶，怎么还不给我们家作媳妇？”这里有脂批曰：“二玉事在贾府上下诸人，即看书人，批书人，皆信定一对好夫妻……”而在第六十五回，兴儿对尤氏姐妹说：“……将来准是林姑娘，定了的。”这些，宝钗不可能不知道，这么个又聪明、又守规矩的姑娘，会去做让满府人都说三道四的事么？

三

宝钗的人缘好，跟她的人格魅力是有直接关联的。她心思机巧，处事却豁达宽容。看人看事洞察秋毫，却不锱铢必较。在第三十二回，因湘云劝宝玉应该常会会为官做宰的人，同他们谈些仕途经济的学问，也好将来应酬世务，把宝玉惹恼了。当时，袭人对湘云说：

……上回也是宝姑娘也说过一回，他也不管人脸上过的去过不去，他就咳了一声，拿起脚来走了。这里宝姑娘的话也没说完，见他走了，登时羞的脸通红，说又不是，不说又不是……自己讪了一会子去了。

这么大点小姑娘，能具这等涵养，何其难得？还有，我们不妨回忆一下，黛玉夹枪带棒地奚落过她多少回？她又是如何对待的？依我说，若论对辩，黛玉未必是她的对手，可她却大多忍了。唯在第三十回黛玉十分得意地又要取笑她时，才带着笑脸回击了一次，还绕了个大弯子，并未让黛玉多么难堪。所以，在大观园诸女子中，除黛玉时而对她酸酸的以外，其余众人，都只有敬重她的。更难得的，是她对人的那种关心体贴。在第三十七回，湘云作东邀诗社成员咏海棠，同她商量相关事宜，只听她对湘云说：

既开社，便要作东。虽然是顽意儿，也要瞻前顾后，又要自己便宜，又要不得罪了人，然后方大家有趣。你家里你又作不得主，一个月通共那几串钱，你还不够盘缠呢。这会子又干这没要紧的事，你婶子听见了，越发抱怨你了。况且你就都拿出来，做这个东道也是不够。难道为这个家去要不成？还是往这里要呢？……我已经有个主意，我们当铺里有个伙计，他家田上出的很好的肥螃蟹……我和我哥哥说，要几篓极肥极大的螃蟹来，再往铺子里取上几坛好酒，再备上四五桌果碟，岂不又省事，又大家热闹了。

若说她处处护着岫烟，处处为岫烟打算，是因为岫烟已与她堂弟薛蝌定了亲，大姑子对弟媳妇，理应关照的。那么，她这般体贴和帮助湘云，又图个什么呢？尽管黛玉动不动就对她说些酸不溜秋的话，但最终还是认可了她的人品。在第四十回黛玉说了那么个酒令，宝钗后来对她开导一番后，黛玉对她的看法就已经转变了。及至第四十五回，因为宝钗对她病情的关心，以及对于治疗的安排，已经彻底感动了这个心事重重的女子。听听黛玉是怎么说的：

你素日待人，固然是极好的，然我最是个多心的人，只当你心里藏奸。从前日你说看杂书不好，又劝我那些好话，竟大感激你。往日竟是我错了，实在误到如今。细细算来，我母亲去世的早，又无姊妹兄弟，我长了今年十五岁，竟没一个人象你前日的话教导我。怨不得云丫头说你好，我往日见他赞你，我还不受用，昨儿我亲自经过，才知道了。比如若是你说了那个，我再不轻放过你的，你竟不介意，反劝我那些话，可知我竟自误了。

在有些“红学家”的研究成果里，宝钗对黛玉的一系列关心之举，竟成了“存心瓦解对手的斗志，让其放松警惕，以便顺利当上宝二奶奶”的计谋。这等见解，端的不敢恭维。再如第二十七回，宝钗于滴翠亭边扑蝶，无意听到了红玉和坠儿的悄悄话，待二人察觉，走也不是，躲又不及。为不使彼此太尴尬，便假装在和黛玉做游戏，笑着叫道：“颦儿，我看你往哪里藏？”只这一声，却又成了她栽赃黛玉的罪证。倘这样研究《红楼梦》，做学问这档子事，倒也难不到哪里去。

四

宝钗对人的关心体贴，乃个性使然，并非刻意而为。在这个问题上，红学界的很多观点都值得商榷。刘心武先生是我喜欢的作家之一，他的《班主任》《钟鼓楼》等作品，我都很喜欢。但他在解读宝钗时的几个观点，我却不敢苟同。比如，在第四十回，我们看到蘅芜苑宝钗的房间雪洞一般，一色玩器全无。床上只吊着青纱帐幔，衾褥也十分朴素。这本是宝钗的一贯风格，薛姨妈在第七回就说她“从来不爱这些花儿粉儿的”，可刘心武先生偏说，这是宝钗为讨好贾母而特意布置的。这个说法，有个不小的漏洞。按刘心武先生的观点，如果说这时宝钗已经在觊觎“宝二奶奶”的名份了，那么，宝钗还在梨香院住着时，可是在等待选秀入宫的。请看，她在第八回里的穿着：

头上挽著漆黑油光的纂儿，蜜合色棉袄，玫瑰紫二色金银鼠比肩褂，葱黄绫棉裙，一色半新不旧，看去不觉奢华。

这又当做何解释？贾母那个年纪的人，喜欢听个好话，看戏时也爱图个热闹，作为晚辈，投其所好，顺着她们来，让她们高兴一点，不好吗？将心比心，不论是在家里，还是在单位，倘小字辈们处处跟你别着来，事事同你对着干，你喜欢么？再说，这般小事，究竟也不是原则问题，为什么硬要跟人品挂钩呢？

为佐证自己的观点，刘心武先生有时也犯点低级错误。第三十五回，宝钗夸贾母比凤姐能干，贾母借宝玉的话回道："提起姊妹，不是我当着姨太太的面奉承，千真万真，从我们家四个女孩儿算起，全不如宝丫头。"刘心武先生认为：这是贾母存心要灭了宝钗"梦想当宝二奶奶"的念头——你不是想让我夸你吗？我索性把元春也拉出来，夸得让你不好意思。这个说法，值得斟酌：元春贵为皇妃，贾母见了，也要磕头的。说她不如宝钗，这是什么意思？因为这时黛玉已经在荣府定居了，我以为贾母说的"我们家四个女孩儿"，指的应是迎春、探春、惜春和黛玉。湘云虽然也常来，但每回住几天就走了，不能算。还必须说清楚的是，多个版本的《红楼梦》里，贾母都是说的"我们家"，而刘心武先生偏要说成"我们贾家"，若是这么抬杠，他必然赢定了。

刘心武先生在红学上的诸多探究，是很有价值的。但他在有些问题上无中生有，强行穿凿，又是我不喜欢的。比如他在揭秘秦可卿时，说到张太医开的那个药方，他认为其中的熟地、归身这两味药，就是宫里某个人让秦可卿"在熟悉的地方结束生命"的暗语。这番说辞，难以服众。在这个药方里，我们并未见曹雪芹和脂砚斋有任何暗示，也未见张太医在哪个药名下做什么记号，刘心武先生是如何从这两味药上看出玄机的？若望文生义，白芍、川芎、黄芪等药名该怎么论？柴胡、怀山药、香附米等药名该怎么解？又如何把这些药名穿起来形成暗语？以宁国府之大，秦可卿熟悉的地方多了，她怎么知道对方说的“熟地”就是天香楼？还有，如果贾珍、贾蓉父子竟解不开这个太医名字后面的哑谜，即张友士——张“有事”，也看不懂药方中的暗语，又该怎么办？

《红楼梦》八十回后迷失无稿，现今所有的推断，都只能算作个人意见。书中的人和事，不论是明写、暗写，还是侧写，不见原稿，皆不宜定论。故而我以为，对于脂批明指的“草蛇灰线”，宜慎重探究；八十回内没有线索的，则不可臆断。

五

有读者在将黛玉和宝钗的诗作做过比较之后，认为宝钗的学问没有黛玉好，因而又在心里给宝钗减了分。这种认识，大抵存了太多的主观因素，因而不太全面。公平地说，这两个人是“术业有专攻”。宝钗的诗才固然略逊于黛玉，但她的博学多才，却是黛玉比不了的。凡黛玉读过的书，她都读过。因了价值观的不同，彼此的认识自然不尽一致，可宝钗的那些见解，却是符合当时的主流意识形态的，时至今日，仍能引起相当一部分人的共鸣。另外，从她同黛玉谈养生、同宝玉谈戏文、同惜春谈绘画的那些观点来看，她还颇通医术、美术和戏曲，这几个方面的学识，又是黛玉所不具备的。

故而，我对宝钗的评价是，德才兼备，品貌俱佳。若说她有些世故，有些圆滑，究竟也算不得大错。为人处事，多考虑点世态人心，多给人留点情面，也给自己留些地步，不把话说绝了，不把事做绝了，有什么可指责的呢？劝自己心爱的人见贤思齐，追求上进，也有错么？

从美学角度分析，黛玉无疑代表了浪漫主义思想，宝钗则是一派现实主义情怀。在世界艺术史上，两种思潮争奇斗艳，各臻其妙，才演绎了多姿多彩的文化奇观。

一部《红楼梦》，包含了深厚的哲学思想。黛玉与宝钗，风姿迥然，秉性各异，才学有别，然冷静看来，竟是各有所长，难分高下。世间万般好事，皆有得有失。欲求“兼美”者，终为虚幻一梦。

世事如棋，费人思量。金玉良缘，却也是镜花水月，宁不叹哉？

哀凤姐

机关算尽太聪明，反算了卿卿性命。生前心已碎，死后性空灵。家富人宁，终有个家散人亡各奔腾。枉费了，意悬悬半世心；好一似，荡悠悠三更梦。忽喇喇似大厦倾，昏惨惨似灯将尽。呀！一场欢喜忽悲辛。叹人世，终难定！

——红楼梦曲《聪明累》

一

凤姐这人，蛮不好说。曹雪芹写她时，既不埋没她的才干，也不回避她的毛病。可说来说去，就是不下结论。按现今考察干部的惯例，如果必须有所交代的话，他对凤姐的考察报告必是这样写：王熙凤同志具有超强的组织协调能力，勤于思考，敢于管理，善于决策。在主持荣国府和代理宁国府工作期间，做了大量有益的工作。但据荣宁二府的中层干部和基层群众反映，该同志作风专横武断，待下人苛刻狠毒，不仅存在严重的经济问题，而且与多个命案均有牵涉。然细加勘验，或事出有因，或查无实据，故暂不宜定论。究竟如何评价荣国府的这位实权人物，曹雪芹把问题抛给了读者，这就让人为难了。

曹雪芹这么做，并不是要滑头。看罢《红楼梦》前八十回，我们不难发现，他在写凤姐时，内心是充满矛盾的。凤姐这人，论模样，极标致；论言谈，极爽利；论心机，极深细。如冷子兴所言，男人也万不及一。这些还倒罢了，单说她的才干，就足令须眉汗颜。要不，秦可卿怎么说她是“脂粉队里的英雄”呢？可是，她的问题同样突出。光是“毒设相思局”“弄权铁槛寺”和迫害尤二姐这几桩事，就已经触目惊心了。凤姐的可爱与可恨，两头都冒了尖，还真不好给她下个准确的结论。在这个问题上，曹雪芹似乎还留了一手：凤姐的才能，是无可争议的。她所做的工作，也是有目共睹的。而贾瑞之死、尤二姐之死、张金哥和守备的儿子之死，虽说跟她有点关系，若依律较起真儿来，却又还有些说道。她利用众人的月例放贷不假，但也只是迟发几天，相当于小范围内的资本运作，大不了就是个“违规”。这么看，若是“五五开”，她就吃亏了。因此，对凤姐的评价问题，只好暂时悬而不决。

不管怎么说，凤姐作为一个客观存在，是不容忽视的。从小说创作角度来说，少了这么个人物，倒也不是不能成篇，但作品的分量，只怕要打些折扣了。一部《红楼梦》，没了凤姐，就如同一台大戏里没个好角儿，看着红火热闹，可经不起细品。故而我以为，对于凤姐，还是应从积极的方面去审视她。打破盆儿说盆儿，打破碗儿说碗儿。既不能因为她才能超群就“一俊遮百丑”，也不能因为她错误严重就全盘否定。倘能升至以人为镜的高度，也算她没白来人世走一遭。这样看凤姐，或许更为理性、更为人性，也更符合曹雪芹的创作思想。

二

凤姐的才干，是超越了时代局限的。她在协理宁国府时的一系列作为，就极具现代意识。一开始，她通过调查研究，找出了宁国府管理混乱的症结：头一件，人口混杂，遗失东西；第二件，事无专执，临期推诿；第三件，需用过费，滥支冒领；第四件，任无大小，苦乐不均；第五件，家人豪纵，有脸者不服钤束，无脸者不能上进等。接着，她抓住主要矛盾，对症下药。那些整改办法，当真是条理分明，一丝不乱。最后，就是严格考核，赏罚分明。负责迎送亲客的一个人迟到一回，当即开发，毫不留情。至于奖赏，凤姐也说了：事完了，你们家大爷自然赏你们。依据当时情势，她的建议，贾珍大约也会采纳的。因为做到了上述三点，众人再不敢偷闲，自此兢兢业业，执事保全。

从管理学角度看凤姐协理宁国府，还有这么两个细节不可忽略：第一，在治理整顿之前，凤姐已经对做好这项工作的必要性和紧迫性，以及顶风违纪的严重性，做了广泛深入的宣传发动，从中层到基层，层层吹风，个个打“预防针”，做到了家喻户晓，人人皆知。第二，她自己率先垂范，严格自律，说好卯正二刻到岗，雷打不动。仔细想想，过去一些企业之所以管理松懈，效率低下，可不就是上面那些原因么？而今一些企业之所以如日中天，也不外乎与凤姐的做法类似的一些手段在发挥作用。两百多年前的管理思想，搁在今天仍然实用，谁能否定它的先进性？

管理者和被管理者之间，从来都是存在矛盾的。在一个团体里，没有规矩必然乱套。所有的规矩，都可能触及某些个体的实际利益。因而，制定规矩和执行规矩的人，难免招人忌恨。贾琏的小厮兴儿就曾这样说凤姐：“嘴甜心苦，两面三刀，上头一脸笑，脚下使绊子，明是一盆火，暗是一把刀。”这番评语，固然代表了一部分人的情绪，在凤姐身上，也确实可以找到与兴儿所言相对应的问题，但我们也要辩证地看。即如前面被她处理过的那人，挨了二十大板，还被革去一个月银米，当面叩谢一回不假，背地里她会说凤姐的好话么？因为看问题的角度不同，管理者的诸多做法，到了被管理者嘴里，也许就成了待人苛刻的例证。李纨倒是好人缘，也没见下人说过她什么坏话，可她是搞管理的材料吗？凤姐生病期间，她也曾主持过荣国府的工作。细想想，那些日子，她何曾有过出彩的作为？若不是探春和宝钗合力辅佐，荣国府只怕早就乱成一团糟了。

三

凤姐在民间口碑不佳，高鹗是难辞其咎的。最早认识凤姐，是在越剧《红楼梦》里。看到她生生地拆散了宝哥哥和林妹妹，并最终导致黛玉“焚稿断痴情”，从此便恨之入骨。不光我对她是这个态度，老家乡亲们一提起她，也是咬牙切齿。第一次接触原著，看前八十回里的凤姐，从性格到处事，蛮可爱的。纵有些毛病，也以事出有因为由，原谅了她。可看到第八十四回，她和贾母、王夫人论金玉良缘，又叮嘱丫头们不可走漏了风声，及至亲手设计了“调包计”以后，已是新仇旧恨俱上心头。能够客观地看待凤姐，是在得知高鹗只是续书者，而不是曹雪芹的合作者之后。

张爱玲在其《红楼梦魇》中说：她自十二三岁时就开始读《红楼梦》，不同的本子不用留神看，稍微眼生点的字，自会蹦出来。读至八十回后，忽觉“天光无日，百般无味”。我没有张爱玲那般才气，最初读到八十回后，倒也没有如此强烈的反应。但在续书中，看到向来对黛玉关怀备至的贾母，只一转身，便成了个冷面寡恩，翻脸绝情的人，顿感周身寒栗却是真的。凭良心说，在前八十回里，凤姐对黛玉，是无可挑剔的。多数红学家认为，她也是“木石姻缘”的拥护者。可到了高鹗笔下，凤姐就惨了。一个“调包计”，让她背了黑锅不说，而且引爆了读者先前对她的所有不满，就连她素日的种种好处，也一风吹了。铁笔如刀，不怕你不信。

其实，不用“掉包计”来雪上加霜，曹雪芹对凤姐的批判意识，也是非常强烈的。贾瑞、张金哥、守备之子和尤二姐的死，虽说也有他们自身的原因，但凤姐也难逃干系。她在其间的作为，即便没犯国法，也是伤了天理。她指使旺儿追杀张华，虽是未遂，却已犯了国法。只这几条便足以说明，曹雪芹对于凤姐，笔下并未留情。凤姐待下人，动不动就是嘴巴子，要不就是拿簪子扎脸，还威胁要烧了红烙铁烙嘴，在太阳底下跪瓷瓦子等等，按红学家周思源先生给她总结的“五辣俱全”的说法，这些就是毒辣了。类似恶行，曹雪芹也丝毫不予遮掩。令人不解的是，凤姐的上述劣迹，很多人并没太当回事。倒是那个“调包计”，让读者对她恨到了极点。究其根由，许是宝黛爱情太刻骨铭心了，谁坏了这桩姻缘，也就是犯了众怒。倘这个推理成立，高鹗的一番设计，是抓住了人心的。

说到戏剧，必得说说饰演凤姐的几个演员。邓婕演凤姐，深得“粉面含春威不露，丹唇未启笑先闻”之神韵，更是将其精得如猴儿似的心机，演绎得淋漓尽致。我以为，她是真正读懂了凤姐的。刘晓庆版的凤姐，似乎没找到感觉。演凤姐之威，直如西太后；状凤姐之酸，活脱脱一个夏金桂。1987版电视剧《红楼梦》演员中，陈晓旭的黛玉、张莉的宝钗，不是绝无仅有的，但邓婕的凤姐却是空前的，只怕也是绝后的。

四

红学家马瑞芳女士说，凤姐是曹操的女儿，悟空的妹子。这话有些意思。凤姐曾对老尼姑净虚说过：“我是从来不信阴司地狱报应的，凭什么事，我说行，就行。”曹操在误杀吕伯奢一家后，说过一句著名的话：“宁教我负天下人，休教天下人负我。”凤姐敢想敢干的做派，比之曹操，如何？那回青梅煮酒时，曹操对刘备说：“今天下英雄，惟使君与操尔。”凤姐跟尤氏说：“普天下的人，我不笑话也就罢了……”凤姐的高傲自信，比之曹操，如何？王昆仑先生早在20世纪40年代就说过：“《三国演义》的读者恨曹操，骂曹操，曹操死了想曹操。《红楼梦》的读者恨凤姐，骂凤姐，不见凤姐想凤姐。”的确，我们读《三国演义》，在曹操去世之后的四十二回里，虽也有曹植赋诗、七擒孟获和空城计等精彩故事，但涉及魏国的诸多章回，是不是少了些味道？以后的魏、蜀、吴之争，是不是不再波谲云诡？而在《红楼梦》的前八十回里，只要有凤姐在场，必然出彩。别的不说，只说第七十五回的中秋夜宴，因少了个凤姐，那是何等的冷清？配角的戏份超过了主角，不是导演偏心，实在是这个角色太重要了。

黛玉的口才，是有名的。而依我说，凤姐的口才，远胜过黛玉。在第六回，冷子兴的岳母周瑞家的说过："要赌口齿，十个会说话的男人也说她不过。"从凤姐嘴里说出的话，不仅雅俗共赏，更难得的是，她见什么人说什么话，正话反说，反话正说，气氛、火候拿捏得恰到好处。她不懂宝钗说的"春秋的法儿"，却最善于运用这一手法。在第五十二回，贾母说："我虽疼他，我又怕他太伶俐了，也不是好事。"听听凤姐怎么说：

这话老祖宗说差了。世人都说太伶俐聪明，怕活不长。世人都说得，人人都信得，独老祖宗不当说，不当信。老祖宗只有伶俐聪明过我十倍的，怎么如今这样福寿双全的？

在第五十回，薛姨妈说，原想摆两桌酒，请老太太赏雪的，可听宝钗说，贾母心下不大爽，也就没敢惊动。凤姐笑着让薛姨妈先称五十两银子来，交给她收着，一下雪，她就预备下酒，既不用薛姨妈操心，也免得她忘了。贾母笑道："既这么说，姨太太给他五十两银子收着，我和他每人分二十五两，到下雪的日子，我装心里不快，混过去了，姨太太更不用操心，我和凤丫头倒得了实惠。"凤姐拍手叫好，贾母就怪她顺竿儿爬，不害臊。只听凤姐说：

我们老祖宗最是有眼色的，试一试，姨妈若松呢，拿出五十两来，就和我分。这会子估量着不中用了，翻过来拿我做法子，说出这些大方话来。如今我也不和姨妈要银子，竟替姨妈出银子治了酒，请老祖宗吃了，我另外再封五十两银子孝敬老祖宗，算是罚我个包揽闲事。这可好不好？

她这里还没说完，惜春、宝琴等人早已笑倒在炕上。凤姐妙语，在前八十回随处可见。曹雪芹笔下的语言，高度契合人物性格，绝不重复。同是才女，把黛玉、宝钗、探春、湘云的话放在一起比较，各是各的风格。同是年轻媳妇，凤姐的话，只能是“一家之言”，放在李纨和尤氏名下，皆不合适。

五

人说凤姐处事八面玲珑，左右逢源，这倒也不是坏事。在处理同贾母和邢、王夫人，李纨、尤氏妯娌，以及小姑子、小叔子的关系方面，抓两头，稳中间，是非常正确的。得到了贾母的信任，就如同得了尚方宝剑。稳住了中间势力，就少了诸多干预。把下面多数人笼络住了，不仅拥有了群众基础，而且为自己的将来留下不少人情。这种瞻前顾后的人际关系谋略，不独在一个家族、一个团体，就是国与国之间的交往，也是值得仿效的。至于凤姐的结局不妙，不是上述谋略不正确，风云突变，奈何不得。再者，她干的那些坏事，既直接或间接地导致了荣府的衰落，也把自己送到了风口浪尖。聪明过头，机关算尽，总要付出代价的。

我们批评凤姐的错误，断不可掩盖了她待人的许多好处。天冷了，她就筹划着让宝玉和姑娘们在大观园里开伙；见岫烟家贫命苦，又比别的姊妹们多疼她些；得知探春协理家事遇到难题，又嘱平儿多支持她的工作等等，甚是体贴入微。宁国府总管来升说凤姐脸酸心硬，我却从这些小事中，看到了她内心柔软的一面。有红学家说，凤姐的这些举动，是讨好贾母等人的小计谋。这种说法，否定了凤姐身上也不乏善良的品质，既有失公允，也不符合曹雪芹在“正邪两赋论”中所宣扬的人性思想。

看红楼，品凤姐，很容易让人联系现实。在一个团体内部，如果权力过于集中，又缺乏有效制约，必然滋生腐败。凤姐的悲剧还告诉我们，一个才能超群的人，在本人的意志处于摇摆不定之时，如果没有必要的管束，任其心智用到了与公众利益相反的方面，其破坏力将远远大于他所创造的价值。凤姐因为有才能，所以受到“高层”的宠爱；因为宠爱，便忽略了对她的监管；因为缺乏监管，她行事就无所顾忌。及至东窗事发，合府上下莫不受损。无奈，悔之晚矣。

天地悠悠，人生难料。才见她彩绣辉煌，恍如神妃仙子，转眼间，便落得个“哭向金陵”，痛哉。一代脂粉英雄，偏又让人给涂抹得面目全非，哀哉。

惜探春

一帆风雨路三千，把骨肉家园齐抛闪。恐哭损残年，告爹娘，休把儿悬念。自古穷通皆有定，离合岂无缘？从今分两地，各自保平安。奴去也，莫牵连。

——红楼梦曲《分骨肉》

一

探春在贾家“四春”中，是曹雪芹着墨最浓、用情最深、塑造得最为动人的艺术形象。甫一出场，但见她俊眼修眉、顾盼神飞、文采精华、见之忘俗。这等形象，在《红楼梦》之前的诸多小说中，实不多见。

在金陵十二钗中，探春是少有争议的人物。除了她对赵姨娘、贾环、赵国基的态度让人略有微词之外，多数人对她是持肯定态度的。在等级森严的封建社会，主子与奴才的关系，是不容错位的。就连贾母、贾政等见了元春，也要行君臣之礼，所以，探春对赵姨娘说的那些话，虽然有些刺耳，但句句都在理上，究竟也不为过。再说，赵姨娘这人，就像平儿说的，“原有些倒三不着两”，说话办事皆荒唐至极，若不适时打压，任其屡生事端，探春脸面何在？更有贾环那“燎了毛的小冻猫子”，形容猥琐，举止荒疏倒在其次，可恶的是他小小年纪，浑身上下都透着一股邪气，怨不得探春不疼他。

曹雪芹在小说创作中，不论是心理活动、言谈举止，还是个性风格、行事做派，甚至与主人公相关的环境设计，都是紧贴人物的。别的且放下不论，先来看看探春的秋爽斋：

探春素喜阔朗，这三间屋子并不曾隔断。当地放着一张花梨大理石大案，案上磊着各种名人法帖，并数十方宝砚，各色笔筒，笔海内插的笔如树林一般。那一边设着斗大的一个汝窑花囊，插着满满的一囊水晶球儿的白菊。西墙上当中挂着一大幅米襄阳《烟雨图》，左右挂着一副对联，乃是颜鲁公墨迹，其词云：烟霞闲骨格，泉石野生涯……

这般陈设，已然没了丝毫脂粉气，倒像是男人的书房。西墙上悬挂的书画也有意思：宋代书画家米芾的书法锋出八面，酣畅淋漓。其山水画亦如他的书法，烟云出没，变幻无穷。唐代书法家颜真卿的书法朴拙雄浑，大气磅礴。闺阁女子，偏喜欢这些男性化十足的作品，探春性格独特，由此可见一斑。

二

探春的过人之处，在于她的政治家风度。这一点，书中女子自不必说，就我们见过的贾府男子，有一个算一个，皆不能及。在第七十四回，王夫人听了王善保家的挑唆，而命人抄检大观园时，其他人都惶惶如惊弓之鸟，而探春却早命众丫鬟秉烛开门而待。镇静如此，也只有探春做得出来。这期间，她对凤姐说的那番话，更是令人震惊——

……你们别忙，自然连你们抄的日子有呢！你们今日早起不曾议论甄家，自己家里好好的抄家，果然今日真抄了。咱们也渐渐的来了。可知这样大族人家，若从外头杀来，一时是杀不死的……必须先从家里自杀自灭起来，才能一败涂地！

这么认识家族危机的，探春是贾府第一人。在第三十六回，因为有人抱怨扣了丫头的月例一事，凤姐倒是说过：“明儿一裹脑子扣的日子还有呢……”按曹雪芹的思想，这话显然不只是就事论事，但就论述水平而言，凤姐却没有探春站得高，也没有探春说的有深度。凤姐的话，带着一种情绪，探春的话，却充满理性。在那个年代，探春就已经掌握了事物变化的基本规律，并认识到了内因和外因在家族命运中的相互作用，令人惊叹。

从人物性格角度来分析，我揣测，许是探春早已意识到了贾府将要面临的危机，或是通过她从小到大的观察和思考，认为身处政治漩涡的贾府，如果不能居安思危，洁身自保，迟早会遭遇灾难性打击的。因而，在第五十五回，她便有了这样的话：我但凡是个男人，可以出得去，我必早走了，立一番事业，那时自有我一番道理。

三

探春的政治才能，最早体现在组建海棠诗社那一回。论写诗水平，她比不上黛玉和宝钗，但她作为诗社的发起人，却是有胆有识，一呼百应。如同当下的现实，你可能瞧不上你的领导业务稀松，也可能看不起他们文才平平，可人家善于组织，善于协调，善于决断，在你看来十分麻缠的事，到了他们那里，一番内外运作，轻而易举地就给摆平了。这些，还真由不得你不服。

凤姐病了，探春协助李纨代理家事。一开始，就有人存心给她出难题，打算看她的笑话。在第五十五回，赵姨娘的弟弟赵国基死了，吴新登的媳妇来请示探春如何抚恤时，让人们第一次领教了探春的厉害。随后，赵姨娘登门问罪，她有理有据地予以驳斥；再经过调查研究，削去一系列重复开销，让众人深为敬服。难怪兴儿说："三姑娘的浑名是'玫瑰花'……又红又香，无人不爱的，只是刺扎手。"

在大观园推行承包责任制，使探春的政治才能得到了充分的展示。她提出的方案，目标明确，措施得力，方法简便，而且责、权、利分明，真不枉了"才自精明志自高"这一评语。如今，一提起"联产承包制"这一经济术语，人们首先想到的是安徽凤阳的小岗村。其实，早在两百多年前，探春就创造了这种生产组织模式。这么说，有人可能要问：探春这一招，不是从赖嬷嬷家里学来的吗，怎么她成了发明人呢？不错，赖嬷嬷家的确实是这么做的。但如果你认真读过这两回文字，就会发现，赖嬷嬷家的那个做法，只有实践，没有理论，还难以上升到机制的高度。探春推行的这一模式，既有实践，又有理论，而且在原有的基础上有了深化和发展，所以，这一知识产权，非她莫属。

四

在处理复杂问题上，探春也显示出了非凡才能。作为庶出的姑娘，她自然隐隐有些难言的自卑。私下揣测，倘赵姨娘是一个自尊自重的人，倘贾环不是那么人见人烦，她对这母子二人，肯定不会是那种态度。在众人面前，她也不会过于敏感。可赵姨娘和贾环总不给她长脸，偏是怎么讨嫌怎么做。这样，探春就不得不经常面临诸多难堪。

就因为这些，她只好采取别的办法：一是洁身自好，二是在大面上同这两个人划清界限，三是争取王夫人的认可。这三点，她做到了，而且效果不错。第一点自不必说。第二点在她多次教训赵姨娘时，我们也领教过了。让人们忽略了的，是在第二十七回探春对宝玉说的那番话：

他只管这么想，我只管认得老爷、太太两个人，别人我一概不管。就是姊妹弟兄跟前，谁和我好，我就和谁好，什么偏的庶的，我也不知道，论理我不该说他，但忒昏愦的不像了！

听了她这番话，你可以埋怨探春无情，但反过来替她想想，身处那种环境，又遇上了那么两个人，这么说、这么做，实属无奈。

关于第三点，她按照王夫人的意思，精心理家不必说了。而在第四十六回，贾赦要打鸳鸯的主意，贾母见王夫人在身边，只好拿她出气。王夫人虽满心委屈，可又不敢辩白。探春在窗外边听边想：薛姨妈、宝钗不方便劝，王夫人、李纨、凤姐、宝玉一概不敢辩，正是用得着女孩儿的时候，可迎春老实，惜春太小，只得自己出面了。想到这里，她走进屋来，边赔笑边对贾母说："这事与太太什么相干？老太太想一想，也有大伯子要收屋里的人，小婶子如何知道？便知道，也推不知道。"只这么稍微动了点心眼儿，就帮王夫人解了围，也顺便巩固了自己在王夫人心目中的地位。所以，那回提起谁能担当理家重任时，凤姐对平儿说：

……倒只剩了三姑娘一个，心里嘴里都也来得，又是咱家的正人，太太又疼她，虽然面上淡淡的，皆因是赵姨娘那老东西闹的，心里却是和宝玉一样疼呢！

五

对于探春，周汝昌先生在其校订批点本《石头记》中，有过很高的评价。非常荣幸，我对探春的看法，与周老先生的意见是统一的。老先生在第五十五回，在探春驳回赵姨娘为其弟赵国基争"抚恤金"的要求之后，对三姑娘的行为有如下按语：

……其生母赵姨娘若是贤德善良之辈，全家依然尊重照顾，而探春亦不失千金小姐之尊严。偏偏赵氏又是一个如此愚昧鄙恶之女人，扫尽探春面皮，使其无地自容……如探春略怀私心不守旧例，为赵国基争得四十两银之数，于是全家上下眼中之探春三小姐品格扫地矣。而世人读《石头记》，却有评议探春之不认生母，以为攀高争宠。若如此读之，则《石头记》之品格扫地矣。……世之辱骂探春者，不知是爱公乎，还是爱私乎？

八十回本《石头记》里，探春最后的精彩亮相，是在第七十四回。当晚抄检大观园时，刚刚给晴雯上完“扦子”的王善保家的，又兴冲冲地登场了。这女人素日也听说过探春的厉害，可她认为那是众人认不清形势，没胆量惹她。她想着，就凭探春一个庶出的姑娘，敢怎么样呢？作为邢夫人的陪房，王夫人对她也另眼相看，她能把探春放在眼里？于是，便越众向前，拉起探春的衣襟，故意一掀，嘻嘻笑道：“连姑娘身上我都翻了，果然没有什么。”哪曾想，一语未了，只听“啪”的一声，早挨了一大耳刮子，又听探春怒声斥责道：

你是什么东西，敢来拉扯我的衣裳！我不过看着太太的面上，你又有年纪，叫你一声妈妈，你就狗仗人势，天天作耗，专管生事。如今越性了不得了。你打谅我是同你们姑娘那样好性儿，由着你们欺负他，就错了主意！

读《红楼梦》的人，每读至此，没有不深感痛快、解气的。像王善保家的这样的人，必得探春这样的人收拾她。不如此，他们就不知道自己有几斤几两了。

六

曹雪芹写探春之才，有别于黛玉、宝钗的风雅之才，也不同于凤姐的理家之才。写个诗，画个画，虽也是才，而且不是一般的才。在曹雪芹之前，很多小说作者也写过这样的女子，写得好坏不去说它，可终究是写了。但像写探春一样写一个女子，我见得不多。封建道德思想作为主流意识形态，是当时臣民必须尊崇的行为准则。“女子无才便是德”一语，作为诸多准则中的一项基本内容，是衡量女性是否严守妇道的重要标准。闺阁女子，偶尔吟风弄月，只当是消遣，也算不得犯忌。凤姐理事有方，固然也是才能，但那是女人的本分。倒是探春的这种志向，以及这种志向下的种种不凡之举，让男人们坐卧不宁了。两百多年前，曹雪芹能让这样一位女子挺身而出，不说是挑战封建道德体系，至少是在诟病男权社会的弊端。思想如此超前，送他“伟大”二字，实不为过。

在曹雪芹笔下，人物千姿百态，却绝无重复之嫌。脂砚斋虽有“袭为钗副、晴为黛影”之说，然稍加端详便可发现，这四个人的性格特点毫不犯冲。我曾经比较了一下，同是清高孤傲的人，妙玉和黛玉，却是各具风采。同是豪爽大方的人，湘云和探春，又有明显分别。因而我猜想，曹雪芹这么塑造人物，必是在表达一种愿望：让所有善良的人都能拥有一方乐土，在这里，可以张扬个性，可以展示才华，可以尽享自由和快乐。风景旖旎的大观园，就是曹雪芹心灵的“乌托邦”。然而，理想和现实总是充满了矛盾，小环境拗不过大气候，一遇“风刀霜剑”，终不免寒烟漠漠，落叶萧萧。其荒凉之状，令人浩叹。

探春最终未能挽救贾府危局，不是她的才能不高明。从大的方面说，一个团体陷入困境，必是整个系统出了问题，如果不从体制上解决矛盾，单靠修修补补是无济于事的。从小的方面说，大厦将倾，独木难支。在贾府那个大集团里，面对那么多的问题，单凭一两个人的觉悟和努力，是化解不了“家亡人散各奔腾”的危机的。探春才高志远，怎奈她生逢末世，且困于闺中，壮志难酬，惜哉。

从《红楼梦》里的多处伏笔和暗示，我们得知，探春最终嫁到了很远的地方。曹雪芹笔下“清明涕送江边望”的场面，我们无缘目睹，但一曲《分骨肉》，已然让人恸彻肝肠。对于三姑娘，我们似乎应该往好处看，凭她那种才能和志向，到了远处，想必也不至太受委屈，甚至从此出人头地也未可知。

赞湘云

襁褓中，父母叹双亡。纵居那绮罗丛，谁知娇养？幸生来，英豪阔大宽宏量，从未将儿女私情略萦心上。好一似，霁月光风耀玉堂，厮配得才貌仙郎，博得个地久天长，准折得幼儿时坎坷形状。终久是云散高唐，水涸湘江。这是尘寰中消长数应当，何必枉悲伤！

——红楼梦曲《乐中悲》

一

初夏的大观园，蜂飞蝶舞，落英缤纷。出怡红院，过沁芳亭，绕秋爽斋，跨蜂腰桥，一路来至缀锦楼。驻足稍息，闻得红香圃那边，隐隐传来阵阵欢笑，脆生生，喜盈盈，间或有丝竹之声飘过，借着水音儿，如花间鸟语，直把人的魂儿勾去了。

进了红香圃，方记起这日乃四月二十六，是宝玉、平儿、宝琴、岫烟四个人的生日，一群女子正在给他们庆寿呢。然放眼望去，这等场合，该来的大都来了，怎么独缺了云丫头呢？正疑惑间，忽听一小丫头笑嘻嘻地喊道：快瞧云姑娘去，吃醉了酒图凉快，在山子后头的青石板凳上睡着了。随大伙一同来看，果见青石凳上，湘云早已香梦沉酣，四面芍药花飞了一身，头上脸上衣襟上，红香散乱。扇子落在地下，也半被落花埋了。姑娘们上来推她唤她，只听湘云迷迷糊糊中还在说着酒令：泉香而酒洌，玉盏盛来琥珀光，直饮到梅梢月上，醉扶归……

这一画面，怎一个美字了得？戚序本《石头记》回后批曰：“看湘云醉卧青石，满身花影，宛若百十名姝抱云笙月鼓而簇拥太真者。”脂砚斋拿湘云直比杨妃，与宝玉说宝钗活像杨妃之间，有无玄机先且不说，只说云丫头醉卧芍药裀这一行为，不仅倾倒了作者本人，在后世文人和普通读者中，也深得人心。作家王蒙先生说：湘云憨卧，是至纯至美的自然之子形象。早年的绣像本、插图本《红楼梦》，几乎都有“憨湘云醉卧芍药裀”的画，凡《红楼梦》读者，每忆起湘云，少有不想到这一场面的。思及此情此景，生性豪爽的云丫头，立马在眼前晃动起来。

二

那年，我在一篇题为《酒话》的小文中，说过这么几句话：饮至微醺方为妙……《贵妃醉酒》中杨玉环的一颦一笑，颇为耐看，而《红楼梦》中云丫头被众小姐灌醉后酣卧山石的姿态，就有失大家闺秀的风范了。未料一言既出，立马招来一帮博友口诛笔伐。老实说，举这个例子，有信手拈来，只图省事的缘故，最根本的问题，还是思想认识上的错误。总以为，一个大姑娘，喝得醉醺醺的，走哪儿躺哪儿，着实不雅。现在想来，大观园是宝玉及众姊妹的天堂，相对外面来说，就是范围略大些的私人空间。在这里自由自在地挥洒性情，纵有些不合礼教之举，只要不太出格，原不应过分计较的。

而今细读红楼，终有所悟：湘云之爽、之疯、之憨，正是她有别于其他女子的可爱之处。她的出场，也与别个不同。《红楼梦》里的所有重要人物，凡出场之前，或在冷子兴演说荣国府时便有交代，或是通过别人重点介绍，让人对其有个大致印象，刚一露面，必有一段浓墨重彩的描绘。湘云在第二十回才姗姗登场，此前，除了在其判词和红楼梦曲中有所披露以外，再就是第十九回，袭人与宝玉说话时略漏了点口风：“……自我从小儿来了，跟着老太太，先服侍了史大姑娘几年……”次回，只听有人一声“史大姑娘来了”，她从此就融入大观园女儿国了。

刘心武先生认为，曹雪芹安排湘云这么晚出场，且又是如此亮相法，是因为这个艺术形象最接近人物原型，该她上场时就很自然地上场了，不必作过多的铺垫和过分的描写。又因为这一原型与作者生活高度贴近，一时还没拿准究竟如何写她。周汝昌先生甚而断言，湘云的原型就是脂砚斋。两位红学家的观点相互印证，既是《红楼梦》的魅力所在，也为我们品评红楼人物提供了全新的视角。我没有排除上述观点的直接证据，但我以为，云丫头性格大大咧咧，行动风风火火，原本就该这么出场。

三

湘云之爽，人见人爱。这份爽利，当是一股天生的豪气。第二十七回射覆那次，袭人帮她拈了个“拇战”，便听她笑道：“这个简单爽利，合了我的脾气，我不行这个射覆，没的垂头丧气闷人，我只划拳去了。”到了第五十七回，听说岫烟受了迎春屋里婆子丫鬟的欺负，黛玉唯有伤心感叹，湘云则立马就要打上门去，活脱脱一个鲁提辖。湘云在众人面前，大说大笑，高谈阔论，毫无顾忌。在酒席上掣签，别人都斯斯文文的，独她揎拳撸袖，简直就是个愣小子。她心中有话，想到就说，不拐弯抹角，不虚伪做作，不斤斤计较。同姐妹们有些小摩擦，说完就完了，过后依旧打得火热。故而我以为，男人可拿她当哥们儿，女子能和她成“闺蜜”。

湘云之疯，是她心地阔朗的真实反映。论身世，她和黛玉都是父母双亡，寄人篱下。论现实处境，她比黛玉还要差些，虽身居侯门，却有无限苦楚。可她的胸怀豁达敞亮，该笑就笑，得乐且乐，从不把不高兴的事放在心上。

这不是缺心眼儿，而是一种人生态度。大伙儿聚会时，有她在场，必定热闹非常。在她醉卧芍药裀的当天晚上，因探春得了个好签，大伙儿敬她酒，三姑娘不肯喝，湘云牵头，硬是强死强活地给灌了下去。在芦雪庵赏雪吟诗那回，她和宝玉商量拿鹿肉烧了吃，黛玉笑话她，只听她反笑道："你知道什么，'是真名士自风流'……我们这会子腥膻大吃大嚼，回来却是锦心绣口。"这等豪言，别的姑娘断说不出来。第五十四回元宵夜放炮仗时，宝钗、黛玉等都躲进了大人怀里，独她不怕。据宝钗说，她还偏爱放大炮仗。前八十回里，湘云的戏本来不多，可她的形象生动活泼，令人难忘。

湘云之憨，有憨态可掬的妩媚，有宽怀大度的美感。在酒场上犯了规，大伙儿罚她，二话不说，老老实实认了。明明手头不富裕，却主动让诗社成员罚自己做个东道。对伙伴们有什么看法，或是某人的某些做法让自己不愉快，直通通地就说了，从不掖着藏着，也不预备秋后算账。类似之事，搁在别的女子身上，可能会耍耍赖，算算账，想想后果，湘云却不动这个心眼儿。同这样心底透明的人交往，用不着心防高筑。可有一宗，上面说的只是单方面的，现实是残酷的，在纷繁复杂的社会里，如此待人处事，难免令人悬心。值得欣慰的是，在前八十回里，云丫头并未因此吃过什么亏，实为幸事。

四

多数读者总以为湘云嘻嘻哈哈，不拘小节，说话办事顾前不顾后。其实，她也有心细的一面。寄养于叔叔家，是很憋屈的，婶婶为节省开支，针线上的活，都是娘儿们自己做。因此，她时常熬至半夜三更，苦不堪言。在家里，她凡事都做不得主，更不要说置办些闺阁玩意儿了。可在第三十一回，她偶然得了几枚绛纹石戒指，就想着要分送给这边的姑娘们，再看看她的分送方式，又是多么周到细致？第三十六回，宝钗去怡红院找宝玉，见宝玉睡着了，恰巧袭人有事要出去一会儿，也没怎么留心，就坐在袭人刚才坐的位置，拿起她正在给宝玉绣的兜肚，认真地替袭人绣起来。不想这时黛玉和湘云来了，隔着窗纱见此情景，黛玉把身子一藏，招手叫湘云，准备合伙取笑宝钗。湘云见了，原也想笑的，忽想起宝钗素日的好处，便撒了个谎，把黛玉拉走了。事虽小，情却深。只这两件事便可认定，湘云的粗心，原因是品质纯洁；湘云的细心，说明她心地善良。

在十二钗中，湘云的才思敏捷直逼黛玉，保守地说，应当排在前三名。第五十回在芦雪庵联诗时，凤姐先开了个头，李纨、香菱、探春、宝玉、李绮等几个人起先还能跟上节奏，待湘云的疯劲上来之后，就只剩下黛玉、宝钗、宝琴“三英战吕布”了。湘云一气联了十八句，为众芳之冠。曹雪芹在她的名下，连用了十二个“忙”字，可谓大出风头。其实，湘云的诗才，在第三十七回咏海棠时，我们就已经领教了。她虽来得晚些，可纵观所有诗作，独她可与黛玉媲美。我在想，元妃省亲那回，若湘云在场，也必获好评无疑。

爱《红楼梦》的人，每思及湘云和黛玉在凹晶馆联诗的情景，没有不心头颤动的。是夜，二人本是和贾母等人一同赏月的，因想着姐妹们病的病，走的走，让她俩顿感伤怀。便趁众人强颜欢笑的机会，来至凹晶馆。望天上一轮皓月，池中一轮水月，上下争辉，始觉神清气静。一阵微风吹过，见池水粼粼，秋叶飒飒，因又想起各自的身世来，不免叹息一番。这当儿，远处的山梁上缓缓飘来一缕笛声，哀婉如诉，幽凉如水。不想，这番景象倒引发了姐妹俩的诗兴，二人便商量着联起诗来。也就是这一回，她俩咏出了两句千古绝唱：

寒塘渡鹤影，

冷月葬花魂。

中秋月夜，本是万家团圆的时光，偏是两个父母双亡的女子在这里赏月联诗，内中有无深意？而结尾的两句又是这般凄艳，是否在向读者传递某种暗示？

五

湘云的结局，曹雪芹判词中不像对迎春、惜春那样，说得十分明白，一曲《乐中悲》，也是含糊其辞，因而也就引发了一系列扑朔迷离的探究。程高续书在第一百零六回里说：“姑爷长得好，为人又平和，文才也好。”这几个字，算是对“厮配得才貌仙郎”一语有了个交代。在第一百零九回，又侧面交代了湘云之夫病重，直至一百一十八回病亡，她立志守寡。这是程伟元和高鹗对“云散高塘，水涸湘江”的理解。这一安排，看似合情合理，但多数红学家并不买账。清人甫塘逸士、赵之谦分别在其《续阅微草堂笔记》和《章安杂记》中透露，他们从旧时真本中获悉，宝钗婚后，不幸早亡，宝玉穷困落魄。是时，湘云新寡，遂与宝玉结缡。

当代红学家周汝昌先生在其《红楼梦新证》中说，贾府败落以后，史家也跟着被查办了。湘云流落于卫若兰家为俾，忽见若兰所佩之麒麟，睹物思人，黯然神伤。卫若兰见事怪异，经一番追问，得知湘云乃宝玉表妹，便着人访求宝玉下落。后来，在冯紫英等朋友的帮助下，宝湘二人得以相见。此时，宝钗已然亡故，宝玉也经历了空门的滋味，因二人原本就有感情，遂由冯、卫撮合，结为患难夫妻。至此，也暗合了“因麒麟伏白首双星”的本意。

作家刘心武先生也支持周老先生的这一观点，他通过对脂批进行深入分析，又研究了大量史料后认为，湘云原是先嫁了卫若兰，后来卫遭不测，宝湘二人在历经磨难之后，最终走到了一起。蔡义江先生也是当代红学名家，他的《红楼梦诗词曲赋鉴赏》《红楼韵语》《蔡义江解读红楼》等著作，不乏真知灼见。但他却不同意宝玉和湘云最终走到一起的观点，对脂批中的“间色法”之说，也与刘心武先生理解有异。他认为，“白首双星”不是指宝湘二人，而是暗寓湘云和另一个人将同牛郎织女二星一样，望断银河，抱憾终身。百家争鸣且各执一词，至今仍无定论。

六

在湘云的结局这个问题上，我倾向于宝湘最终走到一起的意见。在此之前，湘云究竟是嫁与卫若兰为妻，还是流落卫家为奴，可以探讨，但最终与宝玉成婚，应是无疑的。按照学界多数专家认可的《红楼梦》具有自叙性、自传性、家族史特征的观点，宝玉的身上，就有曹雪芹的影子。曹雪芹直至去世，始终有一个女子相伴，这个女子就是脂砚斋。除周汝昌先生以外，不少学者也认为，脂砚斋就是湘云的原型。如果这一说法成立，上述谜团大约也解得开了。另外，有学者甚至提出，黛玉和湘云，就是宝玉的娥皇与女英。这个说法很有意思，学者也有依据，在第三十七回海棠诗社成立以后，大家商量着起个别号，黛玉因探春自报“蕉下客”而取笑她，只听探春回敬道：

你别忙中使巧话来骂人，我已替你想了个极当的美号了……当日娥皇女英洒泪在竹上成斑，故今斑竹又名湘妃竹。如今他住的是潇湘馆，他又爱哭，将来他想林姐夫，那些竹子也是要变成斑竹的。以后都叫他作“潇湘妃子”就完了。

在史湘云的判词中，有“湘江水逝楚云飞”一语，联想到宋玉在《高唐赋》里讲述的那个情爱故事，把湘云比湘妃，似也有些道理。在庚辰本《石头记》第七十六回，黛玉和湘云于中秋夜联诗时，同坐一个湘妃竹墩，按脂砚斋的说法，这一细节恐也不是闲事闲文。曹雪芹在第二十七回和六十二回，分别写了宝玉的两个生日，在这两回里，黛玉和湘云一个演了一出“泣残红”，一个演了一出“卧残红”，很是耐人寻味。

《红楼梦》未完，所有的探究都难以形成定论。其间，希望自己喜欢的人物有个较好结局的主观愿望，也不可避免。不才如我，明知《红楼梦》将以大悲剧收尾，但又盼着好人终有好报，写罢湘云，此念尤甚。既不能改写她的命运，又不忍埋没了她的好处，只得赞曰：

锦心绣口啖膻腥，
失怙历难却天真。
富贵犹似风过耳，
闺阁豪气说到今。

伤妙玉

气质美如兰，才华馥比仙。天生成孤僻人皆罕。你道是啖肉食腥膻，视绮罗俗厌；却不知太高人愈妒，过洁世同嫌。可叹这，青灯古殿人将老，辜负了，红粉朱楼春色阑！到头来，依旧是风尘肮脏违心愿。好一似，无瑕白玉遭泥陷；又何须，王孙公子叹无缘！

——红楼梦曲《世难容》

一

在金陵十二钗中，妙玉出场最晚。在《红楼梦》前八十回里，除过巧姐，她的故事也最少。可第一回读原著时，她的形象就在我心里定格了。时过多年，非但抹不去，且越来越清晰。妙玉这女子，争议也多。喜欢她和不喜欢她的人，往往是尖锐对立的两派。她高洁脱俗，才华出众，喜欢她的人，不管在现实生活里处于什么状态，总要在心中收拾出一块干净地方，将她供起来。同样，她的清高孤傲，放诞诡僻，也让不喜欢她的人深为厌恶，逮住机会就将其痛责一番。在这个问题上，我不和稀泥，也不当两面派。实话实说，我喜欢妙玉。从认识她开始，便生出了一怀敬惜之情。

著名剧作家尹洪波先生说："看艺术作品，有多种角度：一是进入态，把自己当作了剧中人，随着情节发展死去活来；二是作者态，冷静地分析技术技法、创作得失；三是超然态，以布莱希特的间离法，很清醒地看‘戏’……”按洪波兄的理论，我当属“进入态”读者。《夜读红楼》系列开篇之前，我想的就是要写几个自己喜欢的女子。依这个标准遴选，元春虽为十二钗之首，但她除省亲那回露过一面以外，后来的所有信息，都是别人转述的，说不上喜欢不喜欢。贾家的二小姐和四小姐，一个乏善可陈，一个形容尚小，不在喜欢之列。前八十回内，巧姐除了生过几回病以外，根本就没有故事，也无从下笔。秦可卿倒是蛮讨人喜欢的，观其见识也算个人物，可她在书里书外疑点太多，只得排除在外。至于李纨，出场也早，故事也多，但我却不喜欢她。不为别的，就冲她那句话：“可厌妙玉为人。”

我总在疑问：在十二钗正册里，妙玉是唯一与宁、荣二府没有亲缘关系的人，前八十回里，只在第四十一回和第七十六回正面出场两次。曹雪芹对她的暗写，也就是第十八回林之孝家的介绍她的来历，第五十回宝玉乞红梅、第六十三回她派人给宝玉送生日拜帖，由此引发岫烟对她的一番议论等寥寥四次。在她隆重登场的第四十一回，多个版本中涉及妙玉的文字，也只在一千三百二十五字左右。这么少的文字，就能让一个人物形象立起来，而且两百多年后，依然光彩照人，究竟是什么原因呢？自问自答，结论只有两点：第一，芹翁太伟大了；第二，妙玉太出色了。

二

循着曹雪芹创作《石头记》的基本规律，可以断定，妙玉也是有艺术原型的，而且她们家与荣国府还有很深的渊源。请看第十八回林之孝家的在向王夫人回事时，是怎么介绍她的：

……外有一个带发修行的，本是苏州人氏，祖上也是读书仕宦之家。因生了这位姑娘自小多病，买了许多替身儿皆不中用，到底这位姑娘亲自入了空门，方才好了，所以带发修行，今年才十八岁，法名妙玉。如今父母俱已亡故，身边只有两个老嬷嬷、一个小丫头伏侍。文墨也极通，经文也不用学了，模样儿又极好。因听见长安都中有观音遗像并贝叶遗文，去岁随了师父上来，现在西门外牟尼院住着……他师父临寂遗言，说他“衣食起居不宜回乡”……

再来看王夫人的反应：只听她不等林之孝家的回完便说：既这样，我们何不接了她来。林之孝家的又回道：她说侯门公府，必以贵势压人，我再不去的。王夫人说，既是官宦小姐，自然骄傲些，那就下个帖子请她。在这个情节里，作者似有大片留白。抄捡大观园之前，王夫人是极少过问家务的，而一个小尼姑的安置问题，却让她如此上心，其中必有缘故。倘再把妙玉师父告其“衣食起居不宜回乡”一语，同后来岫烟说她“因不合时宜，权势不容，竟投到这里来了”的话对应起来分析，妙玉的来历，只怕非同寻常。她的正式出场，看似简单自然，其实，作者在这里所用的笔力，不亚于写元妃省亲，好看至极。她在给贾母献茶时，老太太说：“我不吃六安茶。”话音刚落，便听妙玉笑说：“知道，这是老君眉。”只这一句，一个不卑不亢的女子形象便跃然纸上。揣摩这番对话，信息量也不小。我无意对妙玉的来历展开探佚，但私下以为，她的身世，只怕不像林之孝家的说得那么简单。

读妙玉出场一节，有很多疑惑。在这段文字中，我也曾同宝玉一样，仔细留神过她如何行事。若说她对贾母并不怎么重视，可上茶时，她“亲自捧了一个海棠花式雕漆填金云龙献寿的小茶盘，里面放了一个成窑五彩泥金小盖盅，奉与贾母”。其余众人，则“都是一色官窑脱胎填白盖碗”，是否她亲自端上来的，作者没有交代，我感觉要么是庵里两个老嬷嬷中的一个，要么就是那个小丫头。若说她很在乎贾母，可她给黛玉、宝钗、宝玉泡茶，拿出了五年前的梅花雪水，而给贾母泡茶，用的却是旧年雨水。

我曾以为，从妙玉来说，对于贾母，面子上不得不如此，私下的态度就是另一回事了。但纵观老太太在前八十回中的作为，确实是一个有思想、有见识，也特别慈祥的老人，妙玉何以如此待她呢？难以回答时，只得以居家过日子的思维替她解脱：妙玉在物质上并不小气，但她的梅花雪水总共只有一鬼脸青花瓮，先前已开封吃过一回，加上长年蒸发，本也不多了。当时随贾母来的人不少，是否够用也很难说。而且老太太事先声明不进里屋，妙玉也不便对她明说，就只得让老人家受点委屈了。

在这一回里，妙玉真正让人开了眼界。不说成窑泥金五彩钟和绿玉斗，单说𤓰瓟斝、杏犀盉、九曲十八环一百二十节蟠虬整雕湘妃竹根大盒，光看名字，现代读者自不必说，只怕芹翁时代的读者也要瞠目结舌了。据脂批透露，正是这些奇珍异宝，引发了八十回后的一系列故事。这是后话。此次品茶，还有这么一个情节值得注意：人说黛玉超凡脱俗，又是个嘴上不饶人的主儿，可当妙玉说她也是个大俗人时，竟未还嘴。妙玉之品格，由此可见。

三

反复研读前八十回有关妙玉的章节以后，我得出这么一个结论：曹雪芹是深爱这个人物的。这一结论，吻合了周汝昌先生的研究成果。老人家说：“妙玉是雪芹抱着悲愤的心情，重彩描绘的一个最重要、最奇特的女性……她是一个异样高洁，而不肯丝毫妥协的少女，对她的评价，在全书中恐怕应居首位。”那么，所谓“太高人愈妒，过洁世同嫌”的意思，当是芹翁现存遗稿难以包容的。就现今读者掌握的情况，说她太高，无非因她说了“古人中自汉、晋、五代、唐、宋以来，皆无好诗”，以及“文是庄子的好”等话，这原是个人看法，算不得权威之论。若有人因此耿耿于怀，也怪不得妙玉。至于“万人不入她目”之说，出自宝玉之口，她本人并没这么说。

依我看来，尽管她在和黛玉、湘云联诗那回才情毕露，但被她极为推崇的“纵有千年铁门槛，终须一个土馒头”两句诗，也就是范致能的大白话而已，妙玉的评价，言过其实了。连我都没当回事，何以招来“人愈妒”呢？她自称槛外人、畸人，一是介绍自己身份，二是表明她崇尚庄子思想，按照人们对“畸于人而侔于天”一语的通行解释，纵略有拔高，究竟算不得大错。若说她识茶、识水、甚至在精神享受上品位太高，那是她自己的事，何至于让人难容呢？

说妙玉过洁，倒不乏证据。价值连城的成窑泥金五彩盅被刘姥姥喝过一回，说不要就不要了，此洁何极？众人在她的东禅房坐了一会儿，竟也要清洗一番，确也有些过了。但“隔行如隔山”，修行之人有他们自己的文化理念、思维方式和行为习惯，外人看来再平常不过的事，到了他们眼中，很可能就是难以接受的。再说，这些都属个人习性，并不妨碍社会和他人，何以引得“世同嫌”呢？据此可以断定，与妙玉有关的诸多动人故事，当在八十回以后。张爱玲说平生有三恨：一恨鲥鱼多刺，二恨海棠无香，三恨《红楼梦》未完。所有“红迷”，恐均有同感。

四

有人拿妙玉的情爱说事，甚至以她曾准备将自己常用的绿玉斗与宝玉吃茶，以及她给宝玉送生日拜帖为证，言之确凿地说她倾心于宝玉。加之王扶林版电视剧《红楼梦》在栊翠庵品茶和宝玉乞红梅两处，将妙玉的情感表现得意味深长，更为这一结论提供了佐证。在这个问题上，我的看法略有出入。联想妙玉身世，我不愿意将她看作甘愿与青灯古殿相伴的尼姑。相反，倒觉得她是一个向往纯真爱情，却又不得不收敛这份心思的妙龄少女。她落脚栊翠庵，自有一段无奈的缘由。但说她倾心宝玉，值得商榷。从她第一次露面时对众人的态度来看，此前，她和宝玉及园中其他女子是极熟的，宝玉跟黛玉的关系，她必定知道。一个清高得恨不能让所有人都仰视的女子，断不会做那种令人不齿的事。她之所以乐意同宝玉交往，是取宝玉“些微有些知识”。细阅文本和脂批后，我的结论是，妙玉和宝玉，彼此都有好感是真的，但他们的交往仅限于精神层面。有伪红学家以己度人，生生捏造的离奇故事，实不足为凭。

我不愿将妙玉看作纯粹修行的人，是有根据的。在第七十六回她和黛玉、湘云联诗时，只听妙玉说：

如今收结，到底还该归到本来面目上去。若只管丢了真情真事且去搜奇捡怪，一则失了咱们的闺阁面目，二则也与题目无涉了……依我必须如此，方翻转过来，虽前头有凄楚之句，亦无甚碍了。

妙玉说这番话时，只怕是兴之所至，不禁忘形了。要不，怎么会溜出“咱们的闺阁面目”这话呢？曹雪芹说她“云空未必空”，我不认为是讽刺话。他是深知妙玉所有情况的，是否存心透露某种信息也说不准。说她“欲洁何曾洁”，同样不含嘲讽，内中必有大故事。联想到她此前的一些“不空”举动，我已然把妙玉当作了我们身边的女子，只不过心性清高一点，脾气特别一点。

对于妙玉的情爱问题，若仅仅是上面的读者那么分析，倒也没有恶意。有读者甚而盼着她和宝玉的关系再发展一步，实为美好愿望，也不必苛责。令人难以容忍的，是高鹗在续书中对妙玉的编排：“那妙玉忽想起日间宝玉之言，不觉一阵心跳耳热，自己连忙收摄心神，走进禅房，仍到禅床上坐了。怎奈神不守舍，一时如万马奔驰，觉得禅床便晃荡起来，身子已不在庵中……”把一个干干净净的女儿，涂抹得如此不堪，实在令人心寒。这也是我对高鹗续书不甚满意的重要原因。

五

据很多红学家探究，妙玉在八十回后，当有一番惊人的举动。靖藏本《石头记》在妙玉为刘姥姥用过那成窑盅，嘱道婆“不用收了，搁在外头去罢”之后，有一条因虫蛀和磨损而导致错乱的脂批，周汝昌先生校订曰：“此所谓‘过洁世同嫌’也。他日瓜洲渡口，红颜固不能不屈从枯骨，各示惩戒，岂不哀哉。”不过，老先生在其《红楼真梦》一书中，对妙玉的结局却是这么设计的：贾府被抄后，因成窑盅事发，妙玉落到了忠顺王爷手里。这王爷原本就是声色之徒，见这女子美貌绝伦，便欲收她做妾。妙玉至死不从，王爷又使出许多恶毒招数，对其百般凌辱。幸而府里的好心人暗中保全，才有了暂且忍耐，等待时机的念头。后来，在第七十七回被遣至水月庵的芳官，因常随师父到官府走动，得知妙玉落难，便以因果报应等利害关系，说服了信奉神佛的福晋，解救了妙玉。二人从此便在西山脚下一破刹内存身，心里倒也清净。

刘心武先生在他的小说《妙玉之死》中，采信了上述脂批：贾家事败，府里人死的死、流的流、卖的卖，疯的疯，好不惨然。宝玉在狱中住了些时日，因他的那些罪名或查无实据，或上不得台面，只得判令其回原籍居住。他这里还未动身，便闻得成窑盅事发。为保护妙玉，他托贾芸往栊翠庵报信。妙玉带着家藏的珍宝，潜至陈也俊为她修造的畸园，总算躲过了忠顺王爷的搜捕。其间，王爷奉命前往浙江验收海塘工程，临行前，命长史官每日与刑部联络，一定要再将宝玉严拘归案，拿到成窑盅。事也凑巧，前番落魄的甄宝玉那日正在街上行走，却被办案人员误认作贾宝玉捉拿去了。获此信息，贾宝玉主动到官府自首，救了甄宝玉。得知贾宝玉再次被捕，妙玉别过陈也俊，遣散随从，便带着剩余珍宝，只身追寻王爷。行至瓜洲渡口，既偶遇湘云，也追上了王爷的船。妙玉答应了王爷的所有要求，条件是速递文书于京师，释放宝玉。此后，每过一日，妙玉开一箱珍宝。

三日后，宝玉到了，妙玉道罢原委，便嘱他带着湘云远走高飞。又过了两日，估摸二人走远了，妙玉在王爷的催逼下，打开了最后一只箱子。这回，她启动了箱内的引爆机关……

六

《红楼梦》八十回后迷失无稿，妙玉的结局，也让喜欢她的人终生萦怀。似周汝昌、刘心武先生这般设想，是否符合芹翁原意姑且不论，只这一片不愿让妙玉受辱的仁心，便足以令人动容。对于妙玉结局的探佚，我心里是非常矛盾的，既希望得到一个最接近作者原意的结论，又害怕最终结论是我不能接受的。就像钱锺书先生在《围城》里描述的坐车人的心情："既恨汽车又笨又慢，又愿意就这么走下去，永远在开动，永远不到达，好替希望留着一线生机。"

细读红楼，感触匪浅。我以为，妙玉不只是情趣高雅的女子，而且是敢于以身饲虎的义士。说她难以接近，那是没有读懂她的缘故。她心无点尘，纯净如水，无一颗慧心则难以解读她，非一片冰心则难以贴近她。可一旦结缘，她便是一位心灵相通、堪付重托的红颜知己。在我心中，妙玉就是碧水清荷，空谷幽兰。

可恨高鹗，硬是生造了这么一个故事：几个强盗觉得妙玉"长得实在好看"，又听说她为宝玉"害起相思病来了"，遂萌生歹念，劫走妙玉。在极尽污辱之后，又害了她的性命。至此，高鹗仍不肯放过妙玉，反说她之所以被害，是因为情欲未断，心地不净，先有了走火入魔，才导致被歹人劫持。并谓如此内虚外乘，原是对她"太高"和"过洁"的报应。这般逻辑，何其荒唐？

可怜胡适、王昆仑先生，研究《红楼梦》多年，竟然认为高鹗如此设计，是符合曹雪芹思想的。因了这番理论，我对两位老人失望至极。更有新版《红楼梦》，先把一个清新脱俗的妙玉作践成了跳大神的巫婆，又按照高鹗的意思，复将她蹂躏一番。若说妙玉的结局是“无瑕白玉遭泥陷”，高鹗对她的态度就是最大的污泥滩。其余附和者，不论什么原因，客观上却做了助纣为虐的人。

知音难寻，雅趣向谁言？

斯人远去，何以慰芳魂？

慰袭人

枉自温柔和顺，空云似桂如兰。

堪羡优伶有福，谁知公子无缘。

——袭人判词

一

《红楼梦》第八回，宝玉在梨香院看过宝钗后回来，因李嬷嬷吃了他特意叮嘱留到晚上喝的枫露茶，顿时勃然大怒，不但摔了茶杯，还跳起脚来把小丫鬟茜雪训斥一通，并嚷嚷着要把李嬷嬷撵出去。袭人原是睡下了的，见事情越闹越大，赶忙起来，先是撒了个谎，打发了贾母派来问情况的人，又连哄带劝，把宝玉心头的火浇灭了，这才服侍他睡下。随后，芹翁写了这么个细节：袭人从宝玉项上摘下通灵玉来，用自己的手帕包好，轻轻地塞在褥子下面。袭人这么做，想的是宝玉次日佩戴时，便冰不着脖子了。第一次读原著，这个细节便深深地刻在心里了。喜欢袭人，就是从这时开始的。

在曹雪芹的笔下，袭人是一个深受公众好评的人物。贾母因看中了她"心地纯良，克尽职任"，才派去侍候自己的宝贝孙子。在第三十六回，王夫人含泪对薛姨妈和凤姐说："你们哪里知道袭人那孩子的好处，比我的宝玉强十倍。”薛姨妈则这样评价袭人：“模样儿自然不用说的，他的那一种行事大方，说话见人和气里头带着刚硬要强，这个实在难得。”凤姐对袭人评价不多，但在第五十一回，袭人回家探望病重的母亲时，她给安排的待遇已然非同一般。其中虽有讨好王夫人的意思，但她对这个女子有一种特别好感却是无疑的。湘云没有直接评价袭人，但在第三十二回，她对袭人说：“……这么大热天，我来了，必定赶来先瞧瞧你。不信你问问缕儿，我在家时时刻刻那一回不念你几声。”在袭人请她帮忙干点针线活时，只听她说：“……你的活计叫谁做，谁好意思不做呢。”湘云这女子，从来心直口快，她这么说，绝非面子话。宝钗也没有直接评价袭人，但她通过长期观察，在心里给袭人下了评语：言语志量，深可敬爱。

这样的女子，怎么能不讨人喜欢呢？我甚至以为，天下男儿，若能有这等女子做内助，就具备了成大事的基础。最不济，也落得个家富人宁，优哉乐哉。

二

最早读《情切切良宵花解语 意绵绵静日玉生香》一回，只是有些甜蜜的想法儿，后来再读，便觉得袭人简直就是个出色的心理医生。属下思想上有了疙瘩儿，略施小计，就给解开了。她深谙心理学，什么时候说什么话，哪些话该怎么说，又说到什么程度，拿捏得恰到好处。而且是晓之以理，动之以情，心贴心地和对方交流。平心而论，做思想工作，不可能回避大道理。但有的人能把大道理讲到人的心坎上，听了特别舒服。有的人则像个强买强卖的商贩，讲得人浑身不受用。这就显出差别了。莫小看了袭人，她在这方面的功夫，有些人学一辈子，也不一定得其皮毛。

袭人这女子，对待本职工作是无可挑剔的。对于自己的服务对象，作者说她已然到了“痴”的地步：“她服侍贾母时，心中眼中只有一个贾母；

如今服侍宝玉，心中眼中又只有一个宝玉。”她如何服侍贾母的，我们没有看到。而在服侍宝玉时的那份体贴入微，足可信手拈来。别的不说，只看看第三十六回：

宝钗走近前来，悄悄的笑道：“你也过于小心了。这个屋里还有苍蝇蚊子？还拿蝇刷子赶什么？”袭人……悄悄笑道：“……姑娘不知道，虽然没有苍蝇蚊子，谁知有一种小虫子，从这纱眼里钻进来，人也看不见。只睡着了，咬一口，就像蚂蚁叮的。”宝钗……说着，一面就瞧他手里的针线。原来是个白绫红里的兜肚，上面扎着“鸳鸯戏莲”的花样，红莲绿叶，五色鸳鸯。宝钗道：“嗳哟！好鲜亮活计！这是谁的？也值得费这么大工夫？”袭人向床上努嘴儿。宝钗笑道：“这么大了，还带这个？”袭人笑道：“他原是不带，所以特特的做的好了，叫他看见，由不得不带。如今天热，睡觉都不留神，哄他带上了，就是夜里纵盖不严些儿，也无妨了……”

如此恪尽职守，在红楼丫鬟群里，只有鸳鸯、紫鹃堪与媲美。其余众丫鬟也在做事，但冷眼看去，多属按部就班地履行职责。袭人有别于他人之处，就是那种倾心尽力的主动性和创造性。这么做，固然不能排除她已经把宝玉当作了终身依附的因素，但绝对不能否定了她“心地纯良”的思想基础。不然，就无法解释她对所有人的厚道和宽容。

三

读过诸多评述红楼人物的著作之后，我总在为袭人抱屈：对主子如此忠诚、如此尽心的人，怎么会有那么多非议呢？在某篇专著里，作者直言：最看不惯袭人的“奴颜媚骨”。细察该作者所列论据，让我想起一句俗语：站着说话不腰疼。同是曹雪芹笔下的女子，丫鬟与小姐所受的教育不同，所处的地位不同，思维方式与行事做派必定迥然有别，断不可拿小姐的标准去要求丫鬟。同样是追求爱情，宝黛二人卿卿我我众人皆知且常作趣谈，司棋就只能偷偷摸摸地给表哥送一双袜子；同样是受了委屈，探春可以抽王善保家的大嘴巴子，晴雯就只能气冲冲地把自己的箱子掀个底朝天……作为18世纪弱势群体中的一员，她不那么做，又能怎么着？总不能打着“强烈要求与公子小姐平等”的标语，天天到老太太、王夫人面前上访吧？请问讥讽袭人的“红学家”：如果你处在她那个位置，又当怎么做？倘若硬要拿着不是当理说，就太没意思了。

贾府是个大职场，内中为主子服务的各色人等，要想出人头地，必须把握三个原则：一是尽心尽力做好本职工作，二是切实处理好方方面面的关系，三是不断提高业务素质。第一条是成功的基础，第二条是必要的手段，第三条是发展的条件。光会干活但人缘不好，难免羁绊太多；人缘很好但没有实干精神，终是不堪大用；既肯干活又有人缘，但业务素质不济，没有发展后劲；业务素质出色，但既不愿实干又处处招人厌恶，那就趁早离开职场算了。袭人不声不响地践行了上述原则，故而她成了怡红院的“首席大丫鬟”。她原本还有更大的发展空间，不料贾府过早地败落了。如同一个即将晋升的优秀职员，突然遭遇公司倒闭，奈何不得。

人往高处走。只要不是自甘堕落，一般人都不会否认这是一种良好愿望。当今职场，人人都知道要“做一个有准备的人”。而在两百多年前，曹公就为这一名言预设了注脚。在第二十七回，小红受凤姐指派，去向平儿传达一个事项。事毕，小红带着“一大串奶奶”的一番回话，把李纨听糊涂了，把凤姐听得心花怒放，她自己也因此“一炮走红”。这事搁在今天，再正常不过了。可有些“红学家”却因此硬给小红扣了一顶“投机钻营攀高枝”的帽子。就算小红存心要表现自己，又有什么不好呢？这些人对袭人和小红的看法，反映出的恰恰是一种不良心态：在有些单位里，哪个人的成绩突出一点，总会有人心里不舒服，瞅住机会就要给人添点恶心；

哪个人与领导走得近一点，又会有人心不平气不忿，甚而为此大做文章。在这些人的意识里，人人都碌碌无为“齐步走”，才算得“世界大同”；下级与上级从根儿上就是对立的两极，若不针尖对麦芒，就是关系不正常。这样的“学者”多了，学界不幸；这样的职员多了，团队不幸。

四

若仅是上面那点委屈，还倒罢了。袭人遭受的最大冤枉，就是两百多年来，包括有些学者在内的很多读者，都把她当作了晴雯之死的罪魁祸首。清人涂瀛说：“苏老泉辨王安石奸，全在不近人情。嗟乎，奸而不近人情，此不难辨也。所难辨者，近人情耳。袭人者奸之近人情者也。以近人情者制人，人忘其制；以近人情者谗人，人忘其谗。约计平生，死黛玉，死晴雯，逐芳官、蕙香，间秋纹、麝月，其虐肆矣……”一言既出，跟风者众，袭人从此便背上了黑锅。

涂瀛之言，看似深刻，但所持论据却不能服人。黛玉的结局不妙，与袭人有何干系？诚然，在第三十二回，她让湘云帮她给宝玉做一双鞋，因为此前有黛玉赌气铰了扇套的缘故，湘云说了句：“她既会铰，就叫她做。”袭人接着说：“他可不作呢。饶这么着，老太太还怕他劳碌着了。大夫又说好生静养才好，谁还烦他做……”也是这一回，湘云因劝宝玉学些仕途经济学问而闹了个没趣，袭人对她说：“云姑娘快别说这话。上回也是宝姑娘也说过一回，他也不管人脸上过的去过不去，他就咳了一声，拿起脚来走了……幸而是宝姑娘，那要是林姑娘，不知又闹到怎么样，哭的怎么样呢。”袭人对宝钗的评价高于黛玉是真的，这几句话，也不过就是小姑娘之间的闲话，有那么严重吗？细读原著，说袭人害了黛玉，挨得上边儿吗？说她离间秋纹和麝月，证据在哪儿呢？至于把晴雯抱屈而亡，以及芳官、蕙香被逐都归咎于袭人，更是天大的冤枉。

芳官、蕙香被逐与晴雯夭亡，缘于同一事件。且放下前两个人的事不提，只拣要紧的说。说袭人告发了晴雯，最大的疑点就是在第七十七回，王夫人命人将晴雯架出去以后说过：

打量我隔的远，都不知道呢！可知我身子虽不大来，我的心耳神意时时都在这里……

这话太有迷惑性了。联系到宝玉挨打之后，袭人向王夫人说过那番让对方连呼两声“我的儿”的话，以及她的月例从一两涨到二两一吊这些事实，说她告密，似乎证据确凿了。偏偏作者在设计这个人物形象时，先是打了埋伏：在她的册页上画了一簇鲜花，一床破席；后来又摆了个迷魂阵，让宝玉对袭人生疑：“……咱们私自玩话，怎么也知道了？又没外人走风，这可奇怪了……怎么人人的不是太太都知道了，单挑不出你和麝月秋纹来？”而在宝玉引经据典，说他在春上见院中海棠花死了半边，就知道有坏事，如今果然应在晴雯身上时，又听袭人道：

真真的这话越发说上我的气来了！那晴雯是个什么东西？就费这样的心思，比出这些正经人来！还有一说，他纵好，也越不过我的次序去。就是这海棠，也该先来比我，也还轮不到他。想是我要死了。

这一来，案情就更加扑朔迷离、疑窦丛生了。要解开上述谜团，真正还袭人以清白，还须费些笔墨。

五

晴雯遭遇不幸，起因在于邢、王二夫人的明争暗斗。最终把她推向绝境的，却是王善保家的。随后，几个老婆子或火上浇油，或落井下石，晴雯的悲剧便无可挽回了。这些，作者在第七十四回交代得十分清楚：

这王善保家的正因素日进园去，那些丫鬟们不大趋奉他，他心里大不自在，要寻他们的故事又寻不着，恰好生出这事来，以为得了把柄。又听王夫人委托，正撞在心坎上，说："……不是奴才多话，论理这事该早严紧的。太太也不大往园里去，这些女孩子们一个个倒像受了封诰似的，他们就成了千金小姐了……别的都还罢了。太太不知道，头一个是宝玉屋里的晴雯……"

到了第七十七回，作者又交代："原来王夫人自那日着恼之后，王善保家的趁势告倒了晴雯，本处有人和园中不睦的，也就随机趁便下了些话，王夫人皆记在心中……"白纸黑字说得明明白白的事，有人不信它，反倒要捕风捉影想当然，无知乎？矫情乎？

评价一个人物，既不能忽略了他的基本品质，也不能不顾事实无中生有，更不能仅凭自己的主观臆断草率定论。袭人那回向王夫人进言时，除过说了一番道理以外，何曾提过谁的不是？茗烟分明对她说过，宝玉挨打是贾环使的坏，王夫人也当面挑明了，送上门的邀功请赏机会，袭人却一句话给推出去了，这还不能说明问题吗？通观全书，宁肯自己受委屈，也要息事宁人的事，袭人做过岂止一次两次？那回晴雯对宝玉使性子："要嫌我们，就打发了我们再挑好的使。"待宝玉当真要去回王夫人，打发她出去时，晴雯已经没有台阶下了，不是袭人下跪求情才平息风波的？有"红学家"据此推断：这正是袭人的狡猾所在，为的就是收买人心。不然，在晴雯真正被逐时，她怎么不向王夫人求情？这就有些强人所难了。此一时，彼一时，这回的问题太大了，背景太复杂了，远远超出了她的可控范围，凤姐都不敢沾边，凭她那柔弱的肩膀，扛不起呀。

说袭人告密，最有力的证据，是王夫人说她的“心耳神意时时都在这里”。这话要分两头斟酌：第一，怡红院的人多了，谁能肯定王夫人的“耳报神”就一定是袭人？第二，王夫人这么说，焉知不是连蒙带诈的心理战术？在第三十回，金钏儿对宝玉说了几句悄悄话，当场就被赶出去了。凭王夫人的性情，如果袭人那时就告发了晴雯，会等到这时才处置？再说，倘袭人果真告了密，当王善保家的说那番话时，王夫人还不知道晴雯是谁？宝玉怀疑袭人是真的，但也仅仅是怀疑，又能说明什么问题呢？

最早读原著时，我也对袭人册页上的“一床破席”心生疑惑：若为谐音，一席便可，何必“破”之？在八十回内，作者对袭人的评价是很高的，怎么又弄一床破席来暗衬其人呢？诸般说法，各执己见。我的结论是，“破席”之意，既不是否定袭人的品质，也不是因为她后来嫁了蒋玉菡，而是象征她最终仍处于社会底层的命运。至于她判词中的“枉自”“空云”之说，我不认为是作者对她的挖苦和讽刺，相反，倒是对她虽然具有“温柔和顺”的性格及“似桂如兰”的人品，到头来却是那么个结局的哀痛和惋惜。

至于“海棠花之论”，袭人的话听起来确实有些刺耳，但我以为，听话听音儿，既要分析语气，也要考虑语境，还不能断章取义。说这话的前前后后，袭人始终是带着笑在给宝玉宽心。两个有着亲密关系的人，说得轻点重点，也就是玩笑一回，不必上纲上线。而在宝玉说再别提这事时，袭人便笑道：“若不如此，你也不能了局。”原来，她那么说，为的是让宝玉尽快从晴雯之死的阴影中走出来。这样，我们就不必再为袭人的那几句话耿耿于怀了。

六

对于袭人的评价，有三位学者的观点我不同意。俞平伯先生在其《晴雯与袭人》一文中认为，曹雪芹写袭人表面上虽是褒，骨子里净是贬，真正的褒甚少。老先生作为“新红学”考证派奠基人之人，甚至也“考证”出袭人挟制宝玉，排挤、陷害同伴，附和、讨好王夫人等，依我看来，这种考证实在难以服人。理由同上。俞先生临终前曾对自己先前的诸多研究成果作了深刻忏悔，不知其中是否包括他先前对于袭人的态度。如果有，我对先生愈加敬重。

王昆仑先生的《红楼梦人物论》最早成书于 1946 年，并于 1962 年在《光明日报》连载。王老先生给袭人的结论是：“统治者所使用的面貌温和的鹰犬。”最初的版本我没见过，我手头的这本书，是宪纲兄送我的最新版本。看罢这一结论，我的第一感觉是，老人迫于特殊年代的特殊形势，不得不屈意修改的。果真如此，我为此书深感可惜。如果原本就是这种观点，我对老人充满失望。

济南大学教授马瑞芳女士在她的一个讲座中，毫不留情地对袭人给予了鞭笞。她不仅言之确凿地认为，袭人就是害死晴雯的元凶，而且还在袭人的名字上刻意穿凿：只有疯狗才会袭人，因此，袭人就是一条疯狗。听罢马女士对袭人的不公正评价，猛然想起时下流行的一句话：“女人何苦为难女人呢？”如果事实俱在还倒罢了，关键是马女士的那些证据，也都是些捕风捉影、凭空想象的东西，实不足为凭。对于这一结论，虽然马女士咬牙切齿地声明“没有商量余地”，但我坚决反对她的这一结论，同样没有商量余地。除开上述理由，我还想说，一个十来岁的姑娘，在情爱问题上，有点醋意是可能的，但硬要说她有多么险恶的心机，我不信。马女士这么说，言重了。

翻残脂后三千注，
最恨酸儒骂袭人。

这是美籍华人、著名史学家、红学家唐德刚先生的两句诗。我没有老先生这般义愤，但我理解他的心情。袭人之冤，堪比窦娥。还其本来面目，也被不少学者视为一种责任。我虽人微言轻，少不得也要说句公道话：解读红楼人物，不是侦破刑事案件，既不能撇开现有文字，凭着自己的想象去组织证据链，也不能以阶级斗争思维去分析人物行为，更不能为作惊人之语，故意颠倒黑白。否则，以其昏昏使人昭昭，就成笑话了。

悼晴雯

霁月难逢，彩云易散。心比天高，身为下贱。风流灵巧招人怨。寿夭皆因毁谤生，多情公子空牵念！

——晴雯判词

一

晴雯这女子，既好写又不好写。说好写，是因为她的故事都在前八十回，省却了为许多公说公有理，婆说婆有理的问题打嘴巴官司。说不好写，是因为她的优点和缺点同样突出。换个角度来看，她的缺点就是优点，优点就是缺点。喜欢她的人，直把缺点当优点。不喜欢她的人，反把优点当缺点。不论好写与不好写，我都想写写她。因为，她挺可爱的。

在红楼丫鬟群里，晴雯的待遇虽不及鸳鸯、袭人，但《红楼梦》作者、荣府老太太，以及怡红公子，对她是非常重视的。她的容貌出众，品质纯洁，心灵手巧，侍候主子也尽职尽责。按现在的话说，就是先天基础好，思想素质高，业务能力强。依据上述优势似可断定，晴雯在短期内可能受点委屈，但用发展的眼光来看，她还有很大的上升空间。如果不出意外，是不会久居人下的。

这种预期，是基于现实条件而言的。那个年代，在侯门公府做丫鬟的，若能升至姨娘位置，应该算是不错的归宿了。依着老太太的打算，一俟宝玉成年，将其开了脸，收了房，她就可以长久的侍候主子了。诚然，做姨娘也不是多体面，但到底也算半个主子，衣食有人打理，行动有人伺候，远强于被随随便便配了人。对于老太太的安排，晴雯也是认可的。这倒不是说她多么向往这个位置，关键是宝玉这哥们儿确也不俗，在五年多的相处中，她对他也有了很深的感情。因此，对于有可能形成的结果，晴雯是乐意接受的。

说《红楼梦》作者、老太太和宝玉重视晴雯，是有依据的。曹雪芹在她的判词中，已然对她给予了很高的评价，在全书有关晴雯的章回中，也流露出了明显的思想倾向。老太太既看中了她的模样，也喜欢她的聪明伶俐，所以才让她侍候宝玉。至于宝玉对她的重视，更不消细说了。他在《芙蓉女儿诔》中这样评价晴雯："其为质则金玉不足喻其贵；其为性则冰雪不足喻其洁；其为神则星日不足喻其精；其为貌则花月不足喻其色。"虽然脂砚斋认为，如此深情的文字，"虽诔晴雯，实诔黛玉"，但联想到脂批此前的"晴为黛影"之说，我们便可断定，晴雯在宝玉心中的地位，确实不低。

二

写这组文章，也引发了我的自省。红楼女子，不论是少言寡语、处事圆融的宝钗，还是心地纯净、率性豁达的湘云；不论是温柔体贴、娴静端庄的袭人，还是天真活泼、心直口快的晴雯；甚至像黛玉、妙玉那样清高孤傲的人，都是我所喜欢的。这么说，是不是有些矛盾呢？答案是否定的。从人物塑造角度来说，曲与直、刚与柔、动与静的相互映衬，既体现了传统美学的辩证思想，又丰富了文学作品的人物性格，所谓异彩纷呈，争奇斗艳，当是这种效果。从社会生活层面来说，人上一百，形形色色，一个人的思想性格、行为方式，终究是他自己的事，只要不妨碍社会，不妨碍他人，都是值得尊重的。因而，我们在欣赏各具风采的红楼女子的同时，也感受到了曹雪芹先生跨越时空的人文情怀。

晴雯的身世也苦。十岁那年，赖大家用十两银子买了她。因常跟赖嬷嬷进出荣府，贾母见他生得伶俐标致，十分喜爱。赖嬷嬷投其所好，就将她孝敬了贾母。老太太心疼宝玉，又将她派到了怡红院。晴雯在第五回就出场了，那一回，宝玉在秦可卿的卧房小睡，身边有四个丫鬟服侍他，晴雯就是其中之一。曹雪芹安排晴雯出场时，未见一丝轻描淡写，甚而是一笔带过。让人想不到的是，这个悄然登场的小女子，会在日后弄出那么大的动静来。

在宝玉的心目中，袭人和晴雯的地位，是明显高于麝月、秋纹、碧痕等人的。袭人对于宝玉，除了有过亲密接触以外，更多的是在生活方面无微不至。作为上下认可的“准姨娘”，她当然希望宝玉能在仕途经济上出人头地，但她深知宝玉在这个问题上的态度，也见过宝钗和湘云为此在宝玉面前受到的难堪，忖度自己的地位，她更不会在宝玉面前碰这个钉子，只得用温情感化他，变着法儿防备他在大是大非问题上出了圈儿。而晴雯对于宝玉，则偏重于精神层面的关心体贴。在第三十四回宝玉挨打以后，心里仍记挂着黛玉，便吩咐晴雯：“你到林姑娘那里看看他做什么呢……”晴雯道：“白眉赤眼，做什么去呢？到底说句话儿，也像一件事……若不然，或是送件东西，或是取件东西，不然我去了怎么搭讪呢？”宝玉想了想，就拿出两条手帕让晴雯送去了。因此，才有了黛玉那令人动容的“题帕三绝”。我们注意到，宝玉要做这件事时，特别怕袭人知道，只得以借书为由，将袭人支到了宝钗那里才开始实施。而晴雯不但没阻止宝玉，还在帮他出主意，这就有些意思了。

在第七十三回，赵姨娘的丫鬟小鹊告知，贾政次日有可能考察宝玉的功课。闻听此言，宝玉顿时六神无主。袭人的打算，是让他临阵磨枪，先渡过眼前的难关再说。麝月的主意，是在他温习功课时殷勤服务，使他少受点罪。晴雯的鬼点子多，最终是她的办法从根本上解决了问题：先以有人夜间越墙入园为由，叫宝玉装病。尔后又大造舆论，使贾母和王夫人知道此事，再由她们出面做工作，让宝玉最终躲过一劫。她对宝玉的爱护和帮助，虽然缺乏原则，却很对宝玉的心思。在第六十三回，袭人和晴雯等人给宝玉过生日，当袭人告知身边的丫鬟所凑份子的数额时，宝玉说："他们是哪里的钱？不该叫他们出才是。"只听晴雯道："他们没钱，难道我们是有钱的？这原是各人的心，哪怕他偷的呢……"宝玉被噎得无话可说，但心里却是高兴的。

三

探寻宝玉的情感世界，我大胆揣测，他之所以喜欢晴雯，无外乎三个原因。第一，晴雯确实长得漂亮。贾母曾说："晴雯那丫头我看他甚好……我的意思，这些丫头的模样爽利言谈针线多不及他，将来只他还可以给宝玉使唤得……"凤姐也说过："若论这些丫头们，共总比起来，都没晴雯生得好。"这么一位赏心悦目的女子，宝玉哪有不喜欢的？第二，晴雯的思想与宝玉的理念高度接近。晴雯没有读过书，也没接受过系统的家庭教育，在她的意识里，原本就没有那么多条条框框。被派到宝玉身边之后，虽然也有诸多戒律约束，但有宝玉在前面挡着，她依然最大限度地保持了固有的天性。特别是作者赋予她的那种不平则鸣、敢于反抗的精神，与宝玉潜意识里那种向往自由、追求平等的思想产生了共鸣。这种思想，是超越了阶级、超越了时代、超越了社会普遍觉悟的境界。宝玉因此对她另眼相看，是有道理的。第三，晴雯对宝玉是尽心尽力的。晴雯在对宝玉的生活起居上，确实没有袭人和麝月等人那么体贴入微，如她自己所言："有你们一日，我且受用一日。"但到了关键时刻，该出手时就出手，因而赢得了宝玉的信赖。

晴雯在全书中有四场“重头戏”：撕扇、补裘、掀箱、诀别。“撕扇”一折，被很多红学家评为“最具观赏价值的行为艺术”。我却以为，这恰恰是晴雯命运悲剧的序幕。倒是宝玉的一番理论，很是耐人咀嚼——

这类东西，原不过是借人所用，你爱这样，我爱那样，各自性情不同。比如那扇子，原是扇的，你要是撕着玩也可以使得，只是不可生气时拿他出气。就如杯盘，原是盛东西的，你喜欢那响的声儿，就故意摔了也可以使得，只是别在生气时拿他出气……

宝玉的“爱物说”，以及他在第二十回教训贾环时的“寻乐说”，是作者寄托于主人公身上的一种理念，反映出的是一种人生智慧。有人在与之关联的很多问题上想不通、悟不透、钻进去了还出不来，因而时常为物所累，为利所惑，为情所困，为欲所缚。读《红楼梦》，忽视了芹翁的这一思想，也是憾事。

在晴雯的四场“重头戏”里，撕扇，过于张扬；掀箱，过于冲动；诀别，过于凄婉。我最爱看的，还是“补裘”一折。在第五十二回，宝玉穿着俄罗斯进贡的雀金裘去赴他舅舅王子腾的生日宴会，一时不慎，竟让雀金裘被手炉烧了个洞。因次日是正日子，贾母和王夫人还让他穿这件衣服，宝玉急得手足无措，麝月便派一老嬷嬷送出去请人织补。不想，问遍所有织补匠、能干裁缝、绣匠并做女工的，都不认得这稀罕物，更不敢揽这活儿。病中的晴雯看了看，说了句“说不得我挣命罢了”，便坐了起来，挽了头发，披了衣服，硬撑着织补起来。及至补完，不由“嗳哟”一声，又躺倒了。红楼女子中，这么为宝玉着想的，除过黛玉、袭人，再无别人。也难怪宝玉从心里喜欢她。

四

世上好物不坚牢，彩云易散琉璃脆。晴雯如一朵带刺的玫瑰，正含苞待放时，突遇风刀霜剑，也就万般无奈地凋零了。在第七十七回，宝玉在看望奄奄一息的晴雯时，流着眼泪对她说：“你有什么说的，趁着没人告诉我。”只听晴雯呜咽道：

有什么可说的！不过挨一刻是一刻，挨一日是一日。我已知横竖不过三五日的光景，就好回去了。只是一件，我死也不甘心的：我虽生的比别人略好些，并没有私情密意勾引你怎样，如何一口死咬定了我是个狐狸精！我大不服。今日既已担了虚名，而且临死，不是我说一句后悔的话，早知如此，我当日也另有个道理……

可怜的晴雯，到了也不知道究竟是谁给她上了扦子。其实，撇开时代背景不论，害死她的罪魁祸首，就是邢夫人的陪房王善保家的。因为绣春囊事件，老早就对晴雯恨得牙痒的王善保家的以为抓住了机会，便对王夫人说：

别的还罢了，太太不知，头一个是宝玉屋里的晴雯。那丫头仗着他的模样儿比别人标致些，又长了一张巧嘴，天天打扮的像个西施样子，在人跟前能说惯道，掐尖要强。一句话不投机，他就立起两只骚眼睛来骂人，妖妖趫趫，大不成个体统。

这枚炸弹太有杀伤力了。加之王夫人一心要堵邢夫人的嘴，也生怕有人带坏了宝玉，晴雯的厄运便不可逆转了。具有讽刺意味的是，王善保家的欲置晴雯于死地的目的达到了，可也害了她自己的外甥女司棋。她牵头抄检大观园时，满心希望在晴雯身上发生的丑事，竟在司棋那里发现了。因此，也把司棋逼上了绝路。我总在想，曹雪芹这么写，是否也在附和“害人终害己”的民间思想呢？

五

晴雯走了。天生丽质，聪明乖巧，又深得主子喜爱，按说应该有个良好归宿的，为什么会是这么个结局呢？就如同某个人在某个团体，力没少出，事没少做，业绩也突出，末了，不但没人说他好，且下场也惨，这就值得深思了。为人处世，走到这一步，是很失败的。晴雯的悲剧，也有她自身的原因。纵观晴雯的一贯表现，她的问题反映在如下几个方面：

心高气傲，目中无人。在红楼丫鬟仆人当中，真正能让晴雯正眼相看的，能让她打心眼里尊敬的，几乎没有。对于贾府的主子，除过宝玉，也未见她对谁特别看重。因为自身条件出色，很少见她把谁放在眼里。在一个圈子里做事，没有奴性，没有媚骨，只管做好分内的事，本是一种优良品质，如果走至极端，就不是好事了。在第二十六回，宝钗夜间来访，恰晴雯刚和碧痕拌过嘴，见宝钗来了，便对着院门抱怨开了：“有事没事跑来坐着，叫我们三更半夜的不得睡觉。”随后，黛玉来敲门，晴雯越发使起了性子：“凭你是谁，二爷吩咐的，一概不准放人进来。”乖乖，这两个人，可是贾母和王夫人分别内定的宝二奶奶，别人上赶着套近乎还怕人家不赏脸呢，敢如此对待她们的，也只有晴雯。

掐尖要强，尖酸刻薄。在丫鬟群里，晴雯无疑是出色的。但尺有所短，寸有所长，你在某一方面比别人强，不一定处处比人强。总拿自己的长处比别人的短处，则难免破坏自身的人际环境。晴雯的另一个失败之处，是没有摆正自己的位置，不知收敛性情，不会低调做人。她事事和别人比，一旦发现不如人处，心里就不平衡。心里一不平衡，就要借机发泄。凭她那“爆炭”性格，一发泄必然伤人。她发现王夫人、薛姨妈、凤姐对袭人好了，心里就酸酸的。她不承认人和人是有差别的，老是认为，“一样这屋里的人，难道谁又比谁高贵些？”当她亲眼看到了她不愿承认的现实时，心里就不忿了。不是骂人“哈巴狗”，就是揭人隐私，什么刻薄说什么，一点也不给人留面子。对袭人如此，对其他人有过之而无不及。这般为人处世，不吃亏是偶然的，吃亏则是必然的。

锋芒毕露，口无遮拦。晴雯由着自己的性子活着，凡事总要占个先，从不顾忌他人的感受，从不考虑如何保护自己，这是她最不可取的地方。在第二十七回，她本想找碴儿教训小红一番，在得知那日不该小红当班时，仍不放过她。小红无奈，只得说出她是给凤姐办事去了。换了别人，这时候就该借坡下驴了，可晴雯偏不，反而借题发挥，说出一大堆伤人的话来。贾府的仆人，也是由一条关系链、利益链紧密相连的，得罪一个人，也就得罪了一串人。晴雯根本不想这么多，也就给自己埋下了隐患。更可怕的，是她连主子也不放在眼里。王夫人赏了秋纹几件衣服，把秋纹乐得心花怒放。可晴雯偏说王夫人把好的给了袭人，挑剩下的才给她的。不但鄙视秋纹是“没见过世面的小蹄子”，还说“要是我，我就不要……冲撞了太太，我也不受这口软气。”只图嘴巴快活，从不考虑后果，太可怕了。

有恃无恐，树敌过多。晴雯的性格里，也有很多矛盾。她骨子里总在追求平等，可她期望的平等，只是自己与统治阶层、与比她地位高的人平等，并不希望比她地位低下的人与自己平等。她不媚上，却爱欺下。仗着宝玉喜欢她，对于地位比她低下的丫鬟婆子，一点也不留情，想打就打，想骂就骂，还动不动就要把人撵出去。如此这般，扫尽了别人的颜面，也堵绝了自己的后路。因为积怨太甚，树敌过多，所以，当王善保家的告倒了她以后，又有人“随机趁便下了些话”，甚而还有大念“阿弥陀佛”的，不能不引人深思。

生逢末世，好人无好报，本不足为怪。可晴雯的结局，竟和她自己的个性密切关联，所谓“性格决定命运”，就像专为她量身定做的谶语，不免令人叹惜。想其平生遭际，不禁悲从中来，怆然悼曰：

心比天高志未酬，
无奈抱屈夭风流。
寒夜偏思桃花扇，
暑日尤念雀金裘。

霁月怎禁浊雾染，
玉兰何堪阴风蹂。
才将心事付尺素，
梦醒三鼓更添愁。

夸平儿

样儿俊，心儿灵，难为俏也不争春。

位卑权重识分寸，只将恩义待人。

生前事，身后名，任尔评。

——代拟平儿判词

一

以平儿的身份和为人，在金陵十二钗副册中，应该有她一个席位的。脂砚斋在全书第一次提到平儿时批曰：“着眼，这也是书中一要紧人……想亦在副册内者也。”不巧，第五回宝玉梦游太虚幻境，在翻阅诸钗册页时，看过香菱的判词，就直接去翻正册了。因此，我们也无缘看到作者对这一女子的归结性评价。这也不打紧，了解了芹翁对平儿的基本态度，再看看她日常的为人处事，便不揣浅陋，也为她拟了一则判词。

最早读原著，便觉得平儿很讨人喜欢。真正研究她，可溯至十年以前。那一年，在某报读到一篇题为《平姑娘的“运作”才能》的杂文，作者在对平儿评头论足一番之后，得出了这样的结论：“平儿如果从‘第二梯队’升到正经主子的位置，绝不会比凤姐仁慈半分。”其理论依据是：“奴才一旦做了主子，就会比他的主子凶残十倍。”看过这一结论，很是不以为然。

粗略分析这篇文章，至少有三大毛病：其一，在选取论点时，以平儿机智灵活的处事方法暗寓世故油滑的官场弊端，犯了指导思想上的错误；其二，将被自己曲解的事实作为论据，属于一错再错；其三，论点没有选准，论据严重偏颇，论证就没法不离谱儿。读罢心中不爽，便以《我为平儿鸣不平》为题，也写了篇杂文给那家报纸寄去了。

按说，作为一家现代传媒，对于不同观点的争鸣，应该是很宽容的。我的这篇小文，是用心写的，摆事实，讲道理时，也算得心平气和。可文章寄出去后，却是泥牛入海。冲着这篇杂文，我对平儿的关注更多了。

二

如果说凤姐是荣国府的总经理，平儿就是总经理助理。这个助理不好当，太弱，不配辅佐凤姐；太强，凤姐肯定容不下她。可贵的是，平儿能找准自己的位置，该强则强，该弱则弱，说话不卑不亢，办事不偏不倚。代人行权时谨小慎微，帮人筹划时深谋远虑。最难得的是她处事既有原则性，又有灵活性。处于她那个位置，不讲原则，在凤姐及荣府高层那里通不过；缺乏灵活，又难免让下面受委屈，甚而造成冤假错案。所以，她补位不越位，用权不弄权，果断不武断，在自己的职责范围内，竟是诸事妥帖，上下称道。

在第三十九回，李纨有这么一番话："……我成日家和人说笑，有个唐僧取经，就有个白马来驮他；刘智远打天下，就有个瓜精来送盔甲；有个凤丫头，就有个你，你就是你奶奶的一把总钥匙……"李纨这人我不喜欢，但她看问题却还有些见地。平儿与凤姐配合默契，在她们这种关系的主仆之间，实在少有。在第七回，凤姐在宁国府第一次见秦可卿的弟弟秦钟，有丫鬟媳妇见她没带见面礼，便回来对平儿说了。平儿素知凤姐与可卿的交情甚厚，便自作主张，拿了一匹尺头、两个"状元及第"的小金锞子，交给她们送了过去，解了凤姐之围，也让秦可卿很有面子。区区小事，显出的却是这女子会处事，能办事。

常听一些当领导的抱怨属下：能干的不忠诚，忠诚的不能干。与这些领导相比，凤姐太幸运了。平儿不仅忠心事主，而且才能超群。在第六十一回，因为“玫瑰露”和“茯苓霜”事件，闹得满城风雨。案件的主谋是赵姨娘，实施者是丫鬟彩云，却让柳五儿担了罪名。若是一般人，这事儿有两种处理办法：一是林之孝家的已经综合多方意见拟定了处理方案，人赃俱在，管她五儿冤枉不冤枉；二是按凤姐的意见重新审理，“把太太屋里的丫头都拿来，虽不便擅加拷打，只叫他们垫着磁瓦子跪在太阳地下，茶饭也别给吃。一日不说跪一日，便是铁打的，一日也管招了。”

平儿此前通过内查外调，已经弄清了来龙去脉。因而觉得这两个办法都不可取：既不能冤枉了好人，也不能为打老鼠伤了玉瓶。若真要丁是丁，卯是卯，真正的主谋和实施盗窃的人就必须承担责任。但问题是彩云原是个有肝胆的丫头，此番“作案”，也是受人胁迫；追究赵姨娘倒是人人称快，但真这么做了，又伤了探春的面子。恰在此时，宝玉自告奋勇地出来当“冤大头”，平儿顺水推舟，已经有了个较为妥善的方案。若再说服了凤姐，也就满天云雾散了。主意既定，话还得说在明处。于是，平儿告知彩云和玉钏儿：

贼已有了……我心里明知不是他偷的，可怜他害怕都承认了。这里宝二爷不过意，要替他认一半。我待要说出来，只是这做贼的又是和我要好的一个姐妹，窝主却平常，里面又伤着一个好人的体面，因此为难……若从此以后大家小心存体面，这便求宝二爷应了；若不然，我就回了二奶奶，别冤屈了好人。

能将复杂的问题简单化，在关键时刻化解矛盾，不仅是一种能力，更是一种智慧。上述风波平息之后，平儿特别强调：“大事化为小事，小事化为无事，方是兴旺之家。若得不了一点子小事，便扬铃打鼓，乱折腾起来，不成道理……”这等心胸见识，足令不少爷们儿汗颜。“裙钗一二可齐家”，此言不虚。

三

曹公对平儿的形象定位，只有一个字：俏。令人叹服的是，先生状平儿之俏，并未从容貌下笔。通观前八十回，说到平儿容貌的，共有五处。头一处在第六回，以刘姥姥的眼光看的：她“见平儿遍身绫罗、插金带银，花容玉貌的，便当是凤姐儿了”。第二处在二十一回，以贾琏的眼光看的：“贾琏见他娇俏动情……”第三处和第四处在四十四回，先是以宝玉的眼光看：“平儿依言妆饰，果然鲜艳异常，且又甜香满颊。”后是贾母在教训贾琏时说：“那凤丫头和平儿还不是美人似的，你还不足……”第五处在六十八回：“尤二姐见他打扮不凡，举止容貌不俗，料定是平儿……”这些都是一笔带过，连白描都算不上。哪及作者写自己喜欢的其他女子，或是浓墨重彩，或是在紧要处一笔定型。可两百多年来，平儿在读者心目中的形象，总也跳不出一个“俏”字。何故？我的看法是，平儿之俏，俏在心灵。

这种特性，反映在为人处事上，就是温润融和，左右逢源。探春理事期间，推行了一系列改革。按说，实施这些举措，于凤姐是很难堪的。但聪明绝顶的平儿，不仅积极支持了探春的改革，而且巧妙地给凤姐保住了面子。在第五十五回，她本是来探春这里传话的，当看到探春被赵姨娘气哭了时，她头一个站出来收拾场面：先是镇住了赵姨娘，并警告那些看热闹的媳妇不可造次，尔后，又听她对探春笑道：“姑娘知道二奶奶本来事多，那里照看的这些，保不住不忽略。俗语说，‘旁观者清’。这几年姑娘冷眼看着，或有该添该减的去处，二奶奶没行到的，姑娘竟一添减，头一件于太太的事有益，第二件也不枉姑娘待我们奶奶的情义了。”

寥寥数语，却是情理交融，曲径通幽。随后，凡探春提出一个议案，平儿便如数家珍般说明原委，既称赞探春想得周全，行得正确，又道出凤姐想办而未办的缘由，还绕着弯子替凤姐表表功劳。素日沉稳的宝钗听了平儿的话，也不禁走上前去，摸着她的脸笑道：

你张开嘴，我瞧瞧你的牙齿舌头是什么作的？从早起来到这会子，你说了这些话，一套一个样儿，也不奉承三姑娘，也没见你说你奶奶才短想不到，也并没有三姑娘说一句，你就说一句是，横竖三姑娘一套话出来，你就有一套话进去，总是三姑娘想到的，你奶奶也想到了，只是必有个不可办的原故……

不但宝钗如此，探春也被感动了。想到凤姐当家时出了那么多好撒野的人，便想拿凤姐出气。可看到平儿“避猫鼠儿似的站了半日”，又听她说了那么些话，而且不说凤姐待探春好，倒说“也不枉姑娘待我们奶奶素日的情意了”，不但让探春没了脾气，反倒生了几分愧意。每每读到有关平儿的章回，我便觉得，曹公笔下的平儿之俏，已然俏到骨子里了。

四

人生在世，让一两个人说你好并不难。老话儿说过：叫花子也有三个穷朋友。某个人的朋友说这个人好，可以理解，但不可轻信。在某些特定场合，比如酒场上，当一桌人都喝得面红耳赤时，也能把一个人抬到天上去。这时候的话，说的人慷慨激昂，听的人热血沸腾，可惜不能算数。再比如在某些会议上，当不涉及自己的切身利益时，不少人都会收到些顺水人情。

这时候的话，不但不能当真，还得留心话里话外的潜台词。在一个圈子里，如果上上下下都说这个人好，而且人前人后都赞许有加，这个人必是真好。平儿就是这样的人。

我们不妨回忆一下，在贾府这个大单位里，从“高层领导”到“中层干部”，从“基层骨干”到“普通群众”，哪个人背后说过平儿的不是？我们听到的倒是老太太人前人后夸她，李纨、尤氏人前人后夸她，探春、宝钗更不用说了。宝玉碍于彼此也有“叔嫂之份”，倒没刻意夸过她，但看过“平儿理妆”一回，便不难知道宝玉对她的态度了。最有说服力的，是兴儿在第六十五回对尤二姐说的一番话：“倒是跟前的平姑娘为人很好，虽然和奶奶一气，他倒背着奶奶常作些个好事。小的们凡有了不是，奶奶是容不过的，只求求他去就完了。”做人至此，殊为不易。

评价一个人的所作所为，不能忽略了他的基本品质。平儿虑事周全，待人宽厚，从根本上说，是她的心地善良。贾琏偷娶尤二姐，明摆着对她的利益构成了威胁。在这个问题上，但凡是个正常人，就不可能为之兴高采烈。私下揣测，平儿的心里，肯定也是酸酸的。可看到凤姐嘴甜心苦地折磨二姐，秋桐恶言秽语地作践二姐，再加上那个善姐儿也狗仗人势地刁难二姐时，平儿的心里过不去了。她不但有空儿便去给二姐宽心，还时常自己掏钱让厨房做了好菜好汤给二姐送去，惹得凤姐也怨她“人家养猫拿耗子，我的猫倒只咬鸡”。冷眼看看当时的形势，如此对待明显不可能有出头之日的二姐，于她能有什么好处？可她还要那么做，除了真诚善良，还有什么解释？二姐饮恨自尽，凤姐推病撒手不管，磨蹭半天才肯出二三十两银子。又是平儿慷慨解囊，才草草了却二姐后事。平儿做这件事，至少要担两层风险：一则凤姐如果发觉此事，她的处境必然雪上加霜；二则当时荣府已是四面漏风了，素日挥金如土的贾琏也顿感捉襟见肘，她拿出的二百两银子会不会打了水漂儿，实在没有把握。另外，面对荣府现状，凭她的聪明，不可能不虑及将来。但她已经顾不得这么多了，只图办了眼前事要紧。倘无一片善心，哪得如此义举？

第五十二回，平儿的虾须镯丢了，最终查明是怡红院的小丫鬟坠儿偷的。这事如果嚷嚷出去，不但宝玉没有面子，袭人、晴雯等大丫鬟也难免尴尬，还怕老太太、王夫人因此不舒服，更怕“爆炭”一样的晴雯发作生事。平儿思虑再三，决计不做公开处理。她先编了个谎话哄过了凤姐，又叮嘱知道内情的宋妈千万保密，再私下知会麝月，莫安排坠儿到别处走动，只等袭人回来后，商量着变个法子打发出去了事。这么为人着想，仍是善良的品质在起作用。还有一层意思平儿没说：坠儿这孩子究竟还小，一时糊涂犯了错误，也不能不给她留条出路。最后一点是我猜的，以平儿的为人，加上这一条，似不为过。

五

非议平儿的人，大多会拿“软语救贾琏”那回说事儿，这是不理解她的处境之故。很多人只看到她人前人后风光的一面，哪知道她无父无母无兄弟姐妹，夹在“贾琏之俗，凤姐之威”当中的难处？令人欣慰的是，平儿对大大小小的事看得清，想得开，悟得透，只一心做好自己的事，并不存非分之想，才没受到太大的委屈。她在贾琏与多姑娘那档子事上的态度，我以为要从三方面看：一是根据当时的情境，以她的身份，在半嗔半吓中提醒贾琏别再重蹈覆辙，是最合适的办法；二是如果不在小范围内把问题消化了，凤姐一旦掺和进来，必然又是合府不宁；三是从彼此关系来说，即便平儿拿了把柄，若贾琏硬是“死猪不怕开水烫”，她也无可奈何。老太太不是说过吗，“小孩子们年轻，馋嘴猫似的，哪里保得住不这么着？”所以，平儿那么做，正是聪明过人的体现。

不错，贾琏偷娶尤二姐的事，是平儿告诉凤姐的。但凡事都怕换位思考，处在她那个位置，利益所系，职责所在，谁都会这么做。在这个问题上，事后说漂亮话不管用。再说，尤二姐进府后，她们通过接触，彼此并无恶感，因此便把这事说开了，二姐并不怪平儿，反安慰她：“姐姐便不告诉他，他岂有不打听出来的，不过是姐姐说的在先。况且我也单要一心进来，方成个体统，与姐姐何干？”

毋庸置疑，凤姐弄权贪贿那些事，平儿是知道的，有时候保不准还是她经手的，但不能因此就说她与凤姐沆瀣一气。这里面有个认识问题，如今我们看来非常严重的事，那时候兴许就稀松平常。还有，她虽是经手人，但从文本上看，具体过程她并未参与，究竟属于什么性质，她不知晓。出了问题，也怪不得她。再者说，她对凤姐做的一些事，也是有看法的。第三十九回，袭人问起月例之事时，她就流露出了这种情绪。在很多问题上，她虽有心，却也无法，只得尽力周全，以最大限度地消除负面影响。能做到这一步，已是难能可贵了。

平儿“软语救贾琏”那回，很是好看。可前面提到的那篇杂文的作者却首先拿这件事开刀，硬说平儿在搞“恐吓讹诈”。对于平儿在玫瑰露、茯苓霜事件中的做法，该文作者认为，这是平儿在笼络人心，为的是“尽快当上琏二奶奶”。在虾须镯事件中，平儿给小丫鬟坠儿保全了面子，可在这位作者的笔下，却落下了“丧失原则”的罪名。有了这些论据，作者以为他的论证已经十拿九稳了，于是，便无所畏惧地抛出了那么个结论。细读原著，这都哪儿跟哪儿啊？

现实生活中，得志便猖狂的人是有的，但我们不能以偏概全，把个别现象当作了普遍现象。平儿就不是这样的人。为什么？品质决定行为。否则，历史上那些贫贱不移、威武不屈的人物，就站不住脚了。所谓人性、人品、人格，就难以解释了。

忧紫鹃

慧心如兰情如缕，
梦续西厢总无期。
一从仙姝归去后，
便向空山彻夜啼。

——代拟紫鹃判词

一

现实生活中，很多事情难以琢磨。比如有的人，彼此在一个单位待过多年，素日倒也客客气气，可终究不过同事而已。这个人好也罢，歹也罢，总让你无心关注。聚就聚了，散就散了，彼此想的都是不过尔尔。有的人则不同，即便只处过几天，甚而只有一面之交，相互之间却再也忘不掉了，从此以后，这个人的一切还让你分外牵挂，这就有点意思了。第一次见紫鹃，就生出了后一种感觉。少时，在村里的打谷场看越剧《红楼梦》，内中有这么一场戏：宝玉尚沉浸在“调包计”里的时候，黛玉已开始“焚稿断痴情”了。是时，怡红院内鼓乐喧天，潇湘馆里一派惨然。两相映衬，煞是悲凉。待宝玉明白内情之后，满腔委屈无处说，只得夜访紫鹃。这里，二人有一段对唱：

宝玉：问紫鹃，妹妹的诗稿今何在？

紫鹃：如片片蝴蝶火中化。

宝玉：问紫鹃，妹妹的瑶琴今何在？

紫鹃：琴弦已断你休提它。

宝玉：问紫鹃，妹妹的花锄今何在？

紫鹃：花锄虽在谁葬花？

宝玉：问紫鹃，妹妹的鹦哥今何在？

紫鹃：那鹦哥，叫着姑娘，学着姑娘生前的话。

宝玉：那鹦哥也知情和义，

紫鹃：世上的人儿不如它！

算起来，那回看《红楼梦》，距今已有三十多年了，可这段唱词至今仍记得真切，紫鹃也从此走进了我的心里。后来接触原著，才发觉自己对紫鹃的认识，不过是冰山一角。因为舞台剧的局限，内涵如此丰富的人物，是一折小戏所难以解读透彻的。何况，从编剧的主观上说，原本就是安排宝玉来倾诉委屈的，紫鹃在这里只是一个听众，她回答宝玉的那些话，为的是渲染悲剧气氛。若说观众因此对紫鹃的品行有所了解的话，当属客观效果。至于她为什么可爱，为什么可敬，最多也只能知其大略。

二

作为红楼四大丫鬟之一的紫鹃，芹翁给她的戏份最少。不像袭人、平儿，以她们为主的回目就达四五个之多，在并非以她们为主的回目中，时不时还给她们安排一场重头戏。比如，在《情中情因情感妹妹　错里错以错劝哥哥》那回，本来是以黛玉和宝钗为主的戏，可作者却见缝插针，让袭人在这一回向王夫人坦露心迹。这场戏的分量非同小可，两百多年后仍在产生着重要影响。再比如，在《辱亲女愚妾争闲气 欺幼主刁奴蓄险心》，以及《敏探春兴利除宿弊 识宝钗小惠全大体》那两回，本来是以探春为主的戏，作者又让平儿在其中大出风头，使得这个女子的形象愈发光彩照人。鸳鸯的戏份虽也不多，但她的名字却先后三次在回目中出现，瞅着空子也能表现一回。紫鹃则不同，作者只让她在第五十七回当了一次主角。她在第三回出场，直到第八回，才通过雪雁之口，第一次提到她。在二十一回和二十四回，才又分别提过她一次，仍是一笔带过。原著说得清楚，黛玉刚进荣府时，是和宝玉一起随贾母住的。老太太当时也说过：等过了残冬，再给她收拾房子，另行安置。可直到第二十三回搬入大观园之前，他们仍然住在一起。在这么长的时间里，除过黛玉回扬州那段日子不算，宝黛的很多活动紫鹃肯定是在场的，可作者偏偏就那么绷着，压根儿就不给她提供表现的机会。

这么一比较，我们就不得不打心眼儿里佩服曹老先生，凡他喜欢的人，不管在他们身上着墨多少，必定让读者过目难忘。如妙玉，如紫鹃，如莺儿。凡他不喜欢的人，寥寥数笔，也能让读者记住他们的嘴脸。如贾环，如秋桐，如邢夫人，如赵姨娘。私下揣测，先生如此对待紫鹃，并非一时疏忽。他对塑造这个人物是有绝对把握的，先前的藏而不露，就是为了后来的惊艳照人。紫鹃之所以让人喜欢并心生牵挂，芹翁的答案只有一个字：慧。而我体会到的，还有作者附着在她身上的另外两个字：情和义。人生在世，有这两个字在心里搁着，待亲人，交朋友，都不会离谱儿。

作为传统文化思想的重要内容，“情义”二字无不贯穿于作者的创作脉络。因而，千姿百态的红楼人物，才经得起琢磨，经得起品味。有情有义的，让人学有榜样，赶有方向；薄情寡义的，让人见之生厌，引以为戒。紫鹃这女子，重情重义。她对黛玉，一如袭人对宝玉，心中都存了一个“痴”字。她原名鹦哥，是贾母屋里的一个二等丫鬟。在第三回黛玉进京以后，老太太见她带来的雪雁太小，王嬷嬷又太老，料也不能遂心省力，才派紫鹃去侍候黛玉的。这女子端的不负重托，自从跟了黛玉，便把全部心思放在了主子身上。在第八回，黛玉到梨香院探望生病的宝钗，紫鹃生怕她冻着了，忙差雪雁送了手炉过去。黛玉接过手炉，虽然借题发挥说了一堆带酸味儿的话，但那些话是说给宝玉和宝钗听的。从文本上看，她对紫鹃的这份细心体贴是很满意的。区区小事，不仅让人知道了她到黛玉身边后的工作状态，也为下一步在她身上着力表现“情义”二字预设了引子。

《红楼梦》之所以深入人心，并不是因为20世纪的一位伟人也特别喜欢它。在它问世不久，坊间就有“开谈不说《红楼梦》，读尽诗书也枉然”之论。随后两百多年来，从宫廷到民间，热浪迭起，“粉丝”成群。这些，都不是那位伟人的一封信和几番指示可以左右的。究其根由，撇开当今红学界众说纷纭的皇族纷争不去管它，光是作者在那个时代，就从一个家族的兴衰，揭示了社会发展规律这一现象，就足令后世读者触目惊心。一般的读者，自然疏于考虑这么大的问题。他们更多的是关心人物命运，感受人情冷暖，咀嚼人生百味。兴趣再广泛点的读者，则会从文化的角度，关注那个时代的社会伦理、风俗礼仪、服装美食、园林建筑等等。而作者蘸着血泪写就的那些哀婉凄艳的爱情故事、错综复杂的人际纠葛、变幻无常的世相百态，以及作品本身的“百科全书”特点，恰恰契合了读者的兴趣焦点，满足了他们的情感需求。这样的作品，绝非“一不留神”的产物，想不深入人心都不行。

三

紫鹃如同一个出色的演员，戏份少不要紧，机缘到了，“给点阳光就灿烂”。在第三十回，这女子小试锋芒，已然让人刮目相看。而到了第五十七回，由她主演的“情辞试忙玉”一回，便让人从此记住了这个大观园版的“小红娘”。从紫鹃来说，这场戏已酝酿多时，只待开锣了。所以，当宝玉来看黛玉时，对方正歇午觉，紫鹃在廊上做活儿，周围更无旁人，序幕很自然地拉开了：宝玉见她穿着弹墨绫子薄棉袄，外面只着了青缎夹背心，一面在她身上摸了一摸，一面说着关切的话。这个铺垫太好了，只听紫鹃对他说：

从此咱们只可说话,别动手动脚的。一年大二年小的,叫人看着不尊重。打紧的那起混账行子背地里说你，你总不留心，还只管和小时候一般行为，如何使得？姑娘常常吩咐我们不叫和你说笑，你进来瞧他，他远着你还恐远不及呢。

紫鹃说完这话，便携了针线进屋了，而宝玉却像被人劈头浇了一盆冷水，一时呆了。随后他怔怔地出来，坐在沁芳亭后面的山石上一边出神，一边流泪。恰好雪雁从王夫人那里回来，见此情景，便当是黛玉让他受了委屈，本想劝他回去，可听宝玉不领情的口气，只得回屋问个究竟。紫鹃听雪雁说宝玉在外面哭，忙放下针线，嘱雪雁好生照看黛玉，自己出来见机行事。二人再次会面，紫鹃先是劝慰一回，尔后又挨着宝玉坐下。当宝玉问她“方才对面说话你尚走开，这会子如何又来挨我坐着”时，她却答非所问，扯到了宝玉前两天和黛玉说燕窝的事。初次看到这里，我便觉得这个话题太突然了。后来一想，惜墨如金的芹翁，给这个女子提供的时间和空间太有限了，对于紫鹃来说，机会难得，只能如此。于是，她又继续把宝玉往自己设计的思路上引，估摸着时机成熟了，干脆抛出了林家要接黛玉回苏州这一爆炸性新闻。宝玉起初还不信，无奈紫鹃说得有鼻子有眼儿——

……我们姑娘来时，原是老太太心疼他年小，虽有叔伯，不如亲父母，故此接来住几年。大了该出阁时，自然要送还林家的。终不成林家的女儿在你贾家一世不成？林家虽贫到没饭吃，也是世代书宦之家，断不肯将他家的人丢在亲戚家，落人的耻笑。所以早则明年春天，迟则秋天，这里纵不送去，林家亦必有人来接的。前日夜里姑娘和我说了，叫我告诉你：将从前小时顽的东西，有他送你的，叫你都打点出来还他，他也将你送他的打叠了在那里呢。

这时的宝玉，如同遭了雷击似的，一头热汗，满脸紫胀，已说不出话了。待晴雯将他拉回怡红院时，眼也直了，嘴也斜了。起初，给他个枕头，他便睡下；扶他起来，他便坐着；倒了茶来，他便吃茶。后来，丫头们慌忙请来李嬷嬷，掐他的人中，也不觉疼了。按袭人的说法，已经死了大半个了。关键时刻，还是黛玉急中生智：“你说了什么话，趁早儿去解说，他只怕就醒过来了。”紫鹃来到怡红院，果真黛玉说的不差：宝玉见了紫鹃，顿时就哭出来了。众人见状，这才放下心来。这一事件，开头意味深长，中间一波三折，结尾有惊无险，真是好看。其效果不仅是让紫鹃彻底明白了宝玉的心思，也使所有人都知道了黛玉在宝玉心中的分量。而更为重要的意义，则是让读者真正理解了宝玉后来为什么会“空对着山中高士晶莹雪，终不忘世外仙姝寂寞林”。

四

戏唱到这里，本该收场了。可芹翁好不容易让紫鹃当一回主角，似乎也不肯就此罢了。于是，他索性趁热打铁，又安排了紫鹃和黛玉的一场潇湘夜话。那晚夜深人静时，紫鹃对黛玉说：“宝玉的心倒实，听见咱们去就那样起来。”见黛玉不搭腔，她只得自言自语：“一动不如一静。我们这里就算好人家，别的都容易，最难得的是从小儿一处长大，脾气情性都彼此知道的了。”说到这里，黛玉不得不接话了，可因为羞怯，又不便顺着紫鹃的话往下说，只好带着疼爱的语气，抢白她几句。紫鹃并不在意，干脆把话说透了——

……我倒是一片真心为姑娘。替你愁了这几年了，无父母无兄弟，谁是知疼知热的人？趁早儿老太太还明白硬朗的时节，作定了大事要紧……倘或老太太一时有个好歹，那时虽也完事，只怕耽误了时光，还不得称心如意呢。公子王孙虽多，哪一个不是三房五妾，今儿朝东，明儿朝西？要一个天仙来，也不过三夜五夕，也丢在脖子后头了，甚至于为妾为丫头反目成仇的。若娘家有人有势的还好些，若是姑娘这样的人，有老太太一日还好一日，若没了老太太，也只是凭人去欺负了。所以说，拿主意要紧……

紫鹃为黛玉的婚事，是从心里着急。所以才有了上面的“情辞试忙玉”，所以才有了这番感人肺腑的话。而且逮着机会就火上浇油，一心要把二玉往一起撮合。又过了几日，薛姨妈在潇湘馆同宝钗和黛玉论姻缘，引得二人一会儿打，一会儿笑。又听薛姨妈对宝钗言道：“前儿老太太因要把你妹妹说给宝玉，偏生又有了人家，不然倒是一门好亲。前儿我说（薛蝌）定了邢女儿，老太太还取笑说：‘我原要说他的人，谁知他的人没到手，倒被他说了我们的一个去了。’虽是顽话，细想来倒有些意思。我想宝琴虽有了人家，我虽没人可给，难道一句话也不说？我想着，你宝兄弟老太太那样疼他，他又生的那样，若要外头说去，老太太断不中意。不如竟把你林妹妹定与他，岂不四角俱全？”一语未了，紫鹃忙跑过来对薛姨妈笑道：“姨太太既有这主意，为什么不和太太说去？”她的话管用与否不去说它，只这一片心思，实在难得。

有这么一个现象值得关注：以黛玉的性情，是没有人敢当面说她的不是的，可紫鹃就敢。而且她提出的批评意见，黛玉都认账。在第二十九回，宝玉因为张道士为他提亲之事正心中不快，因听说黛玉病了，就过来看她。其间一语不合，二人便争吵起来。最后，惹得宝玉摔了玉，黛玉又剪了她给那玉织的穗子，还惊动了老太太和王夫人。次回，紫鹃对黛玉说：“论前儿的事，竟是姑娘太浮躁了些。别人不知宝玉的脾气，难道咱们也不知道？为那玉也不是闹了一遭两遭了。”黛玉一开始还在分辩，又听紫鹃道：“好好儿的，为什么铰了那穗子？不是宝玉只有三分不是，姑娘倒有七分不是？我看他素日在姑娘身上就好，皆因姑娘小性儿，常要歪派他，才这么样。”想想，敢这么跟小姐说话的红楼丫鬟，可有第二人？

类似的批评，还有几回。其实，说怪也不怪，黛玉能够愉快地接受紫鹃的批评，无外乎两个原因：一是紫鹃的意见确实是正确的，分析每个事件的基本态势，她的主意就是解决问题的最佳方案；二是紫鹃时时替黛玉着想，处处为黛玉好，她的意见从出发点到落脚点，都含了“情义”二字，由不得黛玉不听。

五

作为黛玉的丫鬟，紫鹃肯定要比其他小姐公子的丫鬟难得多。黛玉常年病着，煎汤熬药琐细无比，饮食起居麻烦非常。加之她生性敏感，动辄生气，一气就发病，更不好侍候。难为紫鹃百般体贴，潇湘馆内才有了几许温暖，几许快乐。紫鹃发自内心的关爱，无疑是黛玉短暂生命中的一种慰藉。

黛玉走了，紫鹃的处境，不免令人忧虑。程高续书是安排她随惜春出家为尼，且在他们让紫鹃参与“调包计”时，她至死不从，这是让我略感欣慰的地方。但我仍然不敢认同这个结局，因为我们既没看到曹雪芹给她作的判词，前八十回内也无迹可寻。在芹翁原著中，从未见紫鹃与惜春有过任何交往，高鹗在续书中安排她主动提出随惜春出家，缺乏感情基础。

高鹗替她编的理由，生硬牵强，难以服人。故而，这一结局也只能说是他的一厢情愿。在红楼人物结局研究方面，我既不赞同背离作者创作思想的生拉硬拽，也很反感没有文本依据的想当然。若要在紫鹃的结局研究上有所突破，我倒是主张仍在第五十七回找线索。那一回，宝玉病愈之后，同紫鹃旧话重提，只听她说道：

我并不是林家的人，我也和袭人鸳鸯是一伙的，偏把我给了林姑娘使。偏生他又和我极好，比他苏州带来的还好十倍，一时一刻我们两个离不开。我如今心里却愁，他倘或要去了，我必要跟了他去的。我是合家在这里，我若不去，辜负了我们素日的情肠，若去，又弃了本家。所以我疑惑……

根据紫鹃的为人，可否从“一时一刻我们两个离不开”，以及她的“疑惑”处着眼呢？若按照黛玉的灵柩最终被送回原籍的推断，她会不会陪着去了苏州？当然，这也是我的一厢情愿。这么分析，除了觉得这些话的本身有玄机以外，我还有另一种想法：以紫鹃的性格，不爱争不会斗，黛玉在时，虽也力薄，但有她罩着，别人也不至于把她怎么样。可黛玉走时，贾府已然风雨飘摇了。是时，兴风作浪者有之，趁火打劫者有之。善良的人自顾不暇，丑恶的人原形毕露。一幕又一幕的悲惨现实，让身处险境的紫鹃不再疑惑了。于是，她决心已定：与其留在这里任人作践，倒不如随黛玉一走了之。从此之后，只一心守着姑娘，倒也落个清净。

这一决断，既符合情和义的逻辑延伸，也从另一个角度表现了紫鹃的“慧”——见惯了世态炎凉，悟透了得失荣辱，参破了是是非非，可不就是“慧”吗？

跋

程乐君

与启意兄订交，逾三十载矣。

想起那时初相识，他在水之南万山脚下解佩渚，而我居汉之北人民路上月亮湾，虽隔江遥望，却也过从甚密。偶有闲暇，温一壶月光下酒，常常由微醺而至酩酊。启意兄八尺男儿快意恩仇，虽则昂藏汉子，其实用心之细，又每让人感佩。

与启意订交源于文字，正所谓“同声相应、同气相求”。最早在不同报刊上拜读了他古雅的文字，立即滋生了想去见一见他本人的欲望。有一天，约了宪纲，不打招呼，便一径奔启意的单位而去。那时，启意刚成家，住的是单位分的一间小房，他自称蜗居。我与宪纲去了，启意虽然局促，却也不掩欣喜之情，当即煎炒烹炸大动干戈。我与宪纲相视一笑，就此与启意订八拜之交。

弹指一挥间，岁月就这样悄悄地从指缝儿里溜走了。我还在与启意微信喟叹一事无成，启意却兴冲冲地掂来一部洋洋巨著《轻叩红门》，乍见之下我即为之倾倒。这是启意的初心亦是夙愿，几十年的时光里不弃不离，终于铁杵磨成针，这得有多大的毅力与坚持？

启意与红楼结缘，起自于山村打谷场上，看多了《地道战》《地雷战》

《南征北战》的小伙伴们，居然等来了一场越剧电影《红楼梦》。看到一半，有的伙伴倒头睡了，有的则拎起板凳开溜，那些咿咿呀呀的段子，多数孩子并不喜欢。只有启意，被那电影迷住了，由此记住了宝玉、黛玉、宝钗。据他后来说，那年过年时，他从村里的代销点买来《宝黛读西厢》的年画，贴在自己被烟火熏得黑乎乎的小屋里，早晚看着，心里都弥漫着甜蜜的想法儿。

《红楼梦》像涓涓细流，已然流进了启意的心里。但山村的生活是贫瘠的，他想找一本《红楼梦》来看，打听了一大圈儿人，一个大队八个生产队，居然找不到一部《红楼梦》。

第一次读到《红楼梦》，是在启意到了部队之后。那时他当连队文书，连队的图书室就归他掌管。近水楼台，自然沾光不少。初见《红楼梦》，他如故友重逢般喜不自禁。即便多年后说起，启意仍难掩当年的兴奋之情。

持久地爱一本书，就像持久地爱一个人，哪怕岁月流逝，这种爱也不会湮灭。

当兵的经历不仅成就了启意健壮的体魄，更成就了他的多才多艺。那时，启意的文章已屡屡在《解放军报》《战斗报》《前卫报》发表，他把图书室的藏书都装进了脑子里，成了用之不竭的财富。

脱下戎装，启意以他的文字才能走进大型国企的党委宣传部，他办报纸编刊物，捎带着读书著文，并在国内众多报刊上频频亮相。启意成了厂里的名人，也有了被众多小女子追捧的魅力。

多年后我常常想，我与启意，颇多相似处，我们都出自深山，都有着苦乐掺杂的童年，又都自深山老林进入城市。论及吃苦，我们应该是半斤八两，谁也不输于谁，但我怎么就没有启意的那一番刻苦与毅力呢？启意能斫成大著，是偶然也是必然。在那些懵懂岁月，在那些苦难困顿的日子，我们都只有最低的追求，那就是填饱肚子。而启意不同的是，最低追求之外，从不放弃理想。他是个有志向的男儿。而我不是。

《红楼梦》是不能轻易触碰的，我与启意订交凡二十年，从没听他提过《红楼梦》（也许他有意打着埋伏），直到十年前，他忽然开写红楼众女子，令我大吃一惊。一个个红楼女儿在他笔下栩栩如生，音容笑貌宛在眼前，让我惊叹他用笔之情深。他对这世间女子的爱、对世间弱女子的怜惜，都流淌在他的笔下，你不得不称赞他有情有义大丈夫，多愁善感真男儿。

但文思如泉的启意却戛然而止，才刚开启的红楼之门被他生生关闭，让一干关注他的朋友不明就里，为之牵挂。

启意去了哪里？原来他到武汉大学上学去了。珞珈山上飞来一只彩凤，我才知道他到武大深造的消息。

启意对红学是专注的，挤出一滴奶他怕要吃光一坡的草，这就是启意的钻研精神。什么是差距，不比不知道，一比，立见高下。

搁笔五年，启意再一次走进红楼，红楼女儿依旧巧笑嫣然风姿绰约，而启意自此荡开去，涉笔到红楼的方方面面。启意沉浸在《红楼梦》里，与芹翁隔世晤谈，一缕情丝绵绵不绝，亏他涉猎广远，厚积薄发，大笔如椽，不然怎么弄得出这部别出心裁见识不凡的《轻叩红门》。看看它的各个章节：是非红楼、人情红楼、世态红楼、职场红楼、悲情红楼。洋洋数十万言，料想红学耆宿们看了，也必得叫一声好，称道后生可畏。

捧读《轻叩红门》书稿，想起我亦曾教人写过一篇红楼论述，不由莞尔。那一年，有位少年挚友过访，相逢一笑，原来挚友已是“大腹便便”的孕妇。这位挚友告我，说未几就要临产，可是电大毕业论文尚无着落，情急之下只有找我求助。朋友之托，不可推辞。那时刚看过 1987 版电视剧《红楼梦》，心有所感，又把《红楼梦》来回翻看几遍，便帮她拟了一个名为《林黛玉性格特征之浅探》的题目，还给她列了若干提纲，提供了若干思路。朋友按我说的写出篇论文，居然也过关了。

如果说启意兄是红楼的一位大厨师，我则连伙房里一个打杂的都算不上。我与红楼也算结缘三十年，可我再不曾走进红楼半步。可见，红学并不是人人能碰，除非像启意兄这样有慧根的人。

算一算，那一年恰好与启意订交，如果能时空转换，让今日的启意轻舒妙笔来帮这个大忙，岂不就省却了我吭吭哧哧、鲁鱼亥豕的那一番笨工夫？再一琢磨，或者正因为我三十年前曾轻叩红门，才有缘为启意今日的这部大作勉为续貂。可见世事皆有前定，木石前缘原非虚妄。

启意的大著我无力品评，若让我妄加议论，就有点“花间喝道”煞风景。好在佳酿在前，各位尽管自斟自饮，或感慨之、或沉吟之、或唏嘘之、或赞叹之。我只稍稍提醒：薄醉微醺，不要酩酊大醉就好。

2018 年 7 月 18 日

后 记

收罢尾，捡罢场，关于《红楼梦》，向来想说的话，差不多都说了。略加收拾，就交给宪纲帮忙校对。宪纲笔头硬，心也细，还爱较真儿。为给人校部书稿，能从网上买一摞参考书。圈儿里谁个出书，估摸着张嘴了不至于掉到地下，都会请他把一道关。我的书，他跑不脱。宪纲校完书稿，对我说，还该写个后记。原本没这计划的，他这么一说，等于又给我出了个题目。写点什么呢？想想，还得从这本书说起。

那年，写完一组《夜读红楼》，一帮朋友读过，说了一堆恭维话。次年，本埠《汉水》杂志为我做了个特别策划，推出这组文章，并请宪纲主评，题曰《玉碗盛来琥珀光》，又是一番温情抚摸。随后，宪纲、乐君多次怂恿我：趁热打铁，再写几十篇，出本专著。乐君更以名利相诱惑：写本专著，你就是襄阳"评红"第一人了。当时之所以没接着写，客观上是端人饭碗，身不由己，时间上没保证。主观上是储备还不充分，不敢贸然出手。且究竟怎么写，还没拿定主意。

去年下半年，得了一阵空闲。在书房里支起摊子，把多个版本的《红楼梦》翻出来，对照着读。读累了，再把好多红学专著翻出来，就原著里面的具体人和具体事，听听专家们的看法。读着读着，生出些新想法，在脑子里先勾个大致轮廓，随即开工。这倒不是乐君的诱惑起了作用——我们圈儿里，得知谁在写个什么东西，相互鼓鼓劲，打打气，日久成习。再一听说某人的某个东西在某个环节卡了壳，又难免有人牵头，帮忙号号脉，出出主意。管不管用先放一边，反正这些年就是这么做的。乐君那么说，也就是“推一把”的意思。我先前没有顺竿儿爬而回头又悄悄开了工，不是扛不住他说的那种诱惑，实在是从“红楼”出来，有话要说。

现在，想说的都说了。说的在不在点儿上，说得怎么样，我说了不算。这就跟当父母的看待自己的孩子一样，自己心里当然也有个基本评价，但这孩子究竟怎么样，还得由旁人说。著书人无疑希望自己的著作社会价值最大化，但我对于这本书的价值，却不敢往大处想。置身于文化快餐时代，让人心无旁骛地读你的书，实在有点强人所难。但我又坚定地认为，静下心来读一部举世公认的名著，与以打发时间为目的地浏览一堆信息碎片相比，所获取的营养价值绝对是不一样的。写《轻叩红门》的目的，就是希望更多的人来阅读《红楼梦》。如果哪位读者因为读了这本书，从此爱上了《红楼梦》，或是这本书里的哪篇文章让读者有了些启迪，并因此产生点积极意义，就算这本书没有白写。

我的第一本书《萤窗随笔》，是把自己在报刊上发表过的散文随笔选编成册。在那本书的《后记》中，我对帮助过我的天南海北的编辑老师表示了感谢。宪纲先是调侃：有点像“奥斯卡获奖感言”，随后又对我的态度给予了肯定。这本书付梓之际，我还得对王国维、蔡元培、胡适、俞平伯、周汝昌、冯其庸、王昆仑、舒芜、张爱玲、王蒙、蔡义江、陈诏、周思源、王朝闻、李希凡、刘再复、邓云乡、张庆善、胡文彬、刘梦溪、端木蕻良、刘心武、裴效维、张锦池、马瑞芳、丁维忠、王永泉、白盾、张之、蒋勋、霍国玲、季稚跃、张蔓菱等红学前辈和专家老师表示由衷的感谢。都是感谢，但这回有点不一样，上回是纯粹的感谢，这回是有批评有感谢。上述前辈的专著对我启发不小，但我对有些前辈的有些观点又不敢苟同。明人不说暗话，比如对于周汝昌先生，老人家的专著我读过十几本，但对他晚年的几个研究结论，并没有为尊者讳。对俞平伯、王昆仑、刘心武、马瑞芳等专家的诸多观点，同样提出了批评意见。我的想法是，学习归学习，批评归批评，一码儿是一码儿。就如同徒弟对师傅，跟他们学艺是一回事，对他们的技艺有看法是另一回事，丝毫不影响我对他们的尊重与感激。

至于牛宪纲、程乐君、谢伦、凡夫、孙莉群、晋桂荣、柴有炜、林大学、萧雨林、王大春、楚林等朋友，在这个时候仍然不能遗漏了。在这本书的写作、出版过程中，这些人的正经鼓励和变相激励，末了都变成了动力。宪纲、凡夫、孙教授、小晋几个人，每进书店，见了与《红楼梦》有关的书，必然会给我买一本。在哪里读到相关文章，又必然向我推荐。一帮人偶尔小聚，谈及相关话题，还要献计献策。凡此种种，于他们，都是不经意之举。于我，却是实实在在的情义。朋友处长了，若郑重其事地道声谢，反显得不自然。听着还有点生分，有点见外。但此时此刻，该谢的还得谢。这是礼数，省不得。

还须说明，本书中的《悲情红楼》一辑，即早年写的一组《夜读红楼》。这回收录本书，有三层意思：其一，既然都是谈“红楼”的，放在一起还算合适。其二，当初写这组文章，对当时与“红学”相关的诸多现象，怎么看的就怎么说了。今录入本书，并不做改动。说对了，不矫情。说错了，不赖账。白纸黑字，皆可鉴证。其三，那会儿研读红楼，也是打算做点考证和探佚的，并不时对红楼人物命运和相关事件做些分析和判断。后来发现，不少人未曾入门，就先把自已弄得五迷三道，随之得出的很多结论，已然荒唐到近乎无聊。加之我已经认识到，这条路前面就是个死胡同，若壮起胆子走下去，除了多费些唾沫，并无实际意义。从此，便不再凑这个热闹。将这组文章列为一个专辑，也算为我的考证和探佚画个句号。

这个书名，是乐君的贡献。最早，也曾请好几个朋友给起个名字。基本要求是，以“红楼”为要素，有品读之意，四到六字之间，再时尚点，或有点诗意最妙。凡夫先生最早“交卷”，他给写完序，在书稿前郑重附上《我们一起读“红楼”》一名。这个书名，前两条都具备，但总觉得白了点。也没跟他打招呼，否了。雨林也给想了一个：《老唐品红楼》。本想采用的，复又迟疑：老唐何许人也？难保不惹人耻笑。不如我先笑笑，又否了。随后还有几人提交书名，种种原因，皆未通过。至此，我也没急。因为宪纲还没“交卷”，他可是正经答应过的。这会儿没回话，必是还在斟酌。

那天，乐君给我发来跋文，题为《轻叩红门》。次日，宪纲约我晚上在襄阳剧院旁边一饭馆小聚，吃完饭一起看省京剧院朱世慧先生的《徐九经升官记》。我去时，宪纲和乐君早到了。我刚坐下，谢伦也来了。还没开吃，宪纲就说：你的书名有了，就叫《轻叩红门》。我心说这不是乐君才写的跋文的题目吗，他怎么拿这个来交差？这四个字，原是乐君在跋文中对自己早年读《红楼梦》的一种谦辞。在此之前，他俩大概已经讨论过。随后，宪纲主唱，谢伦和乐君一人帮腔，一人敲边鼓，都说这个书名有动作、有要素、有意象、有余味，还透出几分谦逊，真不错。宪纲还说，其实他也想了几个，反复比较，都没有《轻叩红门》好，这功劳就只能记在乐君头上了。既然都这么说，也只能依了他们。只是这四个字既已定为书名，那跋文就不再以此为题了。

这本专著的问世，麻烦了太多的朋友。在策划封面和各个专辑的装饰时，原本有两个方案，一是选用刘旦宅先生的红楼人物画，二是选用周玉梅女士的红楼人物剪纸。刘老先生故去多年，其后人又不知如何联系，只得作罢。周玉梅女士我至今没见过面，但从网上获取了她的相关信息，抱着试试看的心理，竟联系上了。跟她说了相关情况，她回答挺爽快：“你随便用吧！”于是，就用了她的作品。

这周玉梅女士，值得说说。她从小就喜欢绘画和剪纸，1988 年，在甘肃省山丹县文化馆学习绘画、烙画、剪纸等民间工艺。1993 年，被分配到山丹县烙画工艺美术厂。1997 年，烙画厂改制，她成了一名下岗职工。待岗期间，她有了一个想法：将《红楼梦》故事剪成连环画。随后五年，她完成了506幅剪纸连环图画，并被人民美术出版社出版发行。跟她联系多了，我不再叫她周老师，而叫她周大姐。见过不少“红楼”人物剪纸，实话实说，我最喜欢的，还是周大姐的作品。她的作品，为本书增色不少。在此，我必须恭恭敬敬地说一声：周大姐，谢谢您！

给本书封底治印的，是中国书协会员、襄阳市书法家协会副主席柴有炜先生。这柴有炜也十分了得，做徽标设计，平日闷声不响，冷不丁就在外面中个头彩。如今，我国的好多个著名企业、风景名胜、地标建筑，都在用他设计的徽标。至于篆刻，他素有“襄阳第一刀”之称，参加全国书法篆刻比赛，竟抱了个金奖回来。跟他认识几十年，想请他刻几方印，只要张过嘴，就等着取货了。这次劳驾他，也是一样。但“感谢”二字，也不能省。

黄有柱先生毕业于中央工艺美术学院，现为湖北文理学院美术学院院长、襄阳市美术家协会主席。这等名头，专业成就自不必多说。我跟他认识时间不长，几乎没怎么打过交道。请他设计封面时，还有点张不开嘴。不便当面说，只得在微信里先探口风。真没想到，他会那么痛快。半月之后，他就拿出了初稿，而且提供了七八个方案。随后又几番商榷，几番调整，看不出丝毫的不耐烦。没说的，改日喝酒吧！

轻叩红门，反响如何，难免忐忑。若侥幸有些回声，则甚感欣慰。

2018年9月8日